Meersalzträume

KARIN WIMMER

Meersalzträume

Bibliografische Information der Deutschen Nationalbibliothek
Die Deutsche Nationalbibliothek verzeichnet diese Publikation in der
Deutschen Nationalbibliografie; detaillierte bibliografische Daten sind im
Internet über
http://dnb.d-nb.de abrufbar.

Umschlagdesign: zero-media.net, München
Bildmotiv: FinePic®, München
Satz, Herstellung und Verlag:
BoD - Books on Demand, Norderstedt
ISBN 9-783-754-346-945

»Man verliert sich selbst,
wenn man versucht,
das Leben eines anderen zu führen.«

Kapitel 1

M aria? Verstehst du mich?«, höre ich die schrille Stimme meiner Mutter. Aufgeregt wedelt sie mit den Händen, um auf sich aufmerksam zu machen.

»Mama, ich sehe dich und höre dich. Du musst nicht so laut schreien, dass man dich auch ohne technische Unterstützung von Sizilien bis zur Ostsee hört«, versichere ich ihr lachend.

»*Topolina*, ich werde mich nie daran gewöhnen, dich durch diesen Computer zu sehen«, beschwert sie sich wie immer. Nun skypen wir schon seit vier Jahren regelmäßig, und obwohl meine Mutter die Technik durchaus beherrscht, kann sie sich immer noch nicht damit anfreunden.

»Wie geht es euch?«, erkundige ich mich wie jeden Sonntag.

»Deine Geschwister treiben mich noch in den Wahnsinn.« Theatralisch wirft sie ihre Hände in die Luft. Ich schmunzle, denn bei fünf Kindern macht ständig einer etwas, das ihr nicht in den Kram passt.

»Möchte Francesca immer noch ihr Hauptfach wechseln?« Ich mutmaße, dass meine jüngste Schwester der Grund für die schlechte Laune meiner Mutter ist.

»*No*, davon konnten wir sie abbringen, aber Benito … *aaaah*!« Sie murmelt italienische Verwünschungen in sich hinein.

»Benito?«, frage ich nach. Mein Bruder ist nur zwei Jahre jünger als ich und normalerweise das Musterkind. Er arbeitet in einer Bank, worauf alle furchtbar stolz sind. Was kann er ausgefressen haben, dass er ein *aaaah* unserer Mama verdient hat?

»Er hat Simona verlassen, obwohl wir alle schon mit einer Hochzeit gerechnet haben. Sogar mein Brautkleid durfte sie schon anprobieren, und dann das. *Stupido*!«, schimpft sie über den älteren ihrer beiden Söhne.

»Dein Brautkleid?«, rufe ich entrüstet. »Sollte nicht *ich* als deine älteste Tochter dein Brautkleid bekommen?«

Ich höre schnelle Worte in meiner Muttersprache, die im Hintergrund gesprochen werden, die ich aber nur bruchstückhaft verstehe.

»Mama, sag *Nonna*, wenn sie mir was mitzuteilen hat, soll sie vor die Kamera kommen und es mir persönlich sagen. Meinetwegen auch auf Italienisch, aber nicht immer durch dich als Sprachrohr«, erkläre ich verärgert. Meine Großmutter weigert sich strikt, zu skypen, quatscht meiner Mutter aber ständig dazwischen.

»Maria Gabriella, wir warten schon viele Jahre, dass der *Tedesco* dich endlich zu einer ehrbaren Frau macht«, sagt meine Mutter, doch es sind die Worte meiner Großmutter. Wieso ich das so genau weiß? Nicht, weil sie meinen Freund Gerd immer noch als *den Deutschen* bezeichnet, denn meine Mutter ist ebenso wenig begeistert darüber, dass ich mit ihm zusammen bin, wie meine Nonna. Schließlich bin ich seinetwegen an die Ostsee gezogen. Die beiden wichtigsten Frauen in meinem Leben sind sich auch einig darin, dass man nur als verheiratete Frau *ehrbar* ist. Und sie hätten sich beide lieber einen braunäugigen, heißblütigen Italiener für mich gewünscht, als einen großen blonden Deutschen, dessen Aussehen an Matthias Schweighöfer erinnert. Italienische Werte, Familie geht über alles, bla, bla, bla.

Doch es ist die Art, wie sie mich genannt hat, die mir eindeutig zeigt, dass diese Worte von meiner Nonna stammen. Mein Name ist Maria Gabriella Mancuso, doch Maria Gabriella nennt mich nur meine Großmutter, die den Namen auch ausgesucht hat. Damit sollte die Tugendlosigkeit ihrer Tochter, die mit sechzehn von einem Touristen aus dem nördlichen Südtirol schwanger wurde, zumindest durch die Namensgebung einer Seligen wieder wettgemacht werden. Es lebe die Logik des katholischen Glaubens. Meine Mutter selbst ruft mich Maria, wobei die Betonung bei ihr auf dem i liegt. Hier in Deutschland bin ich einfach nur Gabi.

»Jetzt lasst doch mal eure vorsintflutlichen Einstellungen. Wir heiraten, wenn es uns passt«, fahre ich den beiden über den Mund.

»Du wirst noch als alte Jungfer sterben«, kommt es erneut aus dem Hintergrund.

»Ich bin erst einunddreißig«, verteidige ich mich.

»In deinem Alter hatte ich schon fünf Kinder«, hält meine Mutter dagegen.

»Beruhigt es dich, wenn ich dir sage, dass ich keine Jungfrau mehr bin?«, schieße ich zurück.

»*Mamma mia*!«, höre ich nun wieder von hinten und dann ein sich entfernendes italienisches Fluchen.

»Und nennt Gerd nicht immer *den Deutschen*«, lege ich nach.

»Wo ist er denn? Hat er sich diesmal Zeit genommen, um mit seiner zukünftigen Schwiegermutter zu sprechen?«, stichelt sie.

»Nein, Mama, er arbeitet noch«, antworte ich und schließe gleich darauf die Augen, als mir klar wird, dass ich ihr die nächste Steilvorlage geliefert habe, um sich in Rage zu reden.

»Hast du denn inzwischen eine andere Anstellung? Um zu kellnern, hättest du nicht so lange in Deutschland studieren müssen. Das könntest du auch hier in der Pizzeria von Onkel Guiseppe. Schließlich hast du bei ihm ja eine Lehre als Kellnerin begonnen«, wirft sie mir vor.

Ja, das habe ich, allerdings nur, um das Jahr Wartezeit auf den Studienplatz in Deutschland zu überbrücken. Ich dachte mir, wenn es doch nicht klappt, habe ich die Zeit wenigstens nicht vergeudet. Dass ich die Lehre dann abgebrochen habe, hat mir meine Familie immer noch nicht ganz verziehen.

»Sie war immer schon zu hübsch für eine Kellnerin. Da kommen die Männer nur auf dumme Gedanken.« Offenbar ist meine Großmutter wieder an die Seite meiner Mutter zurückgekehrt.

»Ich habe euch das doch schon erklärt. Der Job hat sich so ergeben. Während des Studiums habe ich gekellnert, um Geld zu verdienen, und dann bin ich dabeigeblieben. Und ich arbeite in einem soliden Restaurant, nicht in einer zwielichtigen Bar«, versuche ich die Wogen zu glätten. Ich mag meinen Job im Service der Pension *L&P* an der Ostsee, auch wenn er erst nur als Übergang gedacht war. Vor allem meine Chefin Lilly und mein Chef Paul sind herzliche Menschen, bei denen man sofort zur Familie gehört. Und Gerd und ich sind nun schon einige Jahre Teil dieser Familie. Nur meine tatsächliche Familie hat ständig etwas an meinem Freund und meinem Job auszusetzen.

Mit meinen einunddreißig Jahren stehe ich selbstverständlich schon auf eigenen Beinen, aber ich bin auch Italienerin, da redet die Familie immer mit, ob man will oder nicht. Natürlich hat meine Mutter in dem einen Punkt recht, dass ich jetzt nicht in dem Job arbeite, für den ich studiert habe, aber wer kann schon alle seine Träume wirklich leben?

»Ist das Mariella? Macht ihr dem armen Kind schon wieder das Leben schwer?«, höre ich nun eine männliche Stimme. Es ist unverkennbar mein Vater Bruno, denn Mariella nennt mich nur er.

Nun höre ich, wie mein Vater seine Frau und seine Schwiegermutter vom Laptop verscheucht. Rasch schickt mir meine Mutter Küsse und verabschiedet sich bis nächste Woche.

»*Principessa*, wie geht es dir?«, fragt Papa mich dann liebevoll.

»Alles in Ordnung! Bist du auch so entsetzt darüber, dass Benito sich von Simona getrennt hat?«, greife ich das Thema meiner Mutter wieder auf.

»*No!* Er war nicht mehr glücklich mit ihr. Deine Großmutter wollte unbedingt eine Hochzeit, aber ich bin froh, dass diese Kratzbürste ihn nicht eingefangen hat.« Mein Vater zwinkert mir zu. Wir beide konnten Simona tatsächlich noch nie leiden, haben es aber nicht gerade vor den anderen ausposaunt.

Das Thema Hochzeit sieht er allgemein skeptisch. Er selbst wurde kurzerhand zur Hochzeit verdonnert, was er sich mit achtzehn vermutlich nicht ausgesucht hätte. Doch wenn man eine minderjährige Sizilianerin schwängert, die neben drei kräftigen älteren Brüdern auch noch eine resolute Mutter hat, legt man sich besser nicht mit ihnen an. Aber das Schicksal hat es gut mit ihm gemeint, und die Liebe der beiden hat immer noch Bestand. Also führt er seither sein Leben liebend und streitend an der Seite meiner Mutter. Dass die beiden zumindest in einem Punkt gut zusammenpassen, zeigen wohl meine vier Geschwister Benito, Alessandra, Francesca und Matteo.

»Ist sie schon aus Benitos Wohnung ausgezogen?«, erkundige ich mich und greife nach meiner Tasse Kaffee.

»Nein, Benito wohnt vorübergehend bei Alessandra. Die Wohnung überlässt er ihr«, erzählt mein Vater. »Er hat einfach ein zu weiches Herz.«

»Das hat er von dir, Papa«, erwidere ich neckend.

»Sei nicht böse auf deine Mutter und deine Nonna. Sie meinen eben, dass ihr Weg der einzige ist, der eine Frau glücklich machen kann«, versucht er zu vermitteln.

»Ich weiß, Papa. Aber ich möchte nicht bei jedem Telefonat die gleiche Leier von einem Ring am Finger und einem ganzen Haus voll Kindern hören. Vor allem steigern sich die beiden in dieses Thema so rein«, stöhne ich.

»Sie sind Sizilianerinnen, was erwartest du? Sie sind nicht so wie du und ich.« Entschuldigend hebt er die Hände. Er hat recht. Als einziges seiner Kinder komme ich charakterlich nach ihm, auch wenn ich mit meinem Aussehen das typische Klischee einer Italienerin bediene, mit olivfarbener Haut, dunklen Augen und langem schwarzem Haar. Ich bin stolz auf meine sizilianischen Wurzeln, aber froh, dass ich auch das Bodenständige meines Vaters mitvererbt bekommen habe und nicht nur das aufbrausende Temperament der vorherigen weiblichen Generationen. Er war es auch, der darauf bestand, dass wir zweisprachig aufwachsen. So spreche ich fließend Italienisch und Deutsch, was mir einen guten Studienplatz in Deutschland ermöglicht hat und jetzt ein schönes Leben an der Ostsee.

»Ich hab dich lieb, Papa!«

»Ich dich auch, *Principessa*! Rufst du uns nächste Woche wieder an?«, fragt er hoffnungsvoll. Auch er vermisst mich, das weiß ich, aber er würde es mir nie vorwerfen.

»Klar!«, verspreche ich. Nachdem wir uns voneinander verabschiedet haben, lege ich auf. Das Thema Hochzeit treibt mich noch in den Wahnsinn. Aber meine Familie ist sich offenbar sicher, dass ich und Gerd einmal vor den Altar treten werden. Witzigerweise denken viele, dass wir das schon hinter uns haben und verheiratet sind. Anscheinend machen wir den Eindruck eines alten Ehepaars. Über diesen Gedanken muss ich lachen. Es könnte aber natürlich auch an den Partnerschaftsringen liegen, die Gerd und ich schon seit Jahren tragen.

Kurz darauf höre ich einen Schlüssel im Schloss.

»Schatz?«, rufe ich in den Flur.

»Hey!«, begrüßt mich Gerd und bringt einen Schwall kalte Luft mit ins Wohnzimmer. Es ist Anfang September, und in diesem Jahr wird es bereits früh Herbst in Sterenholm. »Ist dein Telefonat schon zu Ende?« Rasch küsst er mich und lässt sich neben mich auf die Couch fallen.

»Wieso? Wolltest du mit meiner Mutter reden?«, frage ich amüsiert.

Gerd wirft mir einen erschrockenen Seitenblick zu. »Eher noch mit ihr als mit deiner Großmutter. Sie ist beängstigend«, gibt er flüsternd zu und lacht dann.

»*Nonna* ist schon in Ordnung, nur etwas …« Ich suche nach dem richtigen Wort.

»Herrschsüchtig? Übergriffig?«, versucht Gerd mir zu helfen.

»Resolut«, bringe ich meinen Satz zu Ende.

»Ja, und Zitronen sind nicht sauer, sondern nur erfrischend«, zieht er mich auf.

»Seit wann urteilst du über Personen, die du noch nie getroffen hast?«, frage ich, und aus meiner Stimme ist das Scherzhafte verschwunden.

»Baby, immer wenn ich mit deiner Mutter geskypt habe, hat deine Großmutter ständig auf Italienisch dazwischengerufen. Und ich habe die Worte, die ich verstanden habe, nachgeschlagen. Sie waren nicht freundlich, um es höflich zu formulieren. Sie hasst mich«, bringt er seinen Eindruck auf den Punkt.

»Ach, Gerd …«, seufze ich.

»Es wird langsam kälter draußen. Wir sollten wirklich den Kamin renovieren lassen, damit wir es uns vor dem knisternden Feuer gemütlich machen können«, lenkt er ab. Ja, das sollten wir, schieben es aber schon seit Monaten auf. So wie wir vieles andere immer aufschieben.

»Auf Sizilien sind es immer noch über zwanzig Grad«, sage ich leise mit einem bisschen Heimweh.

»Dafür siehst du hier im Winter Schnee am Strand. Man kann nicht alles haben«, erwidert Gerd lachend. »Lilly hat mir übrigens Reste vom Mittagessen mitgegeben. Wir brauchen also nichts zu kochen. Ich glaube, ich mach mir einen Tee. Möchtest du auch eine Tasse?«

»Warte mal kurz!«, bitte ich ihn. »Was hat Lilly zu unseren Urlaubsanträgen gesagt?«

Für die zwei Wochen Urlaub habe ich schon Pläne im Kopf, die mich ganz kribbelig machen. Doch der Gesichtsausdruck meines Freundes lässt meine Vorfreude verpuffen.

»Sag nicht …«, stoße ich entsetzt hervor.

»Sorry! Michaela ist nur noch zwei Wochen hier, und wir

können Paul und Lilly doch nicht allein lassen«, entschuldigt er sich.

»Wer sagt das? Du oder Lilly?«, hake ich nach.

Er schweigt.

»Gerd? Das ist nicht *deine* Pension, wir sind dort nur angestellt. Wir haben ein Recht auf Urlaub, und ich bin sicher, dass unsere Chefin das genauso sieht. Immerhin hat sie uns darauf hingewiesen, dass wir noch so viel Resturlaub übrig haben«, entgegne ich ihm entrüstet.

»Ja, aber Michaela …«

»… bleibt sicher auch noch etwas länger«, unterbreche ich ihn. »Wir wollen ja nicht während der Hauptsaison freihaben. Es ist Nebensaison, und in diesem Jahr ist noch dazu verdammt wenig los.«

»Gabi, du weißt, dass mein Job mein Leben ist«, verteidigt er sich, und ich schlucke. Ja, das weiß ich, aber bisher war mir nicht klar, dass ich in der Rangfolge erst hinter dem Job komme. Ernst sehe ich ihn an.

»Ich rede mit Lilly, okay?«, gibt er sich schließlich geschlagen. Ich nicke, jedoch mit einem schalen Beigeschmack.

Kapitel 2

Es ist kurz vor dem Mittagessen, als Lilly mich zu Lexi ins Büro schickt. Lexi ist die Zwillingsschwester meiner Chefin und betreibt mit ihrer besten Freundin Sylvie die Eventagentur *Strandkorb*, die ihren Sitz derzeit noch im *L&P* hat. Bald jedoch zieht die Agentur in Lexis neues Haus in der Nachbarschaft, das fertig renoviert ist und in einem Nebengebäude Platz für das Büro der beiden hat.

»Herein«, höre ich auf mein Klopfen.

»Du wolltest mich sprechen?«, frage ich neugierig und entdecke, dass auch Georg bei Lexi sitzt. Georg ist Sylvies Freund und Leiter des Tourismusbüros der kleinen Stadt Sterenholm an der Ostsee, wo wir alle unser Zuhause gefunden haben.

»Jawohl, Frau Mancuso, M.A.«, erwidert Lexi augenzwinkernd, und ich muss lachen, weil ich meinen Master nie irgendwo angebe. Ich stehe nicht so auf Titel.

»Ich wusste gar nicht, dass du Multimediale Information und Kommunikation studiert hast«, gibt Georg zu.

»Und woher weißt du es jetzt?«

»Von mir«, antwortet Lexi. »Als ich im Frühjahr in den Personalbögen nach jemandem gesucht habe, der Lilly nach Lucys Geburt vertreten könnte, bin ich auf deinen Studienabschluss gestoßen.«

»Aber Lilly hat doch inzwischen Hilfe und managt Kind und Küche ganz hervorragend. Außerdem hilft mir in diesem Bereich mein Studium überhaupt nicht weiter.« Ich zucke mit den Schultern und weiß nicht, was die beiden von mir wollen.

»Darum geht es auch nicht«, stellt Lexi klar und deutet auf Georg.

»In einer Woche sollen einige Folgen der Kochsendung *Strandküche* bei uns in Sterenholm gedreht werden. Da ein

Assistent ausgefallen ist, sucht die Aufnahmeleitung jemanden aus der Gegend, der sie unterstützt, am besten noch mit Gastro-Erfahrung«, erzählt er mir, und ich horche auf. »Und anscheinend bin ich in der glücklichen Lage, hier sogar jemanden vor mir zu haben, der die entsprechende Ausbildung dafür hat.«

Das glaube ich jetzt nicht. Bietet er mir gerade einen Job an?

»Du meinst …«, beginne ich, und Georg nickt eifrig.

»Dich!«, bringt er es auf den Punkt. »Es sind drei Wochen Dreh geplant, und das Set ist im *Dünenhof.* Deine genauen Aufgaben müsstest du mit Ines Gutbauer besprechen, sie hat mich kontaktiert. Aber ich habe die Telefonnummer hier. Was sagst du?

»Und die Nachsaison?«, werfe ich ein.

Lexi winkt ab. »Ich habe natürlich vorab mit Lilly geklärt, ob sie dich entbehren könnte, bevor ich dich in eine Zwickmühle bringe. Sie meint, Michaela und Gerd schaffen das allein.«

Ich nicke, um Zeit zu gewinnen. Das Angebot wirft mich etwas aus der Bahn. Nach meinem Bachelor-Abschluss habe ich mit viel Glück und einer dicken Empfehlung eines meiner Dozenten ein Praktikum in den Bavaria Filmstudios in München ergattert. Es hat mir wahnsinnig viel Spaß gemacht und mich darin bekräftigt, auch noch den Master in Multimediale Information und Kommunikation zu machen. Nach meinem Abschluss war ich dann finanziell abgebrannt. Also habe ich nach ein paar Aushilfsjobs in diversen Bars als Kellnerin in einem Saisonbetrieb in München angefangen, um mich über Wasser zu halten und in Ruhe nach einem geeigneten Job zu suchen. Dort lernte ich Gerd kennen.

Eigentlich lautet sein voller Name Daniel Gerrit Albers. Ich werde nie verstehen, wieso man hier dazu neigt, den zweiten Vornamen als Rufnamen zu verwenden. Und die deutsche Gastronomie hat ihn noch dazu gnadenlos abgekürzt, denn wenn man kellnert, ist Zeit leider Mangelware. So wurde auch aus

Maria Gabriella schlicht Gabi und aus Daniel Gerrit einfach Gerd. Privat habe ich ihn lange Daniel genannt, aber irgendwann im Laufe der Jahre, in denen wir Seite an Seite gearbeitet haben, wurden wir in allen Lebenslagen Gerd und Gabi.

Nach einem Jahr hatte ich genug Kohle auf der hohen Kante, um mich für einen meinem Studium entsprechenden Job zu bewerben. Doch Gerd bekam zeitgleich das Angebot, im Ferienhaus seines Vaters zu wohnen und an der Ostsee im *L&P* zu arbeiten. Auch für mich war noch eine Stelle im Service frei, und so musste ich mich zwischen Liebe und Karriere entscheiden. Ich habe der Liebe den Vorrang gegeben und es, was Gerd betrifft, auch nie bereut, aber ich habe mir nie mehr einen Job in der Branche gesucht, für die ich eigentlich studiert habe.

»Frau Gutbauer hat mich gebeten, sie anzurufen, wenn ich jemanden gefunden habe. Die Zeit drängt ja bei ihr ein wenig. Ist das für dich schon okay?«, unterbricht Georg meine Gedanken.

»Ähm … ja«, stimme ich zu.

Wenig später ist Frau Gutbauer in der Leitung.

»Frau Mancuso?«, höre ich.

»Ja«, antworte ich mit belegter Stimme.

»Hier spricht Ines Gutbauer von der Set-Aufnahmeleitung von *Strandküche*. Herr Leitner meinte, dass Sie vielleicht die Lösung für mein Problem wären. Unser Regisseur Wolfgang Gebhardt und ich teilen uns normalerweise einen Assistenten. Unser Filmstab wird sehr klein gehalten, und bis jetzt hat das gut funktioniert. Leider fällt unser Assistent wegen eines schweren Radunfalls kurzfristig aus, und wir suchen einen Ersatz, der uns während der Dreharbeiten in Sterenholm aus der Patsche helfen kann. Herr Leitner meinte, Sie hätten bereits ein wenig Erfahrung gesammelt?«

»Ich habe ein mehrmonatiges Praktikum in den Bavaria Filmstudios in München gemacht«, bestätige ich und erzähle kurz, welche Aufgaben ich dort bereits übernommen hatte. »Ich kann Ihnen gerne die Empfehlungsschreiben und meinen Lebenslauf mailen.«

»Das wäre toll! Leider schaffe ich es noch nicht von hier weg, damit wir ein persönliches Gespräch führen könnten«, bedauert sie. »Hören Sie, was Sie mir da erzählen, klingt gut. Bei uns wären Sie zuständig für die Beschaffung der Zutaten und übrigen Materialien, die benötigt werden, sowie als rechte Hand unseres Regisseurs. Würden Sie sich das zutrauen?«

Ihr Tempo überrascht mich.

»Ja, ich denke schon«, erwidere ich dann.

»Dann schicken Sie mir bitte Ihre Unterlagen. Ich werde sie prüfen und mit Herrn Gebhardt absprechen. Währenddessen können Sie sich schon mal überlegen, ob Sie sich den Job vorstellen können. Ich melde mich spätestens morgen.« Nach einer kurzen Verabschiedung legt sie auf.

Ich setze mich sofort an den Computer und maile Frau Gutbauer meine Dokumente. Mir dämmert erst jetzt langsam, was eben passiert ist. Dann fällt mein Blick auf die Uhr. Ich verabschiede mich rasch von Georg und Lexi, damit ich noch rechtzeitig zum Mittagessen in den Speisesaal komme.

Lilly zwinkert mir in der Küche zu.

»Wäre das für dich wirklich okay?«, raune ich ihr leise zu. Wir sind wie eine Familie hier, und ich habe das Gefühl, sie im Stich zu lassen. Doch sie streichelt meinen Arm und sieht mich warmherzig an.

»Natürlich! Die Nebensaison schaffen wir auch mit zwei Kellnern, und Michaela wäre froh, wenn sie noch etwas länger bleiben könnte«, winkt sie ab. Das hat sich bei Gerd gestern noch ganz anders angehört. »Mach dir um das *L&P* keine Sorgen. Wenn du den Job bekommst, dann nimm ihn an, wenn du es wirklich willst.«

Ich umarme Lilly herzlich.

Während des Mittagsgeschäfts kreisen meine Gedanken die ganze Zeit rund um das Gespräch mit Georg und Lexi. Als der größte Stress vorüber ist, steht Lexi plötzlich in der Tür des Speisesaals und winkt mich zu sich.

»Frau Gutbauer hat angerufen. Wenn du willst, kannst du den Job haben. Allerdings müsstest du dich bis morgen entscheiden«, fügt sie hinzu und sieht mich abwartend an.

Mir stockt der Atem. Das Angebot ist ein Traum, und ich wäre verrückt, es abzulehnen. Diese Kochsendung ist sehr bekannt, und ich hätte in der Branche endlich eine Zehe in der Tür. Wenn man mit mir zufrieden ist, kann das eine weitere Empfehlung bedeuten.

»Ich möchte es vorher noch mit Gerd besprechen«, antworte ich. Besser gesagt will ich es ihm als Erstem erzählen, weil ich grade platzen könnte vor Freude und Aufregung. Dieses Angebot ist von allein gekommen, ohne Hunderte Bewerbungen schreiben zu müssen. Und noch dazu ist es genau in dem Bereich, der mich am meisten interessiert – im Fernsehen. Das ist, als würden einem die gebratenen Tauben von allein in den Mund fliegen.

Lexi lächelt verständnisvoll und verabschiedet sich wieder in ihr Büro.

Das ist so aufregend! Ich habe Jahre gewartet, um in meinem eigentlichen Beruf arbeiten zu können. Es ist nun die vierte Saison, die Gerd und ich bei Lilly sind. Erst im Vorjahr hat Gerds Vater uns sein Ferienhaus in Sterenholm geschenkt, weil wir uns hier so wohlfühlen. Doch ich weiß, wenn ich erst einmal Medienluft geschnuppert habe, will ich mehr davon und bestimmt nicht mehr zurück in die Gastronomie. Sie war nur als Übergang gedacht, und obwohl ich das *L&P* und seine Crew liebe, ist es nicht das, was ich mein Leben lang machen will. Das Jobangebot ist keine Abwechslung für ein paar Wochen oder Monate, sondern eine Grundsatzentscheidung.

Wie gern würde sofort mit Gerd darüber reden, aber irgendwie werde ich das Gefühl nicht los, dass ich erst für mich selbst entscheiden muss, was ich will. Ich lasse meinen Blick kurz auf ihm ruhen. Er ist Kellner mit Leib und Seele. So sehr, dass er nicht mal Urlaub nehmen will. Er braucht den Stress der Saison und die Ruhe der Nebensaisonen, er liebt es, die Gäste schnell und unauffällig zu umsorgen, immer schon zu ahnen, wer etwas brauchen könnte, und hat die typisch offene, zugängliche Art, die einen guten Kellner ausmacht. Ich habe viel von ihm gelernt, aber die Leidenschaft, mit der er seinen Beruf ausübt, habe ich nie besessen. Möglicherweise ist es genau das: Es ist sein Beruf, seine Berufung, seine Wahl. Ich aber habe die Medienbranche gewählt und war während meines Praktikums genauso mit ganzem Herzen dabei, wie Gerd es bei seinem Job ist. Und so soll es doch auch sein, oder? Man sollte erfüllt sein von dem, was man tut. Es nicht nur machen, weil man mit der Kohle, die man dabei verdient, seine Rechnungen zahlen kann. Ich schätze, da ist meine Entscheidung schon.

Als wir uns am Nachmittag auf den Weg nach Hause machen, ist mein Freund ziemlich still. Vielleicht hat er was mitbekommen?

»Können wir reden?«, frage ich, während er das Auto vor dem Haus parkt.

»Klar! Sofort oder ganz in Ruhe heute Abend?« Lächelnd sieht er mich an. Er hat also nichts gemerkt. Ist es der richtige Zeitpunkt, zwischen Auto und Haus so ein Thema aufzugreifen? Ich entscheide mich dagegen.

»Heute Abend klingt gut. Was wollen wir essen?«

»Ich dachte an etwas Mexikanisches, was meinst du?«, schlägt er vor. »Ich könnte noch in den Supermarkt fahren. Dann kannst du in Ruhe eine Ladung Wäsche waschen, wie du es heute Morgen geplant hattest.«

Er hat etwas ausgesucht, das *er* kochen kann, damit ich mich inzwischen um meine Klamotten kümmern kann. Warme Zuneigung durchflutet mich. So funktionieren wir.

»Klingt gut«, erwidere ich und küsse ihn rasch.

»Sehr gut, dann fahre ich gleich noch mal los. Und nach dem Essen machen wir es uns mit einer Flasche Wein auf der Couch gemütlich, okay?«

Ich nicke, und er verabschiedet sich mit einem Winken. Den restlichen Nachmittag verbringe ich zwischen Waschmaschine, Trockner und Bügelbrett. Aus der Küche strömt ein verlockender Duft, doch das bevorstehende Gespräch liegt mir wie ein Stein im Magen. Doch warum eigentlich? Er liebt mich und wird sich bestimmt für mich freuen. Schließlich weiß er doch am besten, wie es ist, wenn man seinen Beruf gerne macht.

Aber als ich vor dem vollen Teller sitze, bringe ich nichts hinunter. Schließlich lege ich das Besteck zur Seite und sehe Gerd an. Seine sportliche Figur, die schmalen Hüften, sein gewinnendes Lächeln, das leicht verstrubbelte blonde Haar und die dunkelblauen Augen – ich habe mich vom ersten Moment an zu ihm hingezogen gefühlt. Wie er damals aus der Küche kam und lachend gemeint hat: »Gott sei Dank, da kommt meine Verstärkung. Dann gleich mal ran an die Fleischknödel.«

Wir haben zusammen in der *Auguststubn* gearbeitet, einem typischen Münchner Wirtshaus. Bei meiner Bewerbung dort hatte ich nur wenig Gastro-Erfahrung. Meine Lehre habe ich nicht abgeschlossen und bis zu diesem Zeitpunkt hatte ich nur Getränke in der Pizzeria meines Onkels serviert und am Tresen diverser Bars ausgeholfen. Doch das war allen völlig egal. An meinem ersten Arbeitstag wollte ich jeden Teller einzeln servieren, doch in der Küche hat man mich ausgelacht und mir vier Portionen Knödel mit Sauerkraut aufgeladen. Das große Tablett war schwer, und ich konnte nicht sehen, wohin ich lief. Auf dem Weg zu den Tischen habe ich eine Stufe übersehen, bin gestolpert und hingefallen. Blut floss mein Schienbein hinunter. Das Essen war quer durch das Wirtshaus geflogen, Sauerkraut landete auf der Glatze eines Gastes, und die Knödel rollten unter die Tische. Ich wäre am liebsten im Boden versunken, doch da streckte sich mir eine Hand entgegen.

»Komm hoch«, sagte Gerd leise und stützte mich, als ich neben ihm in die Küche humpelte.

»Katrin«, rief er dort nach der Küchenhilfe. »Hol dir Eimer und Lappen und wisch draußen auf. Und sag Bescheid, dass man dem Herrn auf Tisch fünf ein Bier aufs Haus gibt.« Ich spürte, wie ich rot wurde.

»Tut mir leid«, flüsterte ich.

»Nicht dir sollte es leidtun, sondern den Kollegen hier«, schnaubte er. »Wie kommt ihr dazu, sie so zu überfordern? Zwei Portionen hätten fürs erste Mal auch gereicht.« Seine Stimme war scharf, und die beiden Köche zogen den Kopf ein.

»Jetzt verarzten wir dich erst mal«, meinte er sanft, drückte mich auf ein leeres Bierfass und begutachtete mein aufgeschlagenes Knie.

»Auf den Schrecken trinken wir heute Abend gemeinsam einen Schnaps«, beschloss er dann. Und als er vorsichtig das Pflaster über die Wunde klebte, spürte ich in mir Tausende Schmetterlinge, die im Takt der Küchenmusik geschunkelt haben.

Ich schüttle den Kopf, um die Gedanken an die Vergangenheit zu vertreiben. Gerd räuspert sich und holt mich endgültig zurück in die Gegenwart.

»Ich weiß, du wolltest mit mir reden, aber kann ich anfangen?«, fragt mich mein Freund und strahlt. Überrumpelt nicke ich.

»Ich habe nachgedacht. In mir reift schon einige Zeit der Wunsch, unsere Beziehung auf eine andere Stufe zu bringen.«

Macht er … will er … wird das jetzt das, wonach es sich für mich anhört? Überrascht blinzle ich ihn an. Ein leichtes Kribbeln macht sich in meinem Bauch bemerkbar, als würden die Schmetterlinge von damals wieder erwachen. Natürlich habe ich schon ein paarmal darüber nachgedacht, ob wir heiraten, aber bisher hat er sich immer völlig unbeeindruckt gezeigt, wenn das Thema in unserem Umfeld aufgetaucht ist. Nie im Leben wäre ich darauf gekommen, dass er sich schon länger wünscht, dass wir …

»Lass uns Eltern werden«, unterbricht er meine Gedanken freudestrahlend. Wie eine große Fliegenklatsche erschlagen seine Worte die in mir tanzenden Flattertiere.

»Was?«, stoße ich hervor, als ich unsanft von meinen Hochzeitsgedanken wieder in die Realität plumpse.

»Ein Baby! Lass uns ein Baby bekommen«, wiederholt er. »Ich denke, es wird Zeit für den nächsten Schritt. Am Hafenfest haben wir die Sache mit den Kindern ja gut hinbekommen. Wir sind beide über dreißig, es läuft gut zwischen uns, wir haben ein stabiles Umfeld, ein Haus. Was sagst du?«

Damit hätte ich nie im Leben gerechnet. *Das* ist für ihn der nächste Schritt? Und vor allem: Mit diesen nüchternen Gedanken? Wir haben auf besagtem Fest Luftballontiere verschenkt, das kann man ja wohl nicht mit Elternschaft vergleichen. Was ist mit: *Ich liebe dich über alles und wünsche mir nichts mehr, als dass wir eine Familie werden?* Oder: *Ein Kind mit dir wäre das Schönste, was ich mir vorstellen kann?* Und was bekomme ich zu hören? *Es wird Zeit. Wir sind beide über dreißig.* Will er mir damit etwa sagen, dass ich alt werde? Ich kann doch noch eine Weile Kinder bekommen. Oder hört er schon meine biologische Uhr ticken? Wieso höre ich dann aber nichts? Nein, die eigentliche Frage ist doch: Warum habe ich mich selbst noch nie gefragt, ob ich Mutter werden will? Und jetzt kommt er mit dieser Frage daher? Und das ausgerechnet *jetzt*?

»Gabi?«, fragt er vorsichtig, doch in meinem Kopf dreht sich gerade alles. Ich versuche, einen klaren Gedanken zu fassen, etwas zu erwidern, doch immer wenn ich denke, Worte gefunden zu haben, flutschen sie wieder davon, als würde ich Fische mit den bloßen Händen fangen wollen. Überraschung, Enttäuschung, Zweifel, Angst – alles vermischt sich zu einem Gefühlscocktail, der eine giftige Farbe annimmt.

»Schatz?«, höre ich wieder die Stimme meines Freundes. Ich greife nach den ersten Worten, die ich zu bilden vermag.

»Ich habe das Angebot bekommen, für die Kochshow *Strandküche* zu arbeiten, solange sie hier in Sterenholm gedreht wird«, platzt es aus mir heraus.

Nun ist es an Gerd, überrascht die Augenbrauen zu heben.

»*Strandküche?*«, wiederholt er.

»Eine ziemlich bekannte Kochsendung. Jemand aus dem Team ist kurzfristig ausgefallen, und Georg bekam die Anfrage, ob jemand vor Ort mit Gastroerfahrung als Assistentin verfügbar wäre. Durch mein Studium bin ich ins Gespräch gekommen, und nach einem kurzen telefonischen Bewerbungsgespräch hat man mir den Job angeboten.«

»Und du möchtest gerne zusagen?«, fragt er vorsichtig.

»Ja, das wäre eine tolle Chance für mich, und das Fernsehen war immer schon mein Traum«, antworte ich, erleichtert, dass er mich offenbar versteht.

»Wann soll es denn losgehen?«, erkundigt sich Gerd.

»Schon in einer Woche«, antworte ich.

»Wie lange dauert denn der Dreh?«, will er dann wissen.

»Drei Wochen«, antworte ich und merke, wie er sich entspannt.

»Das ist … gut«, erwidert er etwas verhalten. »Dann kannst du doch mal ein wenig Fernsehluft schnuppern. Mach dir keinen Kopf. Die paar Wochen kann die Kinderplanung nun auch noch warten.« Damit ist das Thema für ihn erledigt.

Er räumt die Teller ab, während ich am Küchentisch sitzen bleibe und mich fühle, als hätte ich etwas verpasst. Wann genau habe ich seinem Plan eigentlich zugestimmt? Okay, ich habe ihn auch nicht direkt abgelehnt, aber er nimmt einfach an, dass ich mit an Bord bin, ohne eine Antwort abzuwarten.

Ich horche in mich hinein: Weiß ich denn, was ich davon halte? Ich dachte immer, ich hätte noch Zeit, mir darüber Gedanken zu machen. Und ganz ehrlich gesagt, war ich nie der Typ Frau, der feuchte Augen bekommt, wenn ein Baby im Raum ist. Ich finde sie süß, muss sie aber nicht unbedingt anfassen oder auf den Arm nehmen. Fehlt mir vielleicht das Mutter-Gen? Oder bin ich einfach noch nicht bereit dafür? Was würde das überhaupt für mein Leben bedeuten?

Ich beschließe, die Zeit für mich arbeiten zu lassen. Vielleicht weiß ich nach dem Job, wie es weitergehen soll. Oder ich stelle mich so furchtbar an, dass ich mir meine Karriereträume sowieso abschminken kann. Wahrscheinlich hat mich sein Vorschlag heute einfach nur überrascht.

Am nächsten Tag gebe ich Frau Gutbauer Bescheid, dass ich den Job annehme. Nun bleibt mir eine Woche, um mich wieder in die Medienarbeit einzulesen. Also wälze ich nach der Arbeit meine Bücher von der Uni und die Aufzeichnungen, die ich während meines Praktikums gemacht habe. Schließlich will ich mich nicht blamieren.

Kapitel 3

Mein Herz klopft mir vor Aufregung bis zum Hals, als ich an meinem ersten Tag das Set von *Strandküche* betrete. Der *Dünenhof* hat in diesem Jahr über die Herbst- und Wintermonate geschlossen, da einige Zimmer renoviert werden. Und die Küche hat Georg für die Produktion der Kochsendung gebucht.

»Hi, kann ich dir helfen?«, fragt mich eine zierliche Blondine mit blondem Pixie-Cut, als ich das Hotel betrete.

»Ja, ich bin die neue Assistentin, die bei Herrn Leitner angefragt wurde«, erkläre ich schnell.

»Ach ja, wir hatten miteinander telefoniert. Ich bin Ines, die Set-Aufnahmeleiterin. Geh doch schon mal weiter, die anderen haben gleich Erstbesprechung. Lukas möchte dich auch gerne kennenlernen, und irgendwo schwirrt auch Wolfgang, unser Regisseur herum.« Sie lächelt mir freundlich zu und deutet Richtung Küche.

Dort sehe ich schon Lukas Behrens, den Starkoch der Sendung. Obwohl er noch nicht mal dreißig ist, läuft *Strandküche* nun schon seit einigen Jahren sehr erfolgreich im Fernsehen. Mit Charme und gutem Aussehen hat er die Zuschauer auf seine Seite gezogen und ist Dauerthema in den Klatschzeitungen des Landes, auch wenn er sein Privatleben von der Öffentlichkeit fernhält. Sein hellbraunes Haar ist heute jedoch nicht wie in den Sendungen akkurat gestylt, sondern wirkt, als wäre er erst aufgestanden. Ganz im Gegensatz zu seinen grünen Augen, die vor lauter Energie Funken zu sprühen scheinen. Seine ganze Körperhaltung zeigt pures Selbstvertrauen, allerdings strahlt er keine Arroganz aus, wie man es von anderen Starköchen kennt. Es gibt zwar keinen Zweifel daran, dass er hier der Boss ist, aber er vermittelt zugleich das Gefühl, dass es um Teamwork geht. Er beendet eben ein Gespräch mit einem Mittfünfziger in kariertem Hemd, ehe er sich auf die mittige Kochinsel setzt, damit er sein Team etwas überragt.

»Guten Morgen, Leute. Schön, dass beim Drehbeginn der neuen Staffel wieder so viele bekannte Gesichter dabei sind. Dann weiß ich ja schon mal, dass die grundlegenden Dinge alle klappen werden.« Es ertönt allgemeines Lachen. Die Crew ist aufmerksam, aber entspannt. »Wir starten heute in Sterenholm mit unseren Ostsee-Sendungen, und ich hoffe, dass wir mit dieser Staffel an die Erfolge der letzten anknüpfen können. Ihr kennt meine Einstellung, die ich Gott sei Dank mit Wolfgang teile. Wenn jemand Vorschläge dafür hat, wie man eine Szene besser machen könnte, unsere Tür steht euch allen stets offen, immer raus damit. Wie ihr sicher schon gehört habt, hat Oskar sein Rad gegen einen Baum gesetzt und fällt eine Weile aus. Dafür haben wir ein ganz neues Gesicht unter uns, das ihn als Assistenz von Ines und Wolfgang ersetzt. Ist sie schon da?« Suchend durchforstet sein Blick den Raum, und ich hebe die Hand. »Alles klar! Dann spreche ich mal mit unserem Neuzugang.«

Mit diesen Worten hopst er wieder auf den Boden und kommt zu mir herüber.

»Maria Gabriella Mancuso, M.A.«, liest er meinen Namen von seinem Klemmbrett ab.

»Das bin ich«, bestätige ich.

»Hi, ich bin Lukas. Wir duzen uns hier alle am Set, wenn das für dich in Ordnung ist?«, fragt er und streckt mir die Hand entgegen.

»Ja klar!«, versichere ich schnell und ergreife sie.

»Wirst du Maria Gabriella genannt?«, erkundigt er sich.

»Ähm, nein. Gabi.«

Lukas stutzt.

»Wer macht denn aus so einem wunderschönen Namen einfach nur Gabi?«, fragt er fassungslos.

»Die deutsche Gastronomie«, antworte ich trocken, und er lacht.

»Und wie nennt man dich zu Hause?«, erkundigt er sich dann.

»Maria«, antworte ich prompt. »Oder Mariella.« Dann fällt mir auf, dass ich bei *zu Hause* sofort an Sizilien gedacht habe, an meine Familie und nicht an Gerd.

Ein Lächeln huscht über sein Gesicht. »Das finde ich doch gut.« Dann wendet er sich an die anderen. »Leute, das ist Mariella Mancuso.«

Das Team nickt begrüßend, und mit einem Mal bin ich Mariella.

»In deinen Unterlagen habe ich gesehen, dass du durch dein Studium in der Theorie eine Menge gelernt hast, aber nicht viele Erfahrungen sammeln konntest. Das ist für uns …«

Ich halte die Luft an. Sagt er mir jetzt etwa, dass ich ungeeignet bin, dass er einen Ersatz für mich anfordern will?

»… ein Glücksfall«, beendet er seinen Satz, und ich blicke überrascht auf. »Wir arbeiten hier etwas unkonventioneller als sonst in Fernsehproduktionen üblich. Nicht ganz so viel Hierarchie, sondern mehr Teamplay. Ines hast du ja schon kennengelernt. Mit ihr erarbeitest du jeden Tag, was wir als Nächstes brauchen, und besorgst es. Hauptsächlich werden es Zutaten sein. Hier lege ich großen Wert auf Regionalität und Tierwohl. Wenn du dir nicht sicher bist, was oder in welcher Qualität etwas benötigt wird, sprich auf jeden Fall mit mir darüber. Die zweite Person, der du assistierst, ist Wolfgang, unser Regisseur.«

Er winkt den Mann im karierten Hemd zu sich und stellt uns vor.

»Ihr beide kommt klar? Ich muss langsam in die Maske«, entschuldigt sich Lukas. Als wir nicken, schlendert er in einen Nebenraum.

»Willkommen im Team«, begrüßt auch Wolfgang mich herzlich. »Mit Regieassistenz kennst du dich ein wenig aus?« Ich beeile mich, zu nicken. »Ich behalte das große Ganze im Auge, du bist meine verlängerte Hand und kümmerst dich um die Details. Eine Kochsendung hat eigene Abläufe, aber nach ein oder zwei Tagen kommst du sicher in den Job ganz von selbst rein.«

Er klopft mir aufmunternd auf die Schulter und wendet sich den Kameraleuten zu, die etwas von ihm brauchen. Ich sehe mich um und entdecke Ines.

»Wo kann ich helfen?«, frage ich, als ich an sie herantrete. Sie nickt mir mit einem Lächeln zu.

»Ich mag deine Eigeninitiative«, sagt sie dann. »Wir sehen uns mal an, welche Geräte vorhanden sind und ob noch welche von unseren eigenen gebraucht werden. Lukas ist da ein wenig eigen. Am besten notierst du dir gleich ein paar Dinge, ohne die er in der Küche nicht leben kann.«

Dafür bin ich ausgerüstet und krame in meiner Tasche nach dem Notizbuch, das ich extra eingesteckt habe. Dann kontrollieren wir die Ausstattung und die Zutaten, die Ines für den ersten Drehtag schon vorbestellt hat. Wir vergleichen sie mit der Rezeptliste, und Ines gibt mir auch die Informationen über die Speisen, die in den nächsten Tagen gekocht werden sollen.

»Lukas legt großen Wert auf Frische, Regionalität und …«

»Tierwohl«, vervollständige ich ihren Satz.

»Ich sehe, hier hat er schon Vorarbeit geleistet«, erwidert sie grinsend. »Also kauf alles, was möglich ist, direkt vom Bauern, Fischhändler, Müller, Bäcker oder Fleischer. Und gib mir dann für jede Sendung eine Liste, was woher stammt. Das kommt dann in den Abspann rein.«

Mein Stift flitzt über das Papier während Ines' Briefing. Ich möchte so schnell wie möglich selbstständig arbeiten können. Als wir fertig sind, grinst sie mich an.

»Du legst dich ganz schön ins Zeug, das gefällt mir. Von

meiner Seite her war es das vorerst mal. Kümmere dich bitte zuerst um die Lebensmittel für die nächsten Tage, dann startet der Dreh sicher schon, und Wolfgang braucht dich.«

»Alles klar«, versichere ich ihr. Ich arbeite lange genug im *L&P*, um zu wissen, woher Lilly ihre Zutaten bezieht. Und da sie auf die gleichen Punkte Wert legt wie Lukas, orientiere ich mich an ihren Zulieferern. Bei Frederik erkundige ich mich nach der Telefonnummer des Fischers seines Vertrauens. Schon nach kurzer Zeit sind die Bestellungen für die nächsten drei Sendungen erledigt. Wie von Ines prophezeit, beginnt kurz darauf der Dreh, und ich bin Wolfgangs Schatten. Ich merke schnell, dass man hier keinen strengen Abläufen folgt, sondern intuitiv arbeitet. Ich leite Wolfgangs Änderungswünsche an Kameramann Jens, Maskenbildnerin Sandra und Lukas weiter. Als die Folge fertig gedreht ist, wird das Rohmaterial gleich vor Ort geschnitten. Cutter Klaus und Wolfgang arbeiten hier Hand in Hand.

»Danke, Mariella, dafür brauche ich dich nicht mehr«, teilt Wolfgang mir mit. Sehnsüchtig linse ich in Klaus' kleines Reich. Der Regisseur folgt meinem Blick. »Außer du möchtest zusehen?«, bietet er mir dann an.

»Sehr gerne«, nehme ich an und setze mich auf einen Stuhl hinter den beiden, um sie nicht zu stören. Am liebsten wäre ich rund um die Uhr am Set, damit ich so viel wie möglich sehen und lernen kann. Ich weiß noch nicht, welchen Part ich für meine Zukunft ansteuere, aber ich nehme mir fest vor, in diesen drei Wochen mein Ziel genau festzulegen.

Der Schnitt fasziniert mich. Zu Beginn der Folge wird ein Video über das Hotel eingespielt, das, wie Wolfgang mir verrät, auf Material beruht, das uns das Hotel zur Verfügung gestellt hat.

»Ich würde es ja lieber selbst drehen, denn meist ist es eine unglaubliche Selbstbeweihräucherung, aber das wären zusätzliche Drehtage und ein großer Aufwand für den Außendreh. Das ist einfach nicht drin. Also müssen wir das Beste herausholen und es so schneiden, dass es zu unserer Sendung passt und nicht zu lange ist«, erklärt er mir. Ich zücke wieder den Stift und schreibe jedes von Wolfgangs Worten mit, bis er ihn mir irgendwann aus der Hand nimmt.

»Wie man das Rohmaterial am besten editiert, kannst du nicht hier nachlesen«, sagt er dann lächelnd und deutet auf meinen Block. »Du fühlst es hier.« Er tippt sich an die Brust und zwinkert mir zu.

Ich lächle ihn an, dankbar, dass ich mit ihm zusammenarbeiten darf. Wolfgangs Erfahrung ist immens, und ich bezweifle, dass ich jemals so gut werde wie er. Aber ich folge seinem Rat, beobachte und bekomme langsam ein Gespür für die passenden Übergänge, die Klaus und er gemeinsam finden.

Als ich am nächsten Tag in der Mittagspause die erste fertige Folge sehe, stört mich etwas. Keine Ahnung, was es ist, denn der Schnitt ist rund und die Übergänge sind top. Ich frage Wolfgang, ob ich mir das Video auf mein Tablet ziehen kann, um mir noch ein paar Notizen zu machen, und er ist einverstanden. Am Abend helfe ich den anderen noch bei den Vorbereitungen für den nächsten Tag, bleibe danach jedoch allein in der Küche zurück. Erneut sehe ich mir die Folge an. Und noch mal und noch mal. Dann weiß ich plötzlich, wonach ich suchen muss. Rasch schnappe ich mir Töpfe, Schneidbrett und weitere Kochutensilien und versuche – natürlich ohne Zutaten – Lukas' Anweisungen für seinen Fischeintopf auf dem Bildschirm Folge zu leisten. Doch mehr als einmal bin ich ratlos.

»Machst du Trockenübungen?«, höre ich hinter mit plötzlich eine Stimme und erschrecke. Als ich mich umdrehe, steht Lukas hinter mir und deutet mit einem Lachen auf das sich ihm bietende Szenario.

»Ähm, ja … so ähnlich«, stottere ich.

»Ist das die neue Folge?«, fragt Lukas dann.

»Ja, ich wollte sie mir noch ein paarmal ansehen, damit ich ein Gefühl dafür bekomme«, antworte ich rasch.

»Was hältst du davon?«, will er dann wissen.

»Ihr arbeitet alle sehr professionell«, beginne ich, doch Lukas schüttelt den Kopf.

»Keinen Honig ums Maul schmieren«, bittet er mich ernst. »Also, wie findest du sie?«

»Das kommt ganz darauf an, welche Erwartungen du daran hast«, erwidere ich und ernte einen fragenden Blick. »Sie unterscheidet sich kaum von anderen Kochsendungen, nur der Koch ist ein anderer. Gut, hier ist es auch der Bezug zum jeweiligen Hotel, aber das ist eher eine Nebensache. Ihr könntet das überall drehen. Es wird gezeigt, wie ein kompliziertes Gericht zubereitet wird. Im Schnelldurchlauf, mit in Glasschalen vorbereiteten Zutaten und vielen Großaufnahmen von dir. Wenn es ein Format sein soll, das nachmittags bei den Hausfrauen beim Bügeln nebenherläuft, passt alles«, fasse ich zusammen.

»Und wenn ich das nicht will? Wenn ich Menschen fürs Kochen begeistern möchte?«, wirft Lukas ein.

»Dann sollte man überlegen, ein paar Dinge zu ändern«, empfehle ich ihm.

»Wenn ich mir das hier so ansehe, hast du auch schon eine Idee. Verrätst du sie mir?«, bittet Lukas.

Ich sehe ihn einen Augenblick an, frage mich, ob ich nicht besser meinen Mund halten sollte, ob ich wirklich nach so kurzer Zeit bereits etwas kritisieren darf, was offenbar schon seit Jahren funktioniert. Ich möchte nicht überheblich wirken, denn schließlich bin ich nicht vom Fach. Doch Lukas nickt mir aufmunternd zu, und ich gebe mir einen Ruck.

»Ich habe versucht, den Anweisungen der Sendung zu folgen, bin aber mehrfach gescheitert. Vielleicht sollte man etwas innovativer denken. Andere Kameraeinstellungen, denn die Zuschauer wollen das Produkt sehen, die einzelnen Schritte. Wie müssen die Zutaten gewaschen und geschnitten werden, wie braun muss etwas geröstet werden? Worauf muss man achten? Besser nicht so komplizierte Gerichte, dafür jeder Schritt perfekt erklärt. Und du musst sie in *ihrer* Küche abholen, mit den Geräten und Utensilien, die jeder hat, oder zumindest aufzeigen, worauf man ausweichen kann, zum Beispiel dass auch ein Stabmixer funktioniert, nicht nur die tausend Euro teure Küchenmaschine, die bei dir auf der Arbeitsplatte steht. Die Zuschauer sollen sich zutrauen, deine Gerichte nachzukochen. Vor allem, wenn man DVDs rausbringen oder vielleicht auch ins Streaming einsteigen will, ist das wichtig.« Ich merke, dass ich mit meiner Erklärung so richtig in Fahrt gekommen bin, und stoppe.

Lukas sieht mich lange an.

»Tut mir leid, ich … die Sendung ist natürlich gut … nur …«, sage ich dann kleinlaut. Verdammt, das war's jetzt mit dem Job.

»Ach was! Ich habe dich um deine ehrliche Meinung gebeten, und das ist sie. Ich würde das gerne einmal so ausprobieren, wie du es dir vorstellst. Wir besprechen das morgen mal mit Wolfgang und Ines. Wenn sie einverstanden sind, könnten wir ja eine zusätzliche Probe machen, einmal nach der alten Vorgehensweise und eine nach deiner Idee. Wenn wir die Neuerungen einfach mitdrehen, lässt sich zumindest das Rohmaterial vergleichen«, schlägt er vor.

Überrascht sehe ich ihn an. In seinen Augen liegt Vertrauen. Er nimmt mich für voll, auch wenn ich ein Greenhorn bin. Damit berührt er einen Teil von mir, der in den letzten Jahren so stark vernachlässigt worden ist, dass ich gar nicht mehr wusste, dass es ihn noch gibt. Jemand glaubt an mich, und das lässt Wärme durch mich fluten. Dankbar lächle ich ihn an.

»Können wir das so einfach? Ich meine, was sagt die Produktionsfirma denn dazu?«, werfe ich dann ein.

»Von den Kosten her würde sich ja nichts ändern, nur die Präsentation wäre anders. Aber wir geben denen natürlich Bescheid, dass eine neue Idee im Raum steht, und lassen den Probendreh absegnen. Wenn dem Team und mir die Probeaufnahme nach deinem Konzept besser gefällt, sendet Ines der Produktionsfirma beide Varianten zu und schlägt vor, den restlichen Dreh neu zu gestalten. Dann sehen wir weiter. Kannst du deine Idee bei der Teambesprechung morgen Früh den anderen präsentieren?«, bittet er mich.

»Ja, klar«, stoße ich überrascht hervor.

»Danke!« Er lächelt mich an. »Mariella, als ich gesagt habe, dass ich für alle Vorschläge offen bin, habe ich auch dich damit gemeint. Du bist jetzt Teil unseres Teams. Mach also ruhig deinen Mund auf, wenn du was zu sagen hast«, ermutigt er mich. »Bis morgen!«

Meine Nacht wird lang, und Schlaf nimmt nur wenig Zeit davon ein, doch bei der Morgenbesprechung am nächsten Tag bin ich gut vorbereitet. Natürlich merke ich die Skepsis der anderen, dass ausgerechnet ein Greenhorn wie ich einen so weitreichenden Vorschlag macht. Aber Lukas steht voll hinter mir, und auch Ines und Wolfgang stimmen ihm zu, dass meine Idee einen Versuch wert wäre. Ines telefoniert mit der Produktionsfirma und sendet ihnen mein Konzept zu. Dort ist man mit den erweiterten Probeaufnahmen zu Vergleichszwecken einverstanden. Lukas teilt die Entscheidung dem Team sofort mit.

»Leute, ich möchte eine der Proben so gestalten, wie Mariella sich das vorstellt. Damit wir sehen, ob die Idee was taugt oder nicht. Dafür soll sie bei allem mit eingebunden werden«, schärft Lukas allen ein. »Das wird eine Menge Arbeit für dich«, wendet er sich dann augenzwinkernd an mich.

»Kein Problem, ich freu mich darauf«, erwidere ich strahlend.

Es wird ein verdammt anstrengender Tag, denn durch die

zusätzliche Probe verlängert sich der Drehtag. Aber das Team akzeptiert es wortlos. Für mich ist es wahnsinnig aufregend, wirklich überall involviert zu sein. Ich arbeite voll konzentriert und treffe viele Entscheidungen, an die ich vorab nicht gedacht habe, aus dem Bauch raus. Im Anschluss setzen wir den Drehtag normal fort, damit wir nicht in Verzug geraten.

Am Ende des Tages sieht sich das ganze Team gemeinsam die beiden ungeschnittenen Proben von *Strandküche* an, und meine Nervosität steigt ins Unermessliche. Es werden alle ihre Meinung abgeben. Gespannt beobachte ich die anderen. Als wir beide Proben gesehen haben, stoppt Lukas den Player und wendet sich an das Team.

»Bevor ich euch meine Meinung dazu sage, will ich ein Handzeichen von denen, die die restlichen Folgen nach dem neuen Konzept drehen möchten«, wirft er in die Runde.

Als Wolfgangs Hand als erste hochschnellt, stiehlt sich ein kleines Lächeln auf mein Gesicht. Zumindest ihn konnte ich überzeugen, das bedeutet mir viel. Doch immer mehr Hände gehen nach oben, bis als Letzter auch Lukas selbst seine hebt.

»Einstimmig dafür«, stellt er dann fest, und ich schlage überrascht die Hände vor den Mund. Unter dem Applaus des restlichen Teams bedankt sich Lukas bei mir.

»Du hast ein gutes Gespür«, meint er dann. »Ein paar Feinheiten sollten wir zukünftig vielleicht noch ändern, aber jetzt legen wir die beiden Aufnahmen mal der Produktionsfirma zur endgültigen Entscheidung vor und geben dort unsere Empfehlung ab.«

»Wie lange wird es dauern, bis wir eine Rückmeldung erhalten?«, will ich wissen.

»Ines meint, man wartet dort schon auf die Aufnahmen. Wenn eine Umstellung erfolgen soll, dann möglichst bald. Also wird man uns nicht zu lange auf die Folter spannen«, vermutet er.

Ich vergrabe mein Gesicht in den Händen. Gestern war das neue Konzept nur eine vage Idee, ein Hirngespinst. Heute fällt die Entscheidung, ob die Sendung danach umgestaltet wird. Das ist so verrückt!

»Geh nach Hause, du kannst hier nichts tun«, rät mir Ines, und ich nicke. Doch ich bin zu nervös, um jetzt zu gehen. Also räume ich hier ein wenig auf, bereite dort schon mal etwas vor und sehe tausendmal auf die Uhr. Als ich Schritte höre, blicke ich auf.

»Mariella, du bist ja immer noch hier«, ruft Lukas überrascht.

»Gibt es denn schon eine Antwort von der Produktions-firma?«, frage ich aufgeregt. Er lächelt mich an und nickt.

»Ja! Du hast auch die Entscheidungsträger mit deiner Idee überzeugt. Der Dreh wird entsprechend umgestaltet«, verkün-det er zufrieden lächelnd.

»Ich glaub das nicht«, flüstere ich ungläubig.

»Glaube es ruhig! Ines und Wolfgang werden morgen noch mal mit dir besprechen, wie alles umgesetzt wird. Und jetzt schlaf dich aus«, rät mir Lukas.

»Danke!«, sage ich mit Nachdruck.

»Wofür? Es war doch deine Idee«, meint Lukas verwirrt.

»Aber du hast mir eine Chance gegeben und an mich ge-glaubt.« Ich flüstere es fast, und er lächelt.

»Bis morgen, Mariella«, antwortet er nur.

»Bis morgen!«

Es ist verdammt spät, als ich nach Hause komme. Ich bin völ-lig überdreht und sprudle fast über vor Stolz und unbändiger Freude. Gerd ist schon im Bett, doch ich wecke ihn, um ihm von meinem Erfolgserlebnis zu erzählen.

»Schön, dass es dir Spaß macht«, nuschelt er im Halbschlaf.

Das glaube ich jetzt nicht. Es geht doch hier nicht um Spaß. Das ist ein ernster Job und kein Töpferkurs, den ich mal so zwischendurch mache.

»Gerd!«, rufe ich energisch, um ihn zu wecken. »Ich habe eben das Konzept einer Sendung geändert. Mit meiner Idee!« Meine Stimme überschlägt sich fast.

»Ja, das habe ich verstanden«, meint er nun etwas wacher. »Gratuliere! Hat sich dein Studium doch ausgezahlt.«

Schweigend sehe ich ihn an. Ja, das hat es. Zumindest für die paar Wochen, in denen *Strandküche* in Sterenholm gedreht wird. Und dann? Gehe ich brav zurück in den Service des *L&P*? Habe ich für drei Wochen Medienluft schnuppern so lange studiert?

»Schlaf weiter«, flüstere ich niedergeschlagen. »Ich dusche noch schnell, dann komme ich auch ins Bett.« Mit einem raschen Kuss verlasse ich das Schlafzimmer. Jetzt zu Hause kommt mir mein beruflicher Erfolg noch unwirklicher vor. Hier bin ich einfach nur Gabi. Enge macht sich in meiner Brust breit. Von Gabi wird nicht erwartet, dass sie ein langjähriges Fernsehformat umkrempelt, sondern dass sie Mutter wird. Stillen, Windeln wechseln und in Elternzeit gehen. Ich denke an meine Mutter, die sich ihr Leben ganz bestimmt nicht so vorgestellt hat, dass sie mit sechzehn Jahren schwanger wird. Die meinen Vater geheiratet hat, weil ich eben unterwegs war, nicht weil es ihre Entscheidung war. Die alles nach uns Kinder hintangestellt hat. Ich zweifle nicht daran, dass sie Papa liebt und wir Töchter und Söhne ihr Ein und Alles sind, aber ich habe mir nie Gedanken darüber gemacht, welche Pläne und Träume meine Mutter für ihre Zukunft hatte. Wollte sie in Sizilien bleiben? Wollte sie die Welt sehen? Wollte sie einen Beruf ergreifen, statt nur Hausfrau und Mutter von fünf Kindern zu sein? Hätte sie uns lieber etwas später bekommen und ihr Leben davor noch ausgekostet? Und was ist mit mir? Kann ich das? Einem kleinen Wesen diese aufopfernde Liebe entgegenbringen, es über alles andere stellen? Zumindest wird es von mir erwartet. Rasch schüttle ich die Gedanken und Zweifel ab.

Schluss damit, ein Schritt nach dem anderen. Jetzt das Berufliche, später das Familiäre. Kurz darauf kuschle ich mich an
Gerd, der mich in seine Arme zieht.

Kapitel 4

Die nächsten anderthalb Wochen fliegen nur so vorbei. Ich bin beim Dreh so eingespannt, dass ich nicht mal weiß, welcher Tag ist. Doch langsam kehrt Routine ein.

In der dritten Drehwoche wandere ich nochmals in die Küche, als die anderen sich schon auf den Heimweg machen. Ich kontrolliere, wie viel von den Grundzutaten wie Mehl und Eiern noch vorhanden ist, da steckt Lukas seinen Kopf durch die Tür.

»Dachte ich es mir doch, dass das nur du sein kannst«, sagt er grinsend. »Was machst du?«

»Ich verschaffe mir einen Überblick über die Lebensmittel. Und so nebenbei überlege ich, ob es für die Folge morgen besser ist, gegen Ende die Kamera voll auf dem Gericht zu lassen, oder ob wir die Einstellung schräger machen und dich mit draufnehmen. Da sind deine Erklärungen dazu vielleicht eingängiger. Wolfgang wollte meine Meinung dazu wissen«, erkläre ich und stelle mich an jenen Platz, wo Jens morgen mit der Kamera stehen wird, um es mir besser vorstellen zu können.

Interessiert kommt er rein und lässt sich meine Gedankengänge erklären und zeigen. Gemeinsam gelangen wir zu der Entscheidung, dass wir erst das Gericht präsentieren, dann auf Lukas schwenken für die Erklärungen und dann zum Anrichten die Kamera wieder voll auf das Gericht fokussieren.

»Danke! Ich wollte das in Ruhe überlegen«, gebe ich zu.

»Du machst das großartig. Vor allem, wenn man bedenkt, dass du mit diesem Job ins kalte Wasser gesprungen bist«, lobt mich Lukas.

Plötzlich macht sich mein leerer Magen lautstark bemerkbar. Lukas sieht mich fragend an.

»Hast du heute schon was gegessen?«, erkundigt er sich.

»Nur Frühstück«, gebe ich zu.

»Verhungert beim Dreh einer Kochsendung – das nenne ich mal eine Schlagzeile. Die Klatschpresse würde sich darum reißen«, meint er lachend. »Setz dich, du kriegst jetzt was zu essen.«

»Ähm, das Hotel und das Restaurant haben geschlossen«, merke ich an und ernte einen strafenden Blick.

»Ich habe den ganzen Tag in dieser Küche gekocht. Da ist noch genug übrig, das ich aufwärmen kann.«

»Du musst das nicht tun«, winke ich ab.

»Doch, weil ich nämlich auch Hunger habe. Leistest du mir Gesellschaft?«

Ich nicke, und wenig später machen wir uns über das Gericht des Tages her. Bis jetzt habe ich Lukas ja nur beim Kochen zugesehen, heute probiere ich zum ersten Mal etwas von ihm.

»Das ist gut!«, entfährt es mir, was bei Lukas einen Lachkrampf verursacht.

»Wie schön, dass sich die handverlesenen Kochkritiker bisher nicht in mir getäuscht haben und Frau Mancuso zur gleichen Meinung gelangt«, erwidert er belustigt.

Ich gluckse mit vollem Mund, und wir essen weiter. Daneben plaudern wir ein wenig über Sterenholm, das Set im *Dünenhof* und das neue Konzept. Lukas ist sehr nett und kehrt überhaupt nicht den Star raus. Wir sind eher wie Kollegen, und ich merke, dass ich mich in seiner Gegenwart mehr und mehr entspanne. Beim Abräumen helfe ich ihm, und gemeinsam stellen wir das Geschirr in die Spülmaschine.

»Ich hatte ja Sorge, dass dir der neue Fokus von *Strandküche* nicht gefällt«, gebe ich dann zu, als ich mir die Hände abtrockne und mich neben ihm gegen die Arbeitsfläche lehne.

»Der neue Fokus?«

»Jetzt stehen ja mehr die Gerichte im Vordergrund, während bisher du der Star warst. Versteh mich nicht falsch, du bist wirklich ganz hübsch, aber wenn ich etwas kochen will, möchte ich lieber die Zubereitung sehen als den Koch«, scherze ich. Erst dann wird mir klar, was ich da gerade gesagt habe. Das war ein offenes Kompliment, ich habe eben zugegeben, dass er mir gefällt.

»Freut mich, dass du findest, dass ich hübsch anzuschauen bin.«

Lukas sieht auf, und in seinem Blick liegt plötzlich etwas anderes. Als würde er mich heute zum ersten Mal bewusst ansehen. Seine Augen leuchten, seinen Mund umspielt ein Lächeln. Er macht einen kleinen Schritt auf mich zu. Ich sollte ihn stoppen, er ist zu nah, das ist zu unprofessionell. Doch ich kann mich nicht bewegen, warte wie gebannt, was als Nächstes passiert. Mein Blick wandert nach unten und ich sehe seine Hand, die im Begriff ist, meine zu berühren. Und in diesem kurzen Augenblick wünsche ich mir sogar, dass er es tut.

»Ich … bin vergeben«, stottere ich schließlich, und er weicht sofort zurück. »Und du auch«, erinnere ich ihn.

Lukas lächelt mich vorsichtig an. »Das macht mir nichts aus«, flüstert er.

Überrascht blinzle ich. »Mir schon!«, stoße ich hervor.

»Dann solltest du es ändern.«

»Was ändern?«

»Dass du vergeben bist«, lacht er. »Wenn es dir was ausmacht.«

»Nein, es macht mir was aus, dass du vergeben bist. Quatsch, dass ich … Scheiße!« Ich atme tief durch.

»Es tut mir leid«, erwidert er nun wieder ernst. »Ich verstehe, was du mir sagen willst, und es wird nicht wieder vorkommen. Versprochen!«

»Sicher?«, frage ich argwöhnisch. Er hebt beide Hände, als würde ich mit einer Waffe auf ihn zielen.

»Ganz sicher!«, verspricht er. »Ich habe da offenbar Schwingungen falsch interpretiert.«

Ich nicke.

»Dann gehe ich jetzt besser«, meint er.

Aufgewühlt bleibe ich zurück. Von einem anderen Mann außer Gerd als begehrenswerte Frau gesehen zu werden, ist ungewohnt für mich. Aber auf eine gewisse Art aufregend.

In dieser Nacht liege ich noch lange wach. Während ich erst nur die persönliche Ebene dieses Angebots gesehen habe, wird mir langsam auch die berufliche bewusst. Das muss ich klären. Mit diesem Gedanken schlafe ich ein.

Kapitel 5

Am nächsten Tag bleibe ich am Abend erneut länger.

»Lukas, hast du noch eine Minute?«, frage ich ihn, als er sich von Ines verabschiedet, die gerade als Letzte das Set verlassen will.

»Klar, ich wollte auch noch mit dir sprechen«, sagt er.

»Sagst du es ihr?«, fragt Ines, und als er nickt, winkt sie zum Abschied.

»Dann du zuerst«, entscheide ich und frage mich, was Ines gemeint hat.

»Wolfgang hat mir vorhin gesagt, dass er dich auch für die nächsten Stationen an der Ostsee engagieren möchte. Ich unterstütze ihn da vollkommen, und Ines hat gerade das Okay der Produktionsfirma bekommen«, eröffnet mir Lukas.

»Warte mal! Was?«, stoße ich überrascht hervor.

»Unser Dreh hier ist in zwei Tagen vorbei. Aber es warten noch drei weitere Orte an der Ostsee auf uns. Und wir hätten gerne, dass du mitkommst. Wir arbeiten gut zusammen, du passt ins Team, erledigst mehr als die dir aufgetragenen Aufgaben und hast einen guten Instinkt, was wann gebraucht wird. Außerdem habe ich – genau wie Wolfgang – das Gefühl, dass dich wirklich interessiert, was wir hier machen«, erklärt er.

Ich sehe ihn zweifelnd an.

»Hat das irgendwas mit der Sache gestern Abend zu tun?«, bringe ich meine Bedenken auf den Punkt. Lukas schüttelt sofort den Kopf.

»Absolut nicht! Mariella, ich stehe dazu, dass du in meinen Augen eine sehr attraktive und interessante Frau bist. Denn alles andere zu behaupten, wäre gelogen. Aber ich entschuldige mich nochmals in aller Form dafür, dass ich dir zu nahe getreten bin. Ich habe da etwas falsch interpretiert und hatte nicht auf dem Schirm, dass du vergeben bist. Wolfgang hat mich erst heute in seine Pläne eingeweiht. Ich hatte gestern wirklich keine Ahnung und dachte, dass unsere Zusammenarbeit fast beendet ist und unser beruflicher Berührungspunkt wegfällt.«

Ich sehe ihm in die Augen und glaube ihm. Gerade *weil* er zugegeben hat, dass ich ihm als Frau gefalle. Weil er ehrlich war.

Einen Moment lang schweige ich.

»Ich muss mir dein Angebot überlegen«, meine ich dann.

»Mach das. Du wirst in jedem Fall ein sehr gutes Zeugnis von uns für deine Zeit hier erhalten. Egal ob sie jetzt endet oder du noch für neun Wochen mitkommst«, garantiert er mir. »Kannst du mir bis morgen Bescheid geben? Dann haben wir noch einen Tag Zeit, um kurzfristig jemanden vom Sender anzufordern, falls du ablehnst.«

»Klar!«, antworte ich.

Wir verabschieden uns, und ich mache mich auf den Weg nach Hause.

Aufgeregt schließe ich die Tür zu unserem kleinen Haus auf. Ich könnte ausflippen und tanzen vor Freude. Auf dem Heimweg habe ich mich entschieden: Ich nehme Lukas' Jobangebot an. Dann kann ich insgesamt drei Monate als Assistentin bei einer angesehenen Sendung nachweisen. Und ich habe jetzt schon die Zusage, dass ich ein gutes Zeugnis bekommen werde. Außerdem glaube ich ihm, dass die Ablehnung seines persönlichen Angebots unsere Zusammenarbeit nicht beeinträchtigt. Seine Entschuldigung heute war aufrichtig, und ich denke, dass er mein Nein absolut akzeptiert hat. Und ich *will* diesen Job. Ich weiß nicht, wie es mit Gerd und mir zu schaffen ist, denn an der Ostsee werde ich bei meinem Berufsziel nicht bleiben können. Aber vielleicht ist es an der Zeit, dass diesmal *er* sein Leben für mich auf den Kopf stellt und mir folgt, sollte ich ein weiteres Jobangebot bekommen.

Drinnen ist es dunkel. Gerd ist noch nicht da, ich erinnere mich daran, dass er Paul am Abend noch bei etwas helfen wollte. Ich ziehe mich um und wasche mir die Hände. Auf einem kleinen Bord neben dem Waschbecken liegt meine Antibabypille. Da fällt mir ein, dass ich die letzte Packung angebrochen habe. Mit dem Blister in der Hand gehe ich in die Küche, um mir rasch eine Notiz zu schreiben, dass ich noch in die Apotheke muss.

»Na, wirfst du sie endlich weg?«, ertönt Gerds Stimme plötzlich hinter mir.

»Nein, ich muss morgen eine neue Packung besorgen«, winke ich ab. »Schön, dass du da bist, ich muss dir unbedingt was erzählen.«

Gerd sieht mich wie versteinert an. »Eine neue Packung?«, fragt er mit großen Augen.

»Ja. Und es gibt großartige Neuigkeiten: Man hat mich gebeten, die Produktion von *Strandküche* auch noch auf den nächsten drei Stationen zu begleiten. Ist das nicht toll?« Aufgeregt strahle ich ihn an.

»Und dafür brauchst du die Pille?«

Genervt stöhne ich auf.

»Himmel, kannst du die nicht mal vergessen? Hast du gehört, was ich dir gerade erzählt habe? Das ist eine Megachance für mich«, versuche ich ihm zu erklären.

»Wir hatten vereinbart, dass wir nach diesem Job die Familienplanung starten«, stößt er hervor. »Und jetzt erzählst du mir was von drei weiteren Stationen? Wie lange soll das dauern?«

Ich rechne nach.

»Etwas mehr als zwei Monate«, schätze ich.

»Und dann? Lässt du es dann sein und konzentrierst dich auf unser Baby-Vorhaben?«, will er wissen.

Ich fühle mich in die Ecke gedrängt. Da erzähle ich ihm von der Chance meines Lebens, und er kann an nichts anderes denken als an Babys?

»Ist das denn alles, was dich interessiert?«, erwidere ich angriffslustig.

»Anscheinend interessiert es *dich* ja gar nicht«, schießt er zurück.

»Vielleicht bin ich einfach noch nicht bereit für Kinder«, werde ich laut.

»Gabi, du bist einunddreißig Jahre alt. Wann wirst du denn so weit sein?«, wirft er mir vor.

»Ich bin doch keine Bruthenne, die nur zum Kinderkriegen da ist.« Wütend funkle ich ihn an.

»Wann?«, beharrt er auf seiner Frage.

»Ich weiß es nicht!«, rufe ich laut. Eine Schleuse öffnet sich in mir, und all meine Zweifel drängen an die Oberfläche. »Ich will mein eigenes Leben jetzt noch nicht aufgeben. Nicht bevor ich etwas *erlebt* habe. Zu Hause habe ich dauernd gelernt, um es auf die Uni zu schaffen, auf der Uni habe ich gebüffelt, um einen guten Abschluss hinzukriegen, dann habe ich gearbeitet, um Praxiserfahrung für den Master zu sammeln, und den habe ich für eine gute Stelle in der Medienbranche gemacht. Dann kam der Job in der *Auguststubn*, um meine Kasse wieder aufzubessern, und schließlich der hier, um mit dir zusammen zu sein. Aber was ist mit dem Beruf, für den ich all das gemacht habe? Der, den ich wirklich ausüben will? Wann komme *ich* mal an erster Stelle? Wenn ich jetzt schwanger werde, steht das Kind wieder vor mir in der Reihenfolge, und mein Leben ist erneut in der Warteschleife. Ich will nicht mehr warten, ich will jetzt *leben*.« Es ist halb eine Erklärung und halb ein Flehen, dass er mich doch endlich versteht.

»Ich möchte mit dir eine Familie gründen und verlange nicht, dass du dein Leben dafür aufgibst«, verteidigt sich Gerd.

»Es ist ganz egal, was man vorher vereinbart. Letztlich ist es immer die Frau, die ihr Leben hintanstellen muss«, beharre ich. »Und ich fühle mich ohnehin schon wie in einem Hamsterrad.«

Der letzte Satz bricht aus mir heraus, ohne dass er mir vorher überhaupt bewusst war.

»Was meinst du denn damit?« Zorn und Verletzung sind aus seiner Stimme herauszuhören. Ich atme tief durch, und dann sprudeln die Worte wie von selbst aus mir.

»Versteh mich bitte nicht falsch, ich finde es schön hier, aber ich bin seit vier Jahren aus Sterenholm kaum rausgekommen. Vorsaison, Saison, Nachsaison, Nebensaison und wieder von vorne. Wir haben nicht mal Urlaub gemacht. Wir leben da, wo andere ihren Urlaub verbringen, und haben das an den wenigen freien Tage nicht mal ausgenutzt. Für einen Job, der eine Notlösung für mich war. Jetzt tue ich endlich das, was ich wirklich gelernt habe, und ich bin gut darin, verdammt noch mal! Sogar besser, als ich gehofft hatte. Die wollen meine Idee, und sie möchten mich auch noch bei den nächsten Stationen dabeihaben. Ich gehe ja nicht nach Übersee, sondern nur für zweieinhalb Monate die Ostsee entlang.«

»Aber dabei bleibt es dann ja nicht, oder?« Er ist sauer. »Das ist doch nur der Anfang.«

Ich seufze. »Wenn alles gut läuft, vermutlich schon«, gebe ich dann zu.

»Und meine Wünsche sind dir wohl völlig egal?«, wirft er mir vor.

»Hast du dich etwa um meine gekümmert, als du das Jobangebot hier bekommen hast?«, schmettere ich den Vorwurf zurück. »Du wusstest, dass es für meine Qualifikation hier keine Stelle gibt. Also hast du mir in der Gastronomie etwas besorgt. Aber ich bin keine Kellnerin. Ich bin nicht du.« Die letzten Worte schreie ich.

»Du hättest Nein sagen können.« Gerd ist nicht weniger laut als ich.

»Ich habe aber für dich Ja gesagt.«

»Und das bereust du jetzt?«

»Ja, also nein, ich weiß auch nicht.« Entnervt fahre ich mir mit den Händen durch die Haare. Nach unserem Geschrei ist die Stille umso erdrückender.

»Willst du das hier überhaupt noch?«, fragt Gerd dann leise.

»Nicht so wie bisher. Ich fühle mich eingesperrt«, gebe ich zu.

Es folgt ein langes Schweigen. Jeder von uns hofft, dass der andere seinen Standpunkt relativiert, dass wir doch noch einen Konsens finden. Doch irgendwann ist mir klar, dass es den nicht mehr geben wird.

»Ich werde das Angebot von *Strandküche* annehmen«, teile ich ihm unmissverständlich mit.

»Und ich werde dich nicht zurückhalten.« Er spricht es nicht aus, doch es hört sich so an, als würde er damit nicht nur den beruflichen Aspekt meinen. Für einen Augenblick sehen wir einander an. Warten, dass der andere etwas sagt. Dass Gerd es zurücknimmt und mir versichert, dass wir dennoch ein Paar bleiben können, oder dass ich zurückrudere und sage, dass es mir der Job nicht wert ist, dafür unsere Beziehung infrage zu stellen. Aber ich kann mich nicht dazu durchringen.

Ich will meine Karriere nicht wieder hinter seine Bedürfnisse einreihen. Hinter Bedürfnisse, die nicht meinen entsprechen. Ich *muss* mir diesmal selbst die Nächste sein, sonst zerbreche ich, das fühle ich deutlich. Stumm drehe ich mich um und gehe aus dem Zimmer. Tränen laufen mir über die Wangen. Doch ich weiß, ich kann nicht zurück. Nein, ich *will* nicht zurück, sonst bleibe ich hier stecken. Ich kann nicht mehr länger das Leben einer anderen führen.

An Schlaf ist nicht zu denken. Wach liege ich allein im großen Bett, denn Gerd zieht es vor, auf der Couch zu nächtigen.

Wir sind seit fünf Jahren zusammen, aber sein so übermächtig gewordener Wunsch, jetzt sofort ein Kind zu bekommen, engt mich zu sehr ein, und plötzlich habe ich auf die Frage, ob ich ihn noch immer liebe, keine Antwort mehr. Das bedeutet dann wohl Nein, oder?

Kapitel 6

Ich bespreche mit Lilly, dass ich meine Arbeit am Set verlängern will, und sie sichert mir zu, dass ich danach jederzeit zurück ins *L&P* kommen kann. Lukas und das Team sind erwartungsgemäß sehr erfreut über meine Zusage und die weitere Zusammenarbeit. Mir jedoch steht erst noch der Abschied von Gerd bevor.

Am Abend mache ich noch ein paar Besorgungen. Von unterwegs rufe ich meinen Vater an.

»Mariella, was ist passiert?«, meldet er sich besorgt.

»Gar nichts, Papa«, beruhige ich ihn. »Aber ich möchte dich um einen Gefallen bitten.«

»Schieß los!«

»Ich habe euch doch erzählt, dass ich für eine Kochsendung arbeite, solange sie in Sterenholm gedreht wird. Gestern bekam ich das Angebot, die Sendung noch für drei weitere Stationen zu begleiten. Das sind etwa zweieinhalb Monate.«

»*Principessa*, das ist ja wunderbar!«, freut sich mein Vater.

»Kannst du es Mama und Nonna sagen?«, bitte ich ihn dann.

»Sie werden sich freuen und verstehen, dass du dich in dieser Zeit seltener melden wirst. Warum sagst du es ihnen nicht selbst?«, fragt mein Vater skeptisch.

»Sie werden mir bloß erklären, dass ich in meinem Alter lieber heiraten und Kinder bekommen sollte, statt Karriere zu machen«, bringe ich es auf den Punkt. »Und dieses Thema vertrage ich gerade überhaupt nicht.«

Mein Vater schweigt einen Augenblick.

»Ich informiere die beiden«, willigt er ein. »Aber, Mariella?«

»Ja?«, sage ich leise.

»Wenn dir noch etwas anderes auf dem Herzen liegt, bin ich für dich da. Und deine Mutter, Großmutter und Geschwister auch.«

Tränen treten in meine Augen. Ja, meine nervige, laute, sich ständig einmischende Großfamilie wird immer für mich da sein, egal was passiert.

»*Grazie mille, ti amo, Babbo*!«, rutscht es mir auf Italienisch heraus.

»Ich liebe dich auch, *Principessa*!«

Als ich nach Hause komme, ist das Haus leer. Ich packe meine Koffer für die nächsten Wochen. Hoffentlich kommt Gerd bald, denn ich will nicht, dass dieser Streit das Letzte ist, das wir miteinander gesprochen haben, ehe ich fahre. Wir sollten in Ruhe miteinander reden, wie es nun tatsächlich weitergehen soll mit uns. Trennen wir uns jetzt wirklich?

Als ich irgendwann die Haustür höre, ist es schon sehr spät, und ich liege längst im Bett. Ich verschiebe das Gespräch mit Gerd auf den nächsten Morgen, doch als ich aufstehe, ist er bereits weg. Kaum zu glauben, dass wir nach den vielen Jahren, nach all den Dingen, die wir miteinander erlebt haben, nun so auseinandergehen. Dass er mir nicht mal in die Augen sehen kann. Trauer und Enttäuschung machen sich in mir breit.

Ich trinke eine Tasse Kaffee und lade meinen Koffer ins Auto. Auf dem Küchentisch hinterlasse ich ihm einen Zettel, denn ganz ohne ein Wort will ich nicht gehen.

»Verzeih mir, aber wenn ich diese Chance nicht ergreife, würde ich es bereuen.«

Im Autoradio läuft *Listen to Your Heart* von Roxette, während ich zum *Dünenhof* fahre und erneut mit den Tränen kämpfe. Ich bin mir nicht sicher, ob ich gerade auf mein Herz höre, denn im Moment schreit alles in mir nur, dass ich in meinem Leben einfach keine Luft mehr bekomme. Ich atme tief durch und steige aus. Mein Auto bleibt hier, und ich fahre mit dem Team weiter.

Im neuen Hotel sehen Wolfgang und ich uns die Gegebenheiten an. Gedreht wird in einer Indoorküche mit ähnlichen Lichtverhältnissen wie im *Dünenhof*, also können wir die Kameraeinstellungen und die Beleuchtung wie gehabt weiterführen. Bereits in Sterenholm habe ich mich um die Anlieferung der grundlegenden Lebensmittel und der Zutaten für die ersten beiden Drehtage gekümmert. Nun kontrolliere ich, ob alles vorhanden ist, was Lukas braucht, und erkundige mich im Hotel nach weiteren regionalen Betrieben.

In den nächsten Tagen konzentriere ich mich voll auf die Arbeit, damit ich den dumpfen Schmerz in mir ignorieren kann, der immer dann auftaucht, wenn ich an Gerd denke. Und ich kann die Gedanken an ihn einfach nicht abstellen. Natürlich war das nicht unser erster Streit. Als Sizilianerin liegen meine Emotionen nur knapp unter der Oberfläche, und auch wenn Gerd mit einer tiefen inneren Ruhe gesegnet ist, kann er mein Temperament nicht immer gelassen hinnehmen. Ich eifere zwar nicht meinem mütterlichen Vorbild nach, das durchaus in der Hitze des Gefechts schon mal mit Geschirr nach meinem Vater wirft, aber verbal sind doch schon einige Male die Fetzen geflogen. Doch diesmal war es etwas anderes. Das war keine Banalität, um die es ging, sondern etwas Essenzielles, eine Entscheidung fürs Leben, bei der wir unterschiedlicher Meinung sind. Das gibt dem Streit mehr Gewicht, etwas Endgültiges. Und dass wir vor meiner Abreise nicht noch mal darüber gesprochen haben, liegt mir schwer auf dem Herzen.

Nach drei Tagen klopft es abends an meine Hotelzimmertür. Als ich öffne, steht Lukas vor mir.

»Hallo, Mariella, hast du eine Minute?«, fragt er mich.

»Klar.« Ich lasse ihn herein und sehe ihn erwartungsvoll an.

»Du bist in den letzten Tagen sehr ruhig. Ich wollte mal

nachfragen, ob alles in Ordnung ist oder ob es irgendwo Probleme gibt?«, kommt er sofort zum Punkt.

Die Überraschung über seine Worte steht mir sicher ins Gesicht geschrieben. Ich schüttle rasch den Kopf. »Nein, alles läuft bestens«, beeile ich mich zu sagen. »Ich habe nur in den letzten Nächten nicht gut geschlafen, das ist alles. Keine Sorge, bald gehe ich euch wieder mit meiner ständigen guten Laune auf die Nerven«, füge ich hinzu und versuche ein schiefes Grinsen. Lukas sieht mich prüfend an, und für einen Moment habe ich das Gefühl, dass er noch etwas sagen will. Er glaubt mir nicht, das spüre ich. Doch dann hebt er die Hände.

»Dann lass ich dich auch schon wieder in Ruhe. Aber falls es etwas gibt, worüber du reden willst, steht dir meine Tür offen«, bietet er mir an, und ich nicke. Mit einem Lächeln winkt er mir noch einmal zu und ist auch schon wieder aus der Tür.

Ich sollte mich wirklich zusammenreißen, wenn sogar Lukas schon auffällt, dass ich angeschlagen bin. Es war meine Entscheidung, dass die Situation jetzt so ist, wie sie ist. Und nun muss ich damit klarkommen. Außerdem, wer weiß! Vielleicht renkt sich ja alles wieder ein? Gerd und ich waren beide von der Situation überrascht, die Gemüter waren erhitzt, da sagt man schon mal Dinge, die man nicht so meint. Möglicherweise tut uns der Abstand ja gut? Mit diesen Gedanken dusche ich und schlafe schließlich ein.

Am nächsten Tag bemühe ich mich, während des Drehs fröhlicher zu sein, und es klappt. Ich ernte ein Lächeln von Lukas, und auch Wolfgang wagt es, wieder mit mir zu scherzen, als wir uns das Rohmaterial am Ende des Tages ansehen. Morgen geht es ans Schneiden, und dann gibt es bereits die ersten fertigen Folgen der neuen Location. Ich bin nach einem kurzen Imbiss gerade auf dem Weg in mein Zimmer, als mein Handy klingelt. Ich erkenne gleich die Nummer.

»Hallo, Lilly«, melde ich mich überrascht, »ist alles okay?«

»Hi, Gabi!«, begrüßt sie mich, und als ich die altgewohnte Abkürzung meines Namens höre, merke ich, wie sehr ich mich schon daran gewöhnt habe, Mariella genannt zu werden.

»Das wollte ich eigentlich dich fragen«, dringt die sanfte Stimme meiner ehemaligen Chefin an mein Ohr.

»Weshalb?«, frage ich irritiert, während ich mein Zimmer betrete.

»Gerd ist heute erst mit der Sprache rausgerückt, sonst hätte ich mich schon viel früher gemeldet«, versichert sie mir.

»Du hast doch gewusst, dass ich noch für zwei Monate bei *Strandküche* bleibe.« Ich habe keine Ahnung, wovon sie spricht.

»Das schon, aber nicht, dass Gerd und du euch getrennt habt.«

Für einen Augenblick bleibt mir die Luft weg, und ich muss mich setzen. Er hat im *L&P* erzählt, dass wir nicht mehr zusammen sind? Ehe wir noch die Möglichkeit hatten, wie zivilisierte Menschen miteinander zu reden, ob und wie unsere Beziehung weitergehen könnte, spricht er mit unseren Freunden darüber? Mit einem leisen Klirren zerbricht die letzte leise Hoffnung in mir.

»Gabi?«, kommt es aus dem Handy.

»Ja, ich bin noch dran. Alles in Ordnung bei mir«, lüge ich. »Wir ... hatten einfach unterschiedliche Vorstellungen von unserer Zukunft.«

Lilly fragt nicht weiter nach. Ich glaube, sie hat meine Überraschung gespürt, und besitzt genug Feingefühl, mich mit Klatsch und Tratsch aus der Pension auf andere Gedanken zu bringen. Als wir aufgelegt haben, tigere ich aufgewühlt durchs Zimmer. Mehr als einmal greife ich zum Handy, um Gerd anzurufen, doch mein Finger bleibt über dem grünen Hörer in der Schwebe. Was würde ein Anruf bringen? Er wollte ja nicht mal mit mir reden, als wir noch unter einem Dach geschlafen haben. Sogar ein Abschiedswort war zu viel verlangt. Vermutlich würde er nicht mal rangehen. Außerdem, was soll ich ihm denn sagen? Wut und Trauer überschlagen sich gerade in mir.

Ich versuche, etwas abzuschalten, und stecke mir die Kopfhörer meines Handys in die Ohren, um Musik zu hören. In der Playlist läuft *Purple Rain* von Prince. Die melancholische Stimmung des Songs trifft mich wie eine Gewehrkugel. Tränen brennen in meinen Augen und laufen mir schließlich die Wangen hinunter. Es ist, als würde etwas in mir sterben. Und doch schreit mein Kopf mir zu, dass ich zuletzt nicht mehr glücklich war. Aber wieso tut es dann so furchtbar weh? War es noch Liebe oder bloß Gewohnheit? Weine ich um den Mann oder wegen der Erinnerungen? War er es, der mich unglücklich gemacht hat, oder die Umstände? Und hätte man diese noch ändern können, sodass wir noch eine Chance gehabt hätten? So viele Fragen, und ich finde auf keine einzige eine Antwort.

Noch bevor Prince ein letztes Mal von purpurfarbenem Regen schluchzt, reiße ich die Pods aus meinen Ohren und wische mir die Tränen vom Gesicht. Ich muss hier raus! Ich schnappe mir eine Strickjacke und den Zimmerschlüssel und mache mich auf den Weg zum Strand.

Das Meer hat mich immer schon beruhigt. Die steten Wellen vermitteln mir das Gefühl, dass sie meine Probleme nach und nach wegwaschen, bis nur noch glitzerndes Nass und feiner Sand übrig sind. Ich lebe nun seit vier Jahren an der Ostsee, ihr Rauschen ist mir vertraut, auch wenn es hier ein wenig anders klingt als in Sterenholm. In der Nähe steht ein Strandkorb, in den ich mich kuschle. Doch der Versuch, in mich hineinzuhorchen, scheitert. Denn dort herrscht nur Chaos. Ich fühle mich dadurch verraten, dass Gerd im *L&P* von einer Trennung erzählt hat, die wir beide noch nicht besprochen haben. Ich hatte so gehofft, dass wir noch mal in Ruhe über alles reden können. Und doch weiß ich in meinem Inneren, dass es keinen Sinn gehabt hätte. Der einzig mögliche Kompromiss bei unserem Streitthema wäre eine zeitliche Aufschiebung gewesen, doch ich kann nicht sicher sagen, ob ich in einem Jahr oder zwei so weit bin, dass ich Mutter werden möchte. Es würde nur noch mehr Druck auf mich aufbauen oder Gerd Zeit kosten, die er mit der falschen Frau verbringt. Und offenbar bin ich das für ihn, sosehr mich diese Erkenntnis schmerzt.

Mein Blick fällt auf den Ring, den ich immer noch trage. Wir haben uns die Ringe noch in München gekauft, als sichtbares Zeichen, dass wir vergeben sind. Vor allem für jene Gäste, die zu später Stunde bereits ein paar Gläser zu viel getrunken hatten. Erstaunlicherweise wirkt ein Ring an der Hand eher als das Wörtchen Nein. Nun drehe ich den Ring zwischen meinen Fingern hin und her, bis ich ihn schließlich abnehme. Es fühlt sich nicht mehr richtig an, ihn zu tragen. Traurig lasse ich ihn in meine Hosentasche gleiten.

Plötzlich tritt jemand neben mich.

»Darf ich?«, fragt eine Stimme, und als ich aufsehe, entdecke ich Lukas. In Jeans, Chucks und Regenjacke steht er da, die Haare vom Wind total zerzaust, und sieht mich fragend an. Ich nicke.

»Du bist an der Rezeption an mir vorbeigerauscht, ohne nach rechts und links zu schauen, da wollte ich sehen, ob alles in Ordnung ist. Nicht, dass du denkst, ich verfolge dich«, erklärt er augenzwinkernd. Doch heute zeigt sein Charme keine Wirkung bei mir. Schweigend lasse ich meinen Blick wieder auf die Ostsee gleiten.

»Mariella, was ist los?«, fragt er leise. »Irgendetwas hat sich verändert, seit wir aus Sterenholm weg sind.«

Sarkastisch lache ich auf. »Mein Beziehungsstatus.«

Ich erwarte einen flapsigen Spruch, möglicherweise sogar eine Anmache, doch Lukas streichelt nur kurz tröstend über meine Hand und lehnt sich dann schweigend neben mir im

Strandkorb zurück. Es dauert ein paar Minuten, bis ich begreife, dass auch nicht mehr von ihm kommen wird. Wir bleiben noch etwa eine halbe Stunde nebeneinandersitzen, ohne etwas zu sagen.

»Eigentlich habe ich damit gerechnet, Kaffee zu kochen und Botengänge zu erledigen, als man mir den Job bei *Strandküche* angeboten hat. Ich hatte gehofft, vielleicht mal beim Schneiden zusehen zu dürfen, wenn gerade wenig zu tun ist, oder einen Blick auf den Dreh zu erhaschen. Dass ich gleich so … mit eingebunden werde, das hätte ich mir nicht träumen lassen«, gebe ich dankbar zu.

»Die Produktionsfirma auch nicht«, gluckst Lukas leise. Ich sehe ihn verwirrt an.

»Und was haben die dann gesagt, als das Konzept vor ihnen lag?«, will ich wissen.

»Sie mussten zugeben, dass es um Klassen besser ist als das alte und haben zugestimmt. Und festgestellt, dass du dann aber auch mehr Kohle verdienen musst.« Er lacht.

Ich sollte wirklich mal auf mein Konto sehen.

»Ich wollte schon länger eine neue Richtung, aber meine Geldgeber wollten lieber den Spatz in der Hand als die Taube auf dem Dach. Es war ihnen zu heikel, an etwas herumzuschrauben, was bislang doch funktioniert hat. Man wollte kein frisches Blut ins Team bringen. Also habe ich einen Trick probiert. Und er ist voll aufgegangen.« Er klingt sehr zufrieden mit sich.

»Einen Trick?«, frage ich nach.

»Ja, ich hatte schon im Sommer mit Herrn Leitner Kontakt aufgenommen, ob er jemanden vor Ort weiß, der unsere Produktion unterstützen könnte. Aber der Sender war nicht begeistert davon. Als Oskar dann kurz vor der Abfahrt den Unfall hatte, habe ich Ines eingeweiht, dass in Sterenholm jemand verfügbar wäre. Und sie konnte die Produktionsfirma davon überzeugen, dass es einfacher ist, gleich jemanden vor Ort zu nehmen für den Assistenten-Job, als noch rasch intern nach jemandem zu suchen«, erzählt er.

»Aber du konntest doch gar nicht wissen, ob ich wirklich eine Bereicherung bin für euch. Ich war noch ein Greenhorn«, werfe ich ein.

»Das war ein Risiko. Aber ich habe gleich am ersten Tag gemerkt, dass Fernsehen der Teich ist, in dem du schwimmen willst, dass du dich reinhängen wirst.« Er zwinkert mir zu.

»Schleimer«, erwidere ich.

»Nur ehrlich!«, gibt er lachend zurück.

»Du bist verrückt ...«, sage ich nur und muss ebenfalls lachen. Gott, wie gut das tut! Dann reden wir noch ein wenig über den Dreh am nächsten Tag. Kurz bevor es stockdunkel ist, gehen wir zurück ins Hotel.

»Danke, dass du mir Gesellschaft geleistet hast«, sage ich leise, als wir auf dem Flur vor unseren Zimmern angekommen sind. Es hat mir gutgetan, nicht allein Trübsal zu blasen und ich muss zugeben, dass ich ihm so viel Einfühlungsvermögen gar nicht zugetraut hätte. Hinter der harten Schale des Starkochs steckt ein weicher, sensibler Kern.

»Gerne, jederzeit wieder«, erwidert er und hebt grüßend die Hand. Und obwohl ich Stein und Bein geschworen hätte, dass ich in dieser Nacht kein Auge zumachen werde, schlafe ich wie ein Baby.

Kapitel 7

Die nächste Zeit wird stressig. Zwischen Organisation, Dreh und meinem Praktikum beim Schnitt finde ich kaum Zeit, um etwas zu essen, und falle abends todmüde ins Bett. Als das Team die ersten fertigen Folgen feiern will, lehne ich die Einladung dankend ab. Doch Lukas besteht darauf, dass wir zumindest alle gemeinsam zu Abend essen. Die Art, wie der uns zugeteilte Kellner uns umsorgt, erinnert mich sehr an Gerd. Diese Herzlichkeit und die intuitive Ahnung, wann jemand einen Wunsch hat. Meine Stimmung, die aufgrund der bleiernen Müdigkeit ohnehin schon getrübt ist, sinkt ins Bodenlose. Nach dem Dessert ziehen die anderen los, während ich die Hotelbar ansteuere, um mir noch einen Absacker zu gönnen. Doch ich bleibe nicht lange allein, denn Lukas nimmt neben mir Platz.

»Wieso bist du nicht mit dem Team unterwegs?«, will er wissen.

»Mir ist nicht nach Feiern«, antworte ich wahrheitsgemäß.

»Aber dir ist nach Trinken?«, fragt er.

»Man trinkt ja nicht nur, um zu feiern.« Meine miese Laune kann ich nicht mehr verstecken.

»Und was trinkst du, um zu vergessen?«, bleibt Lukas hartnäckig.

»Ich habe keine Ahnung«, murmle ich und ernte einen fragenden Blick.

»Was hast du denn zu Hause getrunken?«, forscht er.

»Wein.«

»Soll ich dir die Weinkarte bringen lassen?«, bietet er an.

»Nein, ich mag Wein nicht besonders«, gebe ich zu.

»Wieso hast du ihn dann getrunken?«

»Weil ich Bier hasse.« Meine Logik lässt seine Mundwinkel amüsiert zucken.

»Und die Welt ist nur schwarz oder weiß? Wieso hast du denn nichts anderes getrunken?«

»Als ich meinen Ex-Freund kennengelernt habe, hat sich das einfach eingebürgert. Wir haben beide in einer typischen Münchner Gastwirtschaft gearbeitet. Da gab es Bier, Wein oder klaren Schnaps.«

Ich denke zurück an den ersten versprochenen Schnaps, den Gerd und ich am Abend nach meinem Sturz getrunken haben.

»Hier in der *Auguststubn* gehört es sich, dass man Bruderschaft trinkt«, hat er mir erklärt und mir ein Glas in die Hand gedrückt.

»Gabi«, sagte ich brav den Namen, den man mir schon in meinem ersten Gastrojob in Deutschland gegeben hatte.

»Daniel Gerrit«, erwiderte mein Gegenüber. Das passte so viel besser zu ihm als das altmodische Gerd.

»Daniel«, flüsterte ich und beschloss, ihn ab sofort so zu nennen, während er seinen Unterarm um meinen herumschlang, was meine Haut kribbeln ließ. Dann lehrte er sein Glas. Ich tat es ihm gleich und schüttelte mich, da der scharfe Schnaps mich kalt erwischt hatte. Doch ehe ich michs versah, berührten sanfte Lippen die meinen, und mein Herz setzte einen Schlag lang aus. Meine Nonna hat mir immer erzählt, dass sie beim ersten Kuss meines Großvaters der Blitz getroffen habe. Ich habe diese Aussage immer belächelt und nie so wirklich verstanden. Bis zu diesem einen Abend, an dem es mir genauso ging. Von den Haarwurzeln bis zu den Zehenspitzen stand ich unter Strom, meine Augen schlossen sich wie von selbst, damit sich jede einzelne meiner Zellen auf die Berührung auf meinen Lippen konzentrieren konnte.

»Das gehört zur Tradition dazu«, sagte Daniel leise, als er sich wieder von mir löste und seine dunkelblauen Augen meine braunen fanden. Er atmete ebenso schwer wie ich, was mit verriet, dass dieser unschuldige Bruderschaftskuss auch ihn bis ins Mark getroffen hat.

»Diese Tradition gefällt mir«, antwortete ich, und er verstand mich.

Ich sehe seinen Blick noch vor mir, als wäre es erst gestern gewesen. Ich kann den Schnaps noch schmecken, ich erinnere mich an den Geruch im Lokal und an das Lied, das im Radio lief. Und ich weiß noch ganz genau, dass es nur Sekunden gedauert hat, bis wir uns erneut küssten. Diesmal länger, intensiver, bis unsere Herzen im gleichen Takt geschlagen haben. Damit fing alles an. Es war eine tolle Zeit. Stressig, wild, unvorhersehbar und frei.

»Mariella? Willst du einen Schnaps?«, holt Lukas mich wieder ins Jetzt.

»Willst du mich betrunken machen?«, frage ich entsetzt. Das Teufelszeug habe ich nie vertragen.

»Wenn es dir hilft«, meint er trocken und bringt mich damit zum Lachen.

»Also noch mal zur eigentlichen Frage: Was willst du trinken?«

Aus dem Radio ertönt der Pina-Colada-Song. Ein Lächeln stiehlt sich auf mein Gesicht. Das ist doch mal was anderes. Ich ordere den Cocktail. Lukas hebt zwei Finger und bedeutet dem Barkeeper damit, dass er ihm das Gleiche bringen soll. Mit Pina Colada stoßen wir an.

»Eine Bekannte von mir hat bei Cocktails eine ganz eigene Philosophie«, erzähle ich dann. »Von Fruchtcocktails wird dir am nächsten Tag schlecht, und Sahnecocktails ergeben nur eine Schweinerei, wenn man davon kotzen muss.«

»Aber sie sind lecker«, wirft Lukas ein.

»Du hättest die Cocktails in Sterenholm probieren müssen. Johnny ist in seinem *Watermelon* ein richtiger Zauberer am Cocktailshaker.«

»Johnny ist dein Ex-Freund?«, versucht Lukas einen roten Faden zu finden.

»Nein, ich bin ganz und gar nicht Johnnys Typ«, versichere ich Lukas.

»Das kann ich mir ganz und gar nicht vorstellen«, hält er dagegen.

»Er würde eher dich vorziehen«, erkläre ich ihm.

»Ah, jetzt verstehe ich. Unter diesen Umständen hast du wahrscheinlich recht. Und das *Watermelon* ist deine Stammbar?«

Ich schüttle den Kopf. »Ich habe kein Stammlokal.«

»Gehst du nicht oft weg?« Er betreibt nur Small Talk, doch mich trifft die Frage wie ein Paukenschlag. Vor ein paar Minuten dachte ich noch an mein wildes Leben in München, und jetzt wird mir vor Augen geführt, wie langweilig ich geworden bin.

»Nein, tue ich nicht«, gebe ich zu. »Seit ich den ganzen Tag in der Gastronomie arbeite, bin ich abends kaum noch unterwegs.«

»Und wie war das früher?« Damit bringt er es auf den Punkt.

Ich senke den Blick. »Anders …«

Er schweigt kurz, ehe er mir die Hand entgegenstreckt. »Komm!«, fordert er mich auf.

»Wohin?«

»Zu den anderen. Die haben eine coole Bar entdeckt, in der man auch tanzen kann. Du brauchst ein wenig Spaß«, beschließt er. Ich leere mein Glas und lasse zu, dass er mich mit sich zieht.

Die Bar ist voll. Als wir durch die Tür treten, läuft *Dancing with Myself* von Billy Idol und trifft voll meinen Geschmack und meine Stimmung. Mit Lukas gehe ich zuerst zur Theke und stürze den Longdrink hinunter, den er mir reicht, ohne zu fragen, was es ist. Doch lange bleiben wir nicht unentdeckt. Ines winkt von einem großen Ecktisch aus, um den die ganze Crew sich versammelt hat. Mit einem Kopfnicken bedeutet mir Lukas, ihm zu folgen. Erneut stellt er ein Glas vor mich, und die anderen rutschen zusammen, damit auch wir noch Platz finden. Zwischen Wolfgang und Ines kann ich bald nicht anders, als mitzulachen, als wir Lukas wegen der Outtakes aufziehen.

»Als er gestern gesagt hat, diese *Schitttechnik* ist leicht zu lernen, dachte ich, ich falle vom Stuhl«, prustet Ines.

»Mein Highlight diese Woche war aber eindeutig, als ihm dieselbe Zwiebel dreimal von der Platte gekullert ist«, fällt Jens, der Kameramann, ein.

»Früher war das einfacher, da waren die Zwiebeln schon geschnitten …«, verteidigt sich Lukas.

»… im heiligen Glasschälchen, das man bereits in den Achtzigern kannte«, vervollständige ich seinen Satz. »Die Dinger sind schon älter als du selbst.«

»Nein, Leute! Das Beste war, als er den Zander *Sander* nannte, ich konnte mich die ganze Fischfolge lang nicht mehr beruhigen«, sagt nun Sandra, die Maskenbildnerin.

»Ja, dabei habe ich an dich gedacht, weil du schon mit dem Puderpinsel bereit standest«, gibt Lukas ihr die Schuld, doch sein Lachen straft ihn Lügen.

»Wenn du so weitermachst, Junge, dann können wir ganze DVDs mit den Hoppalas füllen«, meint Wolfgang augenzwinkernd.

»Das würde ihm sicher gefallen«, werfe ich ein. »Endlich mal ganze Folgen, in denen er so richtig in Szene gesetzt wird, ohne sich die Screenzeit mit dem lästigen Essen teilen zu müssen.«

»Seid doch froh, dass ihr beim Schneiden was zu tun habt. Sonst wären eure Jobs bald überflüssig«, wehrt sich Lukas lachend und deutet auf Wolfgang und Klaus. Erneut steht ein gefülltes Glas vor mir, das ich durstig leere. So geht es noch eine ganze Weile weiter. Irgendwann setzt meine Erinnerung aus.

Ich wache in meinem Bett auf, weil mir unsäglich übel ist. In letzter Sekunde schaffe es noch ins Badezimmer, ehe ich mich übergeben muss. Die Cocktail-Theorie stimmt. Als erste Grundlage einen Sahnecocktail getrunken zu haben, macht das Kotzen zu einer Sauerei. Kraftlos lasse ich mich wieder ins Bett fallen, trete denselben Gang allerdings noch dreimal an, ehe mein Wecker um halb sieben läutet.

Nach einer Dusche mache ich mich brav auf den Weg zum Frühstück, kann es jedoch nur gerade so lange bei mir behalten, bis ich wieder in meinem Zimmer bin. Als ich am Set ankomme, sehe ich, dass es dem restlichen Team nicht besser geht als mir. Gemeinsam quälen wir uns durch die Aufnahme, doch Wolfgang verkürzt den Drehtag. Gegen Mittag gibt er uns frei, da ohnehin niemand fit genug ist, um etwas Sinnvolles zustande zu bringen, wie er es ausdrückt.

Ich lege mich noch ein wenig hin und breche danach zu einem Spaziergang am Meer auf. Die Sonne scheint, doch die Temperaturen sind schon sehr kühl für diese Jahreszeit. Die Ostsee ist hier ganz anders als in Sterenholm – kein Hafen, keine Mole, keine Seebrücke und nur vereinzelt Strandkörbe direkt vor den Hotels. Der Strand durfte so bleiben, wie Mutter Natur ihn geschaffen hat. Wir Menschen sind hier nur zu Gast. Ich fühle die Freiheit des Meeres und lasse mir vom Wind den Kopf frei pusten. Nach einiger Zeit sehe ich Lukas über die Dünen zu mir schlendern.

»Darf ich dich begleiten? Etwas frische Luft wird mir auch guttun«, fragt er, als er in Rufweite ist, und ich nicke.

»Erzähl mir was von dir«, bittet er mich nach ein paar Minuten.

Ich lache auf. »Also, ich mag sahnige Cocktails, außer wenn

ich sie später wieder rauskotze. Und Musik mit einem guten Rhythmus.«

»Italienische Musik?«, fragt er nach.

»Himmel, nein!«, wehre ich ab.

»Fehlt dir Italien?«, will er dann wissen. Ich überlege einen Moment.

»Meine Familie vermisse ich ein wenig, aber Italien selbst kaum«, stelle ich dann fest.

»Bist du am Meer groß geworden?«

»Nein, in einer Kleinstadt im Landesinneren.«

»Wann warst du denn das letzte Mal dort?«

Ich rechne nach und erschrecke. »Vor etwa vier Jahren, kurz nach meinem Abschluss. Seit ich an der Ostsee wohne, nicht mehr.«

»Und was sagt deine Familie dazu?«, meint er mit hochgezogenen Augenbrauen. »Italienern sagt man ja einen sehr ausgeprägten Familiensinn nach.«

»Die ist nicht begeistert«, gebe ich zu. »Sie schieben es Gerd in die Schuhe.«

»Deinem Ex-Freund?«, kombiniert Lukas, und ich nicke.

»Eigentlich heißt er Daniel Gerrit«, erkläre ich dann leise und verspüre einen Stich in der Herzgegend. Wie lange war ich die Einzige, die ihn Daniel genannt hat? Das war immer etwas Besonderes zwischen uns.

»Hat er kein gutes Verhältnis zu deiner Familie?«, hakt Lukas nach.

»Sie haben einander nie persönlich kennengelernt, auch das nimmt man ihm krumm.«

Wir schweigen für einen Moment.

»Was ist mit dir?«, frage ich dann.

»Schon seit Jahren mit meiner Frau Bettina verheiratet«, gibt er mir Auskunft.

»Und trotzdem wolltest du …« Ich weiß nicht, wie ich es

vorsichtig ausdrücken soll, um die gute Stimmung zwischen uns nicht zu zerstören.

»… dir näherkommen?«, hilft Lukas mir aus und ich nicke. »Bitte behalt es für dich, aber wir führen unsere Ehe offen.«

Davon habe ich ja schon oft gehört, aber noch nie jemanden getroffen, der das wirklich praktiziert. Einen Moment lang lasse ich diese Information sacken.

»Habt ihr Kinder?«, will ich wissen, um das Gespräch wieder aufzunehmen.

»Nein, wir sind beide beruflich voll engagiert.«

Ich senke den Blick. »Bei uns war das letztlich das Thema, an dem alles zerbrochen ist …«, sage ich leise.

»Das tut mir leid«, erwidert er ruhig. Ich ziehe die Strickjacke enger um mich und seufze.

»Ich weiß nicht, wann es begonnen hat, in die falsche Richtung zu laufen. Aber irgendwann habe ich mich in den letzten Jahren selbst verloren«, stelle ich fest. »Bei der Hälfte deiner Fragen, weiß ich spontan keine Antwort. Früher war vieles anders, als es jetzt ist. Und ich weiß einfach nicht, wann und wie ich zu der jetzigen Person geworden bin.« Ich streiche mir die Haare hinter die Ohren, die der Wind mir ins Gesicht geblasen hat.

»Die Frage ist doch vielmehr, wie du dir besser gefällst. Willst du so sein wie jetzt, dann ist es doch egal, wann du so geworden bist. Oder willst du so sein wie früher?«

Das ist eine gute Frage.

»Ich weiß nicht, ob ich so sein will wie früher, ob ich noch so sein *kann*. Aber jetzt fühle ich mich in meinem Leben gerade wie ein eckiger Baustein, der durch ein rundes Loch soll. Es passt einfach nicht.« Ich flüstere fast.

»Dann lern dich doch einfach selbst noch mal neu kennen. So wie ich jetzt gerade«, schlägt Lukas vor. Überrascht bleibe ich stehen.

»Und was siehst du?«, frage ich ihn dann.

»Du bist klug und kreativ. Du hast deinen eigenen Kopf und deine eigene Weise, zu denken und Dinge zu sehen. Und ich glaube, wenn du dir dein Leben so ansiehst, wie du meine Sendung betrachtet hast, findest du sehr schnell raus, was du ändern musst, damit es rund aussieht und dir gefällt.«

»Ich wüsste nicht mal, wo ich anfangen soll«, gebe ich zu.

»Irgendwo, ganz egal. Was kommt dir als Erstes in den Sinn?«

Ich spreche den ersten Gedanken aus, der mir in den Sinn kommt: »Der Job hier am Set macht mir großen Spaß. Ich will nicht wieder zurück in die Gastronomie.«

»Das ist doch ein Anfang«, meint er. »Was noch?«

»Ich trinke nie wieder Alkohol.« Die Antwort kommt spontan und bringt uns beide zum Lachen.

»Das ist nur eine verkaterte Momentaufnahme und wird nicht gewertet«, erwidert Lukas dann. »Weiter!«

Ich schließe kurz die Augen und atme tief durch.

»Ich will mal wieder shoppen gehen«, höre ich mich dann sagen.

»Shoppen?«, fragt Lukas ungläubig. »Du willst mir doch nicht weismachen, dass du das in den letzten Jahren nicht getan hast?«

Ich überlege, wie ich ihm das erklären kann.

»Doch natürlich! Wenn ich Schuhe oder eine neue Hose *brauchte*, oder ein Anlass anstand. Aber ich rede davon, einfach nur zu bummeln und zu kaufen, was mir gerade gefällt. Dafür habe ich mir nie die Zeit genommen«, gestehe ich mir selbst ein. »Und plötzlich wird etwas so Profanes zu etwas Besonderem.«

»Dann mach doch morgen etwas früher Schluss«, schlägt er vor.

»Lukas, das geht nicht, ich habe doch jetzt schon frei«, protestiere ich.

»Alle haben jetzt frei«, winkt er ab. »Morgen ist für dich nicht riesig viel zu tun, da können wir sicher etwas früher auf dich verzichten. Lass den Schnitt mal für einen Tag sausen und gönn dir was.« Aufmunternd nickt er mir zu.

»Also gut«, gebe ich mich schließlich geschlagen. »Ich kann ja mal bei Wolfgang anfragen, ob das in Ordnung wäre.«

»Komm, lass uns reingehen und versuchen, etwas zu essen«, schlägt Lukas dann vor. Unbemerkt sind wir wieder vor dem Hotel angekommen.

Nachdem ich mit dem Team ein leichtes Abendessen zu mir genommen habe, das auch tatsächlich dort bleibt, wo es bleiben soll, falle ich todmüde ins Bett.

Am nächsten Morgen erscheine ich zur üblichen Zeit beim Frühstück.

»Guten Morgen«, begrüßt mich Lukas. »Konntest du schon mit Wolfgang reden?«

»Ja, um vier mache ich Schluss«, erwidere ich nickend. Mit einem Augenzwinkern drückt er mir seinen Autoschlüssel in die Hand.

»Aber …«, versuche ich abzuwehren.

»Das ist mein Privatwagen, mit den öffentlichen Verkehrsmitteln schleppst du dich an den Tüten noch zu Tode«, unterbricht er mich grinsend und verschwindet aus dem Speisesaal. Der Arbeitstag vergeht wie im Flug, und kurz nach vier sitze ich schon im Auto.

Die nächste größere Stadt ist nur zwanzig Minuten entfernt. Es fühlt sich tatsächlich ungewohnt an, ganz ohne Ziel durch die Einkaufsstraße zu ziehen. Ich bummle von einem Schaufenster zum nächsten und überlege, welche Teile der aktuellen Mode mir zusagen. Ein Rock, der auf der Puppe einfach fantastisch aussieht, lockt mich schließlich ins erste Geschäft. Auch mir passt er wunderbar, und nachdem ich ihn bezahlt habe, ist der Bann gebrochen. Ich shoppe alles quer durch den Gemüsegarten: Hosen, drei Blusenshirts, zwei weiche Pullis, zwei neue Kleider, bequeme, aber dennoch stylische Schuhe, eine neue Handtasche und Unterwäsche. Als ich die Einkaufstüten kaum mehr tragen kann, zieht mich das Schaufenster eines Friseurs an. Seit ich denken kann, trage ich mein dunkles, leicht gewelltes Haar lang. Bei der Arbeit ist es meist zu einem Zopf geflochten. Mein Blick schweift über die Fotos, die ausgestellt sind, und bleibt an einem modischen, kinnlangen Bob hängen. Ich mustere mein Spiegelbild im Fensterglas. Doch, das könnte mir stehen. Kurz entschlossen bringe ich die Tüten ins Auto und betrete anschließend den Friseursalon.

Als ich zum Abendessen komme, sieht mich Lukas zweimal an, ehe er mich erkennt. Ich trage schon eines meiner neuen Outfits und fühle mich wie in einer anderen Haut, die viel besser zu mir passt. Mein Haar ist etwa dreißig Zentimeter kürzer, was meine leichten Wellen besser zur Geltung bringt. Und ich fühle richtig, dass mein Gesicht ein neues Strahlen erhalten hat.

»Da gibt man einer Frau einen halben Tag frei, und sie kommt als neuer Mensch zurück«, murmelt Lukas.

Ich ertappe mich dabei, wie ich ihn selbstbewusst anlächle. Da ist kein Abwarten, wie die Reaktion meines Umfelds sein wird. *Ich* gefalle mir, und deshalb strahle ich das auch aus. Trotzdem freue ich mich über die vielen Komplimente des Teams während des gemeinsamen Essens.

»Darf ich mir die fertige Folge ansehen?«, bitte ich dann, und Wolfgang nimmt mich mit.

»Wartet, dann gebe ich dir gleich die neue Zutatenliste für unsere nächste Station. Lukas wollte noch was umstellen. Darum müsstest du dich bitte gleich morgen Früh kümmern, damit bei unserer Ankunft für den ersten Dreh alles da ist«, erklärt Ines und folgt uns.

»Ja klar!«, antworte ich sofort.

Nachdem ich mir mit Wolfgang die neue Folge angesehen habe, bleibe ich mit der Liste von Ines noch in dem kleinen Büro sitzen. Ich vergleiche die Bestellung mit den Zutaten für die geplante Folge für übermorgen und notiere, was geändert werden soll. Mit diesen Aufzeichnungen in der Hand klopfe ich an Lukas' Tür.

»Hey, was machst du denn hier?«, fragt er mich, als er mir öffnet.

»Ich habe mir die Lebensmittelliste für die Folgen am neuen Drehort angesehen. Aber mir ist bei ein paar Dingen nicht klar, was genau gebraucht wird. Hast du kurz Zeit?«

Er tritt beiseite, um mich hereinzulassen.

»Oder willst du dich lieber in die Lobby setzen?«, fragt er, doch ich winke ab.

»Es ist schon spät, und das Licht unten war auch schon aus, als ich vom Büro raufgegangen bin. Wenn es dich nicht stört, besprechen wir das gleich hier auf der Couch. Es dauert sicher nicht lange.«

Doch wir sitzen doch noch länger über der Liste als gedacht. Lukas hat im Internet einige Betriebe gefunden, die nahe unserer nächsten Location ab Hof in Bioqualität verkaufen, und wir überlegen gemeinsam, welche Produkte davon wir in die Sendung einbauen können. Dabei ist die Stimmung zwischen uns locker, und ich weiß gar nicht mehr, weshalb ich zu Beginn Lukas gegenüber so ehrfürchtig war. Er ist ein ganz normaler Mensch, nur eben einer, den man aus dem Fernsehen zu kennen glaubt.

»Genug«, beschließt er kurz vor Mitternacht. »Wenn ich noch ein Rezept mehr verändere, reißt mir Ines den Kopf ab. Immerhin müssen die Lebensmittel auch bezahlt werden.«

Er lehnt sich auf der Couch zurück und sieht mir zu, wie ich mich strecke.

»Wie geht es dir?«, fragt er mich dann.

»Ich sollte auf bessere Haltung achten, mein Rücken schmerzt«, scherze ich.

Doch er steigt nicht darauf ein. »Ich meinte mit der Trennung.«

Ich zucke mit den Schultern. Die habe ich heute erfolgreich verdrängt. »Keine Ahnung«, gebe ich zu. »Es ist lange her, dass ich Single war. Irgendetwas fehlt.«

Ich warte auf eine Antwort, doch Lukas schweigt. Fragend sehe ich auf und suche seinen Blick. Er hält den Augenkontakt einen Moment lang. Dann gleitet sein Blick hinunter zu meinen Lippen. Doch ansonsten rührt Lukas sich nicht von der Stelle. Es ist ein Vorschlag, und es liegt an mir, ihm ein Signal zu senden. Nicht eine Sekunde empfinde ich ihn als bedrängend oder gar belästigend. Doch ich fühle mich begehrt und muss gestehen, dass es mir gefällt. Trotzdem entschärfe ich die Situation mit einem Lachen.

»Ich werde jetzt schlafen gehen. Morgen muss ich nämlich fit sein, sonst wird der Starkoch sauer.«

Er nickt mit einem Lächeln, und ich weiß, dass zwischen uns alles okay ist.

In meinem Zimmer liege ich lange wach und denke an Gerd. Dass er mich schon lange nicht mehr so angesehen hat wie Lukas eben. Unser Sexleben ist seit Längerem immer nach dem gleichen Schema abgelaufen. Ein Fernsehabend, dann hat er mir das Glas aus der Hand genommen, hat mich geküsst, wir haben uns ausgezogen, jeder sich selbst, weil das schneller ging, er hat sich über mich gebeugt oder mich auf seinen Schoß gezogen, ist nach einem langen Kuss in mich eingedrungen, und in einem gemeinsamen Rhythmus ist zuerst er gekommen und kurz darauf ich. Ja, ich war befriedigt danach, aber wirklich aufregend war es nicht. Wäre es so weitergegangen bis zu unserem Lebensende? Sex auf der Couch in Missionars- oder Reiterstellung mit vorhersehbarem Happy End? Klar hatte ich auch vor Gerd mit anderen Männern Sex, aber keine längere Beziehung. Das war meist aufregend, aber nicht wirklich gut. Dann denke ich zurück an unsere Anfangszeit in München. Er war aufmerksam und hat schnell rausgefunden, welche Stellen er berühren muss, um mich in Stimmung zu bringen. Da waren ein paar schnelle Nummern dabei an den unmöglichsten Orten, wo wir eben kurz Zeit hatten in unserem stressigen Alltag. Ich hätte nie gedacht, dass das mal so einschläft und … fade wird. Vielleicht hätten wir irgendwann mal drüber reden soll. Vielleicht hätte ich es ansprechen sollen. Vielleicht war mir das alles bis jetzt aber auch gar nicht so bewusst.

Kapitel 8

Am nächsten Tag gehen wir in den Endspurt an diesem Drehort und geben Vollgas. Wir liegen durch die Verzögerungen der letzten Tage gerade noch so im Plan. Nachdem die Folge abgedreht ist, sichtet Lukas mit Wolfgang, Klaus und mir das Rohmaterial.

»Wirkt tipptopp auf mich«, meint Wolfgang.

»Ja, der Schnitt sollte diesmal keine Probleme machen«, gibt Klaus ihm recht.

»Das ist gut«, freut sich Lukas. »Dann verpasst Mariella nichts, wenn sie auch heute das Schneiden schwänzt.« Dann wendet er sich an mich. »Würdest du mit mir gemeinsam schon mal zur nächsten Location vorfahren, damit wir mit den Betreibern des Hotels über die Bioläden sprechen können? Die haben vielleicht schon Erfahrungswerte, was wo zu bekommen ist.«

»Ja, und du könntest dir schon mal das Set ansehen und mir berichten. Ich glaube, das könnte ein wenig herausfordernd werden, und ich möchte morgen ohne Verzögerung direkt mit dem Dreh starten, wenn die anderen ankommen«, bittet mich Wolfgang.

»Alles klar, dann gehe ich schon mal meine Koffer packen«, stimme auch ich zu.

Lukas packt ebenfalls, und ich checke uns im aktuellen Hotel aus und kündige unsere Ankunft im nächsten an.

Eine Stunde später sitzen wir bereits in Lukas' Auto. Das Navigationssystem teilt uns mit, dass die Fahrt nicht allzu lange dauern wird.

»Weißt du eigentlich, dass du mir einen Floh ins Ohr gesetzt hast?«, fragt mich Lukas, während er links abbiegt.

»Womit?«

»Mit deiner Idee, Folgen fürs Streaming zu produzieren. Das wäre ein Schritt in eine andere Richtung als bisher, man könnte Schwerpunkte setzen, Kochen für Anfänger oder Wiederverwerten von Resten, Kleine Küchenkunde«, kommt er ins Schwärmen.

»Stimmt! Man könnte auch entsprechende Kochbücher dazu rausbringen«, schlage ich vor.

»Also das Schreiben liegt mir ja nicht besonders«, gibt Lukas zu. »Aber den Vorschlag mit den eigenen Folgen zum Streamen werde ich mal bei der Produktionsfirma deponieren. Mal sehen, was die davon halten.«

»Sie werden begeistert sein!«, versichere ich ihm. »Dein hübsches Gesicht eignet sich sicher gut als Werbung dafür.« Inzwischen ziehe ich ihn schon wie selbstverständlich auf.

»Hahaha!«, erwidert er sarkastisch.

Wir überlegen noch eine Weile herum, welche Themen man behandeln könnte, als wir schon das vertraute »Sie haben Ihr Ziel erreicht« vernehmen.

Nach unserer Ankunft bringen wir die Koffer an die Rezeption. Unsere Zimmer sind noch nicht fertig, also suchen wir gleich das Gespräch mit dem Hotelbetreiber bezüglich der Hofläden, die Lukas interessieren. Einige davon beliefern auch das Hotel, und ich schließe mich sofort mit den Eigentümern kurz, ob sie die benötigten Zutaten kurzfristig liefern können. Dann lassen wir uns das Set für den nächsten Tag zeigen.

»Wow!«, entfährt es mir. Auf einer komplett verglasten Terrasse mit direktem Zugang zum Strand ist eine Küchenzeile für Showcooking aufgebaut, die in den nächsten Wochen unser Drehort ist. Es wirkt, als würde man direkt am Meer kochen.

»Jetzt verstehe ich, warum ich mir das heute schon ansehen sollte«, entfährt es mir. »Viel Spielraum haben wir aufgrund der sich ändernden Lichtverhältnisse nicht. Am besten wäre es, jede Folge in einem Rutsch zu drehen. Sonst merken die Zuschauer den Schnitt am Licht der Außenumgebung.«

»Wolfgang hat schon so was geahnt. Er hatte nur zu dieser Location nicht besonders viele Details«, erklärt Lukas. »Die komplette Verglasung macht mir Sorgen«, fügt er dann hinzu.

Ich sehe mich auf der Terrasse um, dann schüttle ich den Kopf.

»Das muss es nicht. Ich denke, Wolfgang wird eine kleine Kamera direkt hier oben in der Ecke anbringen lassen, mit der wir durchgehend mitfilmen. So haben wir immer Bildmaterial ohne Hintergrund, wenn beim Schneiden improvisiert werden muss. Mit großem Zoom können wir den neuen Aufnahmewinkel einigermaßen beibehalten. Er wird nur etwas schräger, aber vielleicht kann man da im Nachhinein noch etwas tricksen«, überlege ich. »Wann kommen denn die anderen?«

»Sie bauen heute alles ab und laden es ein, übernachten noch und fahren nach dem Frühstück los«, klärt Lukas mich auf.

»Dann wird das morgen eine Learning-by-doing-Aktion«, vermute ich und mache mir ein paar Notizen.

»Gut, mehr als das können wir jetzt nicht tun. Telefonier mal mit Wolfgang, und dann lass uns die Zimmer beziehen«, schlägt er vor.

Das Hotel befindet sich direkt am Meer, und der Strand ist hier nicht besonders breit. Die Zimmer liegen fast alle ebenerdig und verfügen über eine eigene Terrasse mit Strandkorb und direktem Zugang zum Strand. Als ich meine Bleibe für die nächsten Wochen betrete, bin ich überwältigt. Das hier ist Ostseefeeling vom Feinsten. Ich kann sogar vom Bett aus aufs Meer schauen, und die Herbstsonne lässt die Wellen glitzern und funkeln, als wären tausend kleine Diamanten dort draußen. Sprachlos stehe ich mitten im Zimmer und kann meine Augen nicht von diesem Wahnsinnsausblick losreißen.

Erst als es klopft, komme ich wieder zu mir. Vor meiner Tür steht Lukas.

»Hast du von deinem Zimmer aus auch so einen … ich meine, siehst du auch …«, stottere ich.

»Das Meer?«, hilft er mir lachend. »Ja, doch, das ist auch ein paar Zimmer weiter noch zu sehen.«

»Was hast du denn überhaupt an?«, frage ich ihn irritiert, als mein Blick nach unten schweift.

»Ich dachte, wenn wir schon mit direktem Meerzugang logieren, gehen wir schwimmen«, kommt schulterzuckend die Erklärung für seinen Aufzug im Bademantel.

»Ähm, es ist Oktober, und die Ostsee ist arschkalt«, erwidere ich stirnrunzelnd.

»In Russland schneidet man sogar Löcher in die Eisdecken von Seen, damit man baden kann. Komm schon!«, versucht er mich zu motivieren.

»Wir sind nicht in Russland.«

»Dann kann es ja nicht so kalt sein.«

»Nein! Das riecht schon nach einer Erkältung.«

»Ich rieche nur das Salz in der Luft.«

»Spinner! Ich habe nicht mal Badesachen dabei.«

Er zieht nur die Augenbrauen hoch und grinst.

»Nein, ich schwimme auch nicht nackt«, lese ich seine Gedanken und wehre gleich ab.

»Dann in Unterwäsche, los!«

»Aber die ist nach dem Salzwasser ruiniert.«

»Dann kauf ich dir neue.«

»Aber …«

»Nein!«

»Lukas …«

»Komm schon!«

»Du bist verrückt!«

»Ich weiß!«

Er wird kein Argument gelten lassen, also gebe ich auf. Mit einem wütenden Fauchen gehe ich ins Bad, ziehe mich bis auf die Unterwäsche aus, schlüpfe ebenfalls in den Bademantel und trete dann wieder zu Lukas ins Zimmer.

»Aber nur kurz!«

Mit einem schelmischen Lachen öffnet er die Terrassentür. Draußen legt er seinen Bademantel in den Strandkorb, und ich tue es ihm gleich. Man muss ihm wirklich zugutehalten, dass er seinen Blick nicht von meinem Gesicht abwendet, obwohl ich halb nackt vor ihm stehe. Nur in blauen Badeshorts hält er mir seine Hand entgegen. Ich lege meine hinein, und gemeinsam laufen wir über den Sand bis zum Wasser. Dort will ich stoppen, doch Lukas zieht mich mit sich in die Wellen. Die ersten Schritte lassen mich nach Luft schnappen. Das etwa zwölf Grad kalte Meer fühlt sich an wie Nadeln auf meiner Haut. Aber ehe ich michs versehe, liege ich komplett in der Ostsee und pruste.

»Das war jetzt buchstäblich der Sprung ins kalte Wasser«, ruft Lukas vergnügt und taucht wie ein Fisch gleich wieder ab. Auch ich mache noch ein paar kräftige Züge und genieße die Schwerelosigkeit, ehe wir uns mit einem Nicken verständigen und wieder zum Hotel rennen. Sofort schlüpfen wir in die Bademäntel und verschwinden ins beheizte Zimmer, doch ich klappere durchgefroren mit den Zähnen. Lukas kommt näher und rubbelt mich an Schultern und Oberarmen über meinen Bademantel wieder warm.

»Das war das Verrückteste, das ich je gemacht habe«, gebe ich dann lachend zu.

»Das wiederum ist das Traurigste, das *ich* je gehört habe«, schnaubt er.

»Wieso?«, frage ich verblüfft.

»Mariella, du bist eine junge, traumhaft schöne Frau. Und was machst du mit deinem Leben? Du gehst nicht aus, du gönnst dir kaum etwas, nichts, um dich zu verwöhnen, du arbeitest nicht mal, was du willst. Wann warst du denn überhaupt zuletzt im Meer schwimmen?« Er sieht mich herausfordernd an. Ich presse die Lippen aufeinander, um nicht zuzugeben, dass ich es dieses Jahr nicht ins Wasser geschafft habe. »Lebe nicht in der Warteschleife! Worauf wartest du denn? Lebe dein Leben so, dass du, wenn du alt bist, voller Stolz und schöner Erinnerungen daran zurückdenken kannst und keine Liste an Dingen hast, die du nicht gemacht hast. Wenn dir etwas gefällt, dann nimm es dir. Wenn du etwas tun willst, dann tu es doch!« Fragend sieht er mich an, wartet auf eine Antwort.

Ich schließe die Augen und atme durch. Spüre die Kälte der Ostsee noch in meinen Gliedern, das Adrenalin dieser verrückten Aktion in meinen Adern. Er hat in allen Punkten recht. Aber gerade ändere ich doch etwas, nein, alles. Ich habe einen neuen Weg eingeschlagen und mir und meiner Seele ein paar Streicheleinheiten gegönnt, die mein Selbstbewusstsein wieder gestärkt haben. Vielleicht ist es Zeit, auch meinem Körper ein bisschen Zuwendung zu gönnen. Ich öffne die Augen und sehe Lukas' immer noch fragenden Blick. Dann ziehe ich ihn am Kragen seines Bademantels näher zu mir, stelle mich auf die Zehenspitzen und küsse ihn spontan.

Erst ist er überrascht, doch dann lässt er sich auf den Kuss ein und fährt mit seiner Zunge sanft über meine Lippen, die ich bereitwillig öffne. Das Blut rauscht durch meinen Körper, und ich fühle mich so sehr als Frau wie schon ewig nicht mehr. Langsam löse ich den Knoten an meinem Bademantel, sodass er sich öffnet. Seine Augen wandern meinen Körper hinab. Sein Blick streichelt jeden Zentimeter, den er erfasst, und als er wieder bei meinen Augen ankommt, sehe ich Verlangen. Und es tut so gut. Es ist wie Vanillesoße auf Dampfnudeln, wie Pizza nach langem Fasten, wie heiße Schokolade nach einem beschissenen Tag.

»Was hast du vor?«, fragt er mit rauer Stimme.

»Ich nehme mir, was ich will«, flüstere ich und trete noch näher. Ein Lächeln umspielt seine Lippen, ehe sie sanft über meine streichen. Dann löst sich Lukas von mir und atmet tief durch. »Du solltest duschen gehen«, sagt er leise.

»Du meinst, *wir* sollten duschen gehen«, verbessere ich ihn augenzwinkernd.

»Ja, aber jeder in seinem Zimmer.« Seine Worte sind mehr Abkühlung als das Bad in der Ostsee.

»Und was ist mit *Nimm dir, was du willst*?«, will ich enttäuscht wissen.

»Ich werde alle deine Wünsche erfüllen, wenn ich mir ganz sicher bin, dass du es wirklich *willst* und nicht jetzt aus einem Moment, aus einer Laune heraus tust«, erklärt er mir sanft.

»Hast du das bei meinen Vorgängerinnen auch so gehandhabt?«, frage ich etwas gekränkt. Die Zurückweisung trifft mich, und ich ziehe den Bademantel wieder eng um mich.

»Das kommt drauf an, was du mit Vorgängerinnen meinst. In meinem Team gibt es niemanden, mit dem ich bereits im Bett war. Für gewöhnlich trenne ich das strikt. Da du aber nur kurzfristig mit mir arbeiten solltest, habe ich mir in Sterenholm eine Ausnahme erlaubt. Außerdem konnte ich nicht widerstehen«, gibt er lächelnd zu. »Es gibt weniger Frauen, als du denkst, mit denen ich neben meiner Ehefrau geschlafen habe. Und wenn, dann halte ich es so, dass es flüchtige Bekanntschaften sind, Frauen, deren Namen ich kaum kenne und bei denen er mich auch nach unserem kleinen Abenteuer nicht interessiert. Aber dich sehe ich inzwischen als Freundin. Also: Wenn du an Freundschaft plus interessiert bist, dann überleg es dir gut. Ich möchte zwischen uns nichts kaputtmachen.« Das klingt logisch, auch wenn ich es in diesem Moment nicht hören will. Ich nicke.

»Aber darf ich dich zum Essen einladen?«, fragt er dann. »Der

Küchenchef will zeigen, was er kann, ehe ich hier morgen mit den Bratpfannen wirble.«

Ich schlucke die Kränkung hinunter. Er meint es nicht böse. Im Gegenteil, dass er mich als Freundin betrachtet, gefällt mir eigentlich sehr gut.

»Sehr gerne!«, nehme ich die Einladung an.

Nach einer langen heißen Dusche lasse ich mir viel Zeit mit Frisur und Make-up, bis ich absolut zufrieden mit meinem Spiegelbild bin. Ich möchte mich wohlfühlen. Dann schlüpfe ich in halterlose Strümpfe, schwarze Pumps und das neue rote Strickkleid. Als Lukas mich abholt, gibt er sich große Mühe, unbeeindruckt zu wirken, doch ich merke, wie ihm der Atem stockt. Es schmeichelt mir, macht mich aber auch etwas verlegen. Galant führt er mich ins Restaurant des Hotels.

Beim Essen kommt das Gespräch auch auf meine eigene Küchenerfahrung.

»Kannst du eigentlich kochen?«, fragt Lukas interessiert.

»Ist das dein Ernst? Ich bin in einer italienischen Großfamilie aufgewachsen. Ich glaube, ich war gerade mal zwei, als ich meinen ersten eigenen Kochlöffel bekommen habe.«

»Dann gibt es doch sicher ein geheimes Familienrezept, das du mir verraten könntest«, mutmaßt er augenzwinkernd.

»Gibt es, aber wenn ich es verrate, würden wir beide im Mittelpunkt einer Familienfehde stehen.« Ich schiebe mir eine Gabel mit Fisch in den Mund. Lukas lacht, doch ich sehe ihn mit ausdruckslosem Gesicht an, während ich kaue.

»Das war doch nicht dein Ernst?«, stößt er dann ungläubig hervor.

»Ich komme aus Sizilien, da ist mit Familienrezepten, wie dem meiner Nonna für ihre *Pasta con le Sarde*, nicht zu spaßen.« Ich zucke mit den Schultern, als wäre das doch ganz selbstverständlich, dabei ist es natürlich übertrieben dargestellt. Zumindest ein bisschen.

»Heißt das das, was ich denke?« Seine Augen sind groß, seine Stimme nur ein Flüstern.

»Seit vorhin bin ich mir nicht mehr sicher, dass ich weiß, was du denkst«, gebe ich leise zu. Lukas sieht mich einen Moment lang an.

»Im Moment denke ich, dass hier gleich die Mafia alles in die Luft jagt, wenn du mir die Geheimzutat deiner Nonna nennst. Und dass ich vorhin ein Idiot war. Dieses Kleid steht dir nämlich ganz fantastisch«, antwortet er, und ich spüre, wie ich tatsächlich rot werde. Verdammt!

»Ich glaube, dann nehme ich auch noch ein Dessert«, erwidere ich nach einem tiefen Atemzug und lasse seine Vermutung mit der Cosa Nostra unkommentiert.

»Du willst mich quälen«, stellt er fest.

»Es war doch deine Entscheidung«, meine ich unschuldig.

»Unweit von hier gibt es eine Beachbar. Wollen wir uns die nach dem Dessert noch ansehen?«, schlägt er vor.

»Gerne, aber diesmal bleibe ich nüchtern.«

Das Lokal, in das Lukas mich bringt, liegt direkt am Strand. Im Sommer kann man hier bestimmt auch draußen feiern, aber jetzt im Herbst ist nur der Innenbereich in Betrieb. Es ist gemütlich eingerichtet, eine kleine freie Fläche und moderne Licht- und Soundanlage laden auch zum Tanzen ein. Da die Musik ziemlich laut ist, sind Gespräche nur sehr schwierig zu führen. Wange an Wange sprechen wir dem anderen direkt ins Ohr, und ich merke, wie Lukas auf meine Nähe reagiert, wie er sich mir zuwendet, seine Augen dunkler werden. Und es tut mir gut. Übermütig werfe ich mich ins Getümmel auf der Tanzfläche und bewege mich im Rhythmus der Musik. Zu *Because We Can* von Bon Jovi singe ich lauthals mit. Der

Song trifft meine Empfindungen gerade ganz genau. Dass man sich fühlt wie ein gebrochenes Versprechen, müde vom Leben in Schwarz und Weiß. Ich vergesse alles um mich herum, die Leute, die Beachbar, Lukas. Als das Lied zu Ende ist, öffne ich meine Augen und entdecke, wie Lukas mich beobachtet. Als Nächstes folgt *Follow Me* von Uncle Cracker, und ich beginne zu lachen. Auch diesen Text kann ich auswendig, und ich halte Lukas' Blick fest, während ich mitsinge. Er grinst übers ganze Gesicht, da dieser Song zu uns passt wie die Faust aufs Auge.

Der nächste Song ist ruhiger und verlangt nach einem Partner, doch als ich Lukas auffordernd die Hand entgegenstrecke, schüttelt er den Kopf.

»Kann der Herr Starkoch nicht tanzen?«, ziehe ich ihn auf.

»Ich habe in meinem ganzen Leben nur mit einer einzigen Frau getanzt, und das wird auch so bleiben«, erwidert er bestimmt.

Ich lache. »Beim Tanzen siehst du das so eng, aber ob du ab und zu mit jemand anderem die Laken zerwühlst, das ist dir egal?«

Einen Moment lang sieht er mich an, als ob er etwas erklären wollte, doch dann nickt er nur.

»Ja, das ist etwas völlig anderes«, sagt er nur. »Wollen wir zurück ins Hotel?«

Ganz der Gentleman, begleitet er mich bis zu meiner Zimmertür. Dort bleibt er stehen und sieht mich ernst an.

»Als du vorhin *Because We Can* gesungen hast …«, beginnt er. »Du bist eine Powerfrau, wie ich sie selten kennengelernt habe. Du hast in den letzten Monaten so viel in deinem Leben verändert, deine Wünsche durchgesetzt, um deine Träume gekämpft. Du hattest fast keine Erfahrung in der Filmbranche, aber dein Ehrgeiz und Fleiß haben dich zu einem wichtigen Teammitglied gemacht. Du musst es nur selbst sehen. *Dich* selbst endlich sehen.« Dieses Kompliment kommt so unerwartet und aufrichtig, dass es mir eine Gänsehaut verursacht.

»Danke«, wispere ich.

Er streicht mir eine Strähne aus dem Gesicht und atmet tief ein.

»Ich hatte eigentlich vor, dir länger Zeit zum Nachdenken zu geben, aber Himmel, in dem Kleid kriegst du mich klein«, gibt er dann zu und bringt mich damit zum Lachen. Ich schweige, weil ich gespannt bin, was er noch sagen will.

»Bist du dir ganz sicher, dass du das wirklich willst?«, erkundigt er sich eindringlich. Ich horche in mich hinein. Denke an den Kuss vorhin. Ich vertraue ihm und fühle mich gut mit ihm, begehrt. Und das brauche ich jetzt: Bestätigung und Streicheleinheiten. Ja, ich bin mir sicher, dass ich ihn will. Statt einer Antwort öffne ich hinter meinem Rücken die Zimmertür und ziehe ihn mit mir, während ich ihn nicht aus den Augen lasse. Dann nimmt er meine Hände, streichelt meine Arme bis nach oben. Erzitternd schließe ich die Augen. Als ich seinen Atem und schließlich seine Lippen auf meinem Hals spüre, schnappe ich nach Luft. Ich spüre, wie mein ganzer Körper auf ihn reagiert, sich über die Aufmerksamkeit freut, aufgeregt abwartet, was als Nächstes kommt. Lukas' Finger streichen zart meinen Rücken hinunter, bis sie knapp über meinem Po zum Liegen kommen. Seine Berührung spüre ich sogar durch mein Kleid überdeutlich, und die plötzliche Hitze in mir lässt mich erschaudern. Ich lasse zu, dass er mich noch näher an sich zieht, dränge mich ihm entgegen, hebe meinen Kopf und sehe ihn flehend an, mich endlich zu küssen. Er streicht mir erneut eine Strähne aus der Stirn, fährt dann mit seinem Finger bis zu meinem Kinn hinunter und mit dem Daumen über meine Lippen. Ein klagender Laut entweicht mir, denn immer noch nicht tut er das, was ich mir sehnlichst wünsche. Dann endlich sehe ich, wie sein Blick auf meinen Mund fällt und er sich zu mir beugt.

Als seine Lippen auf meine treffen, teilt er sie sofort. Sein Kuss ist Verlangen pur und doch so sanft, dass ich sofort in Flammen stehe. Ich klammere mich an ihn, will mehr, will, dass er nicht aufhört. Ich möchte seine Hände auf meinem Körper spüren, doch er hält nur sanft mein Gesicht damit fest. Dann lässt er sie nach unten wandern, eine Spur von Feuer über meine Seite ziehend. Am Saum meines Kleides verharren sie einen Moment, ehe er ihn hebt und mir das Strickkleid über den Kopf zieht.

»Wenn ich gewusst hätte, was unter diesem Wahnsinnskleid noch wartet, hätten wir nicht mal das Dessert geschafft«, raunt er mir zu und betrachtet die Strümpfe und das schwarze Ensemble aus Spitze, das meine Rundungen perfekt in Szene setzt. An meinem Hals hinunter küsst er sich bis zum Ansatz meiner Brüste, sodass meine Brustwarzen sich voller Vorfreude zusammenziehen. Sanft streicht er die Träger meines BHs von meiner Schulter, doch ehe er den Verschluss öffnen kann, halte ich seine Hände fest. Seinen fragenden Blick beantworte ich mit einem Lachen.

»Du hast noch viel zu viel an«, flüstere ich. Langsam knöpfe ich sein Hemd auf, streiche mit meinen Nägeln über die freigelegte Haut. Mit einem Handgriff von ihm ist mein BH offen und liegt in einer Zimmerecke. Dann küsst er sich den Bauch hinab und lässt auch den Spitzenstoff meines Höschens von meinen Hüften gleiten, ebenso wie die Strümpfe von meinen Beinen. Wir lassen uns auf das Bett sinken. Kaum ein Zentimeter meines Körpers wird nicht gestreichelt, geküsst und liebkost, nur mein pulsierendes Zentrum lässt er unbeachtet, was mich an den Rand des Erträglichen bringt.

Dann endlich wandern seine Küsse über die Innenseite meiner Oberschenkel, ehe sie an meiner intimsten Stelle landen. Hörbar schnappe ich nach Luft, als er hier verweilt und mich damit immer weiter in die unfassbaren Höhen der Lust treibt. Schließlich komme ich mit einem lauten Aufstöhnen und falle, falle so tief und so lange, dass ich es nicht fassen kann.

Schwer atmend öffne ich schließlich die Augen und sehe Lukas' verdunkelten Blick. Ihm genügt nur eine Sekunde, um sich seiner restlichen Sachen zu entledigen. Ich bemerke, wie er ein kleines schwarzes Päckchen aus seiner Jeans angelt und unter dem Kopfkissen verstecken will, doch ich küsse ihn tief, greife danach und drücke es ihm wortlos in die Hand.

Nein, ich brauche keine Pause, ich *will* keine Pause, ich brauche ihn. Jetzt. Mit einem weiteren langen Kuss versenkt er sich in mich und wir stöhnen gemeinsam auf. Und der Höhenflug beginnt von Neuem.

In dieser Nacht kommen wir nicht zum Schlafen. Und ich kann nicht glauben, dass ich mir manche Stellungen in den letzten Jahren habe entgehen lassen. Lukas reagiert auf jede meiner Bewegungen, gibt mir alles, was ich mir auch nur im Entferntesten ersehne. Es dämmert schon, als wir kraftlos eindösen. Doch dann schreckt Lukas hoch.

»Ich sollte gehen. Die anderen reisen heute an und müssen mich ja nicht gerade aus deinem Zimmer kommen sehen. Ist das für dich in Ordnung?«, sagt er leise und sieht mich fragend an.

Ich nehme mir eine Sekunde Zeit, um in mich hineinzuhorchen. Dann nicke ich und küsse ihn zum Abschied. Es ist völlig okay für mich, dass er geht. Was eigenartig ist, denn eigentlich habe ich solche Aktionen in Filmen immer als unsensibel und schäbig empfunden. Doch es bleibt kein schales Gefühl, keine Reue, aber auch keine Wehmut, als er aus der Tür ist. Alles ist bestens. Anscheinend habe ich es tatsächlich geschafft, Sex und Gefühle zu trennen.

Ich schlafe noch ein wenig und dusche dann. Lukas braucht wohl mehr Schlaf als ich, denn beim Frühstück bin ich allein. Danach entschließe ich mich, am Strand spazieren zu gehen, bis der Rest des Teams ankommt. Auf dem Bootssteg setze ich mich hin und richte meinen Blick auf die morgendliche Ostsee. Ich denke über den vergangenen Abend nach. Weniger über den Sex, obwohl er wirklich toll war, sondern mehr darüber, wann ich mich zuletzt so aufgebrezelt habe und abends weggegangen bin. Natürlich waren wir bei der Eröffnung der neuen Cocktailbar *Watermelon* von Johnny und im Sommer auf dem Hafenfest, der Restaurantolympiade sowie auf dem Sommerball. Aber fast alles davon hatte irgendwie mit der Arbeit zu tun. Ich schüttle fassungslos dem Kopf. Wir haben wirklich ein Leben für den Job geführt.

Warum eigentlich? In München waren Daniel und ich ständig weg. Nach der Sperrstunde in der *Auguststubn* wechselten wir in die Nachbarlokale. Auch an den wenigen Abenden, an denen wir freihatten, waren wir unterwegs. Wir haben so viele Ausflüge unternommen, sind die ganze Nacht von einer Bar zur anderen gezogen und dann direkt weiter zur Arbeit gegangen. Kein Konzert war vor uns sicher. Ich habe so gern in dem urigen Biergarten an der Isar gesessen, und Daniel hat dieses altmodische Kino geliebt, obwohl die Stühle so furchtbar unbequem waren.

Ich ertappe mich, dass ich an Gerd als Daniel denke. So wie ich ihn damals auch immer genannt habe. Aber der Mann, in den ich mich als Daniel verliebt habe, war ganz anders als der Gerd von heute. Wir hatten kaum ein geregeltes Privatleben, keine Routine, keinen Plan. Wir haben jeden Tag genommen, wie er kam, und das Beste draus gemacht. Auch in der ersten Zeit an der Ostsee waren wir auf Achse, haben Reisepläne geschmiedet, die wir aber dann irgendwie nie verwirklicht haben.

Unser Sex war am Anfang unserer Beziehung dem der vergangenen Nacht nicht unähnlich. Oft kamen wir gar nicht zum Schlafen, und wenn wir Lust aufeinander hatten, war uns kein Ort und kein Zeitpunkt zu absurd. Ich lache auf, als ich mich daran erinnere, dass wir in einem großen Kaufhaus einmal Hausverbot bekamen, weil wir am frühen Nachmittag offenbar die Kunden in der Nebenkabine mit unseren eindeutigen Geräuschen gestört haben.

Und irgendwann wurden wir … Gabi und Gerd. Das klingt schon wie Cindy und Bert – alt, bieder, berechenbar, langweilig. Wenn ich an das letzte Jahr meines Lebens zurückdenke, habe ich das Gefühl, ein zu enges Korsett zu tragen und nicht mehr atmen zu können.

Rasch fülle ich meine Lungen mit kalter Seeluft und schmecke das Salz heraus. Ich bin raus, und ich vermisse den ewig gleichen Trott kein bisschen. Ob Daniel auch irgendwann das Gefühl haben wird, dass Gerd nicht sein wirkliches Ich ist? Oder ist es das schon geworden? Gerd fehlt mir nicht. Aber ich wüsste gerne, ob noch etwas von meinem Daniel in ihm steckt.

Ich schrecke aus meinen Gedanken hoch, als Lukas sich zu mir setzt.

»Hey«, grüßt er mich.

»Selber hey!« Ich lächle ihn an. Er sieht müde aus und so, als ob er etwas auf dem Herzen hätte.

»Mariella … ist zwischen uns alles in Ordnung?«, fragt er dann, den Blick auf eine kleine Muschel gerichtet, mit der seine Finger spielen. Ach, daher weht der Wind!

»Klar, oder tut dir leid, was gestern passiert ist?«, forsche ich nach.

»Nein, auf keinen Fall!« Er hebt abwehrend die Hände. »Wir können es auch gerne wiederholen, aber es wäre mir lieber, wenn die anderen davon nichts mitbekommen würden.« Vorsichtig abwartend sieht er mich an.

Ich verstehe ihn. Während ich ungebunden und nur für eine gewisse Zeit Teil des Teams bin, steht für Lukas beruflich und privat mehr auf dem Spiel. Vor allem, da die Klatschpresse nur darauf wartet, eine fette Schlagzeile über ihn bringen zu können.

»Kein Problem«, versichere ich ihm. »Es bleibt unser kleines, schmutziges Geheimnis.« Ich zwinkere ihm zu und spüre seine Erleichterung. »Aber kann ich dich mal was fragen?«, hake ich doch noch mal nach.

»Was denn?«, erkundigt er sich.

»Warum machst du das? Weshalb führst du mit deiner Frau eine offene Ehe?« Mein Blick ist aufs Wasser gerichtet. Eine Weile ist nur das Plätschern der Wellen zu hören.

»Wir sehen einander oft monatelang nicht. Da kann einem schon mal ein Ausrutscher passieren. Und damit kein Drama entsteht, wenn er rauskommt, haben wir uns darauf geeinigt«, kommt nach einigen Minuten die Antwort.

»Lukas, du hast die gesamte letzte Nacht mit mir verbracht. Und du bist erst am Abend darauf eingegangen, obwohl das Angebot schon nachmittags bestand. Das war kein Ausrutscher, das war bewusst entschieden. Du bist auch keiner dieser Jäger, der sich Kerben in den Bettpfosten schlägt«, wische ich sein Argument vom Tisch.

»Du durchschaust mich besser als gedacht«, erwidert er leise und senkt seinen Blick erneut auf die Muschel.

»Das war keine Antwort auf meine Frage«, stelle ich fest.

Er schweigt eisern.

»Warum seht ihr euch eigentlich so wenig? Wieso kommt sie dich nicht an den Wochenenden besuchen?«, versuche ich es dann über eine andere Schiene.

»Ja, warum eigentlich …«, murmelt er. »Sie kann das Restaurant nicht allein lassen.«

»Ihr habt auch noch ein Restaurant?« Ich bin überrascht. Das wusste ich gar nicht.

»Nein, nicht *wir*. Meine Frau hat ein Restaurant. Sie lebt für *Das Schneider*. Es ist schon lange in Familienbesitz und sehr bekannt.

Aber das reicht ihr nicht, ihr Traum ist ein Michelin-Stern«, erzählt er. Ich lasse seine Worte einen Moment lang wirken.

»Dann ergänzt ihr euch doch gut, wenn ihr beide so kochbegeistert seid«, vermute ich.

»Sollte man meinen«, kommt die leise Antwort.

»Keine nächtlichen Telefonate über deine Rezepte, keine Tipps für die Sendung?« Ich weiß selbst nicht, wieso mich das so interessiert.

»Sie hat noch keine einzige Folge gesehen. Und bei den Rezepten sind wir immer schon unterschiedlich an die Dinge herangegangen. Sie lebt für die gehobene Küche, je ausgefallener und experimenteller, desto besser. Ich koche so, dass die Menschen es nachkochen können.« Er stößt leicht mit seiner Schulter an meine und fügt lächelnd hinzu: »Seit ein gewisser Jemand mich darauf aufmerksam gemacht hat, sogar noch mehr als früher.«

Doch ich steige auf seine Ablenkung nicht ein.

»Das tut mir leid für dich, Lukas«, sage ich leise.

»Dass ich jetzt weniger Zeit auf dem Bildschirm habe, weil meine Gerichte in den Mittelpunkt gerückt werden?«, scherzt er weiter und bringt mich damit doch zum Lachen.

»Du weißt, was ich meine«, rufe ich.

»Ja, weiß ich. Das muss dir aber nicht leidtun. Wir leben ganz gut damit«, beruhigt er mich.

»Glaubst du … ich meine, vermutest du …« Mir fällt keine passende Umschreibung ein.

»Dass sie sich auch in fremden Betten rumtreibt?«, hilft er mir aus.

Ich nicke.

»Ihre ständig wechselnden, jedoch stets männlichen Souschefs lassen darauf schließen. Aber ich habe sie noch nie gefragt«, gibt er zu. »Wir leben nach dem Prinzip *Was ich nicht weiß, macht mich nicht heiß.*«

»Und das klappt?«, frage ich ungläubig.

»Für uns schon«, antwortet er achselzuckend. »Sieh mal, ich weiß, dass wir keine Vorzeigeehe führen, aber vielleicht ist es bei uns auch nicht wirklich die ganz große Liebe.«

Eine Weile sitzen wir schweigend nebeneinander und lassen unsere Gedanken von den steten Wellen der glitzernd erwachenden Ostsee forttragen.

»Kommst du mit rein?«, fragt mich Lukas schließlich. »Die anderen sind schon auf dem Weg, und wenn sie da sind, sollten wir gleich loslegen.«

Gemeinsam machen wir uns auf den Weg zum Set, das nach der Ankunft des restlichen Teams einem Ameisenhaufen gleicht. Und sofort sind wir wieder im Drehmodus.

Kapitel 9

Die nächsten drei Wochen sind knallhart. Die verglaste Terrasse erlaubt, wie erwartet, nicht den kleinsten Patzer. Die Lichtverhältnisse lassen es nur zu, Kleinigkeiten neu zu drehen. Die besten Ergebnisse erzielen wir, wenn die Folge in einem Rutsch aufgenommen werden kann. Meist holen Wolfgang und Klaus aus dem Bildmaterial das Beste raus. Doch der eine oder andere Drehtag wird lang, weil die ganze Folge nachmittags noch mal neu gedreht werden muss. Aber auch wenn Ines sich wegen des Kostenplans die Haare rauft und Regie und Schnitt sich oft die Nacht um die Ohren hauen, gibt uns das fertige Produkt recht, dass es eine Traumlocation ist. Bis zum Abreisetag ist nicht sicher, ob wir tatsächlich alle geplanten Folgen in den Kasten bekommen, doch wir drehen bis zur letzten möglichen Sekunde.

Während die anderen die Zelte abbrechen, fahre ich wieder mit Lukas zum nächsten Hotel vor. Ich freue mich auf einen relativ entspannten Tag, an dem für mich nur die Besichtigung des Sets und die Bestellung der benötigten Lebensmittel auf dem Programm stehen. Das Hotel war so freundlich, uns eine Liste seiner Lieferanten zur Verfügung zu stellen. Und Ines hat Lukas und mich beschworen, keine Sonderbestellungen zu tätigen, damit wir im Budget bleiben.

Während der Fahrt erzählt Lukas, dass er Verhandlungen mit dem Sender aufgenommen hat, damit die neuen Folgen auch auf einem Streamingdienst erscheinen. Auf die Entscheidung wartet er noch.

»Lukas, das ist toll!«, freue ich mich für ihn.

Er strahlt mich an. »Dank deiner Mithilfe!«

»Quatsch. Den Stein hast du ins Rollen gebracht, ich habe nur ein wenig an der Richtung gedreht«, winke ich ab.

Als ein Song von Eros Ramazotti im Radio kommt, schalte ich um. Offenbar habe ich einen Oldiesender erwischt, denn *Schickeria* von Spider Murphy Gang ertönt aus den Lautsprechern. Mit einem Lächeln mache ich lauter und singe mit. Bei diesem Song bin ich absolut textsicher und ernte einen verblüfften Blick von Lukas.

»Du verstehst bayerischen Dialekt?«, fragt er mit großen Augen.

»Ich habe in München gearbeitet, schon vergessen? Da bist du als Kellnerin ansonsten aufgeschmissen«, erkläre ich lachend.

»Als Italienerin bewundere ich schon dein akzentfreies Hochdeutsch«, wirft er ein.

»Mein Vater kommt aus dem nördlichen Südtirol, also fast schon aus Österreich«, erkläre ich ihm. »Meine Oma väterlicherseits spricht ausschließlich Dialekt und hat sich auch für uns sizilianische Enkel nicht bemüht, Hochdeutsch oder – um Himmels willen – Italienisch mit uns zu reden. Im Grunde genommen bin ich sogar dreisprachig aufgewachsen – Italienisch, Deutsch und im Südtiroler Dialekt.«

Lukas lacht.

»Du hast jetzt bei dem Song aber auch keine Übersetzung ins Hochdeutsche gebraucht, oder?«, hake ich dann nach.

»Nein«, bestätigt er mir. »Auch mir ist die bayerische Mundart durchaus vertraut.«

Ich will eben nachfragen, doch da biegt er in eine lange Auffahrt ein.

»Wir sind da!«

Das Hotel liegt auf einer Anhöhe in einem kleinen Kiefernwald. Ich frage mich, wieso man hier Folgen von *Strandküche* dreht. Es ist nirgends ein Strand zu entdecken. Doch als ich in mein Zimmer gebracht werde, liegt mir das Meer zu Füßen. Vom Balkon aus entdecke ich, dass man vom Garten aus über eine Treppe hinunter an den Strand kommt. Ich staune, wie viele verschiedene Gesichter die Ostsee hat.

Daniel wäre begeistert, wenn er sehen würde, wie nahe Wald und Meer sich hier kommen. Ihn hat die Vielschichtigkeit der Natur immer fasziniert. So viele unserer Reiseziele sollten an Orte gehen, wo sich Gegensätze begegnen. Wann haben wir aufgehört, sie zu verfolgen? Rasch verscheuche ich diesen Gedanken wieder aus meinem Kopf. Nach einem Blick auf die Uhr mache ich mich schnell frisch. Lukas wird mich gleich abholen, damit wir das neue Set besichtigen können.

Nach wenigen Minuten ist klar, dass diese Küche uns vor keine allzu große Herausforderung stellen wird. Was auch sehr gut ist, denn hier sollen ein paar Folgen mehr entstehen als bei den vorigen Locations, nämlich zusätzlich auch noch ein Special für Weihnachten und Silvester.

»Dürfen wir die Herrschaften zu einem Abendessen einladen?«, erkundigt sich die Rezeptionistin, die uns herumgeführt hat, höflich. Lukas sieht mich fragend an.

»Sehr gerne«, nehme ich an. »Doch wäre es möglich, das Essen noch ein wenig aufzuschieben? Ich würde gerne davor Ihren Spa-Bereich nutzen.«

»Das ist eine gute Idee, da schließe ich mich dir an«, zeigt Lukas sich begeistert. Überrascht blinzle ich ihn an.

Die Mitarbeiterin des Hotels überspielt es gekonnt. »Dann merke ich das Essen für etwa halb acht vor?«, schlägt sie höflich vor.

Lukas sagt zu, und gemeinsam gehen wir die Treppe hoch.

»Wolltest du die Plus-Sache unserer Freundschaft nicht geheim halten?«, zische ich ihm zu.

»Vor dem Team und meiner Frau, ja, das Hotelpersonal ist mir egal.« Grinsend zwinkert er mir zu. »Ist dir eigentlich die zusätzliche Tür in deinem Zimmer schon aufgefallen?«

»Ja ...«, sage ich nur.

»Ich habe um ein Zimmer mit Verbindungstür gebeten, weil wir oft nachts noch an weiteren Ideen feilen oder die geschnittenen Folgen überarbeiten. Und wir wollen ja auf den Gängen niemanden stören, oder?«, meint er scheinheilig.

Empört schnappe ich nach Luft. »Also noch auffälliger wäre es ja kaum möglich gewesen«, tadle ich ihn und verschweige, dass ich dachte, es wäre ein Schrankraum.

»Ich werde diese Tür nicht anfassen. Außer du klopfst und möchtest rüberkommen«, verspricht er dann.

Laut lache ich auf. »Du bist wirklich eine Nummer …«

»Schmeißt du dich jetzt in deinen Bikini, damit wir relaxen können?«, fordert er mich auf.

Mit einem diabolischen Lächeln lehne ich mich zu ihm und flüstere ihm ins Ohr: »Der Spa-Bereich ist nur für Erwachsene und besteht aus einer Sauna, einer Erlebnisdusche und einem Ruheraum. Es handelt sich um einen Nacktbereich, also werde ich außer einem Bademantel und einem Saunatuch gar nichts tragen.«

Er saugt hörbar die Luft zwischen seinen Zähnen ein, und in seinen Augen sehe ich Verlangen. Als er etwas sagen möchte, lege ich ihm den Finger auf den Mund und fahre mit zuckersüßer Stimme fort: »Und nachdem du dich ungefragt selbst eingeladen hast, mich zu begleiten, und gerade eben so große Töne wegen der Verbindungstür gespuckt hast, wirst du ganz brav gucken, aber nichts anfassen, bis ich – vielleicht – nach dem Abendessen an deine Tür klopfe.«

Ungläubig schüttelt er den Kopf.

»Wo ist die schüchterne junge Frau geblieben, die bei einem Kompliment rot geworden ist?«

Ich zucke die Schultern. »Die haben wir wohl im letzten Hotel vergessen.«

Damit lasse ich ihn auf dem Flur stehen und gehe in mein Zimmer, um mich umzuziehen.

Der Spa-Bereich ist die Verschiebung des Abendessens wert. Von den Räumlichkeiten geht so eine Ruhe aus, dass ich mich beim Betreten sofort wohlfühle.

Lukas hält sich an meine Forderungen, auch wenn seine Augen in der Sauna jeden Zentimeter meines Körpers streicheln und ich in der Erlebnisdusche deutlich sehen kann, dass nicht alles an ihm entspannt ist. Nach einer halben Stunde im Ruheraum, der durch Salzsteinlampen warm beleuchtet wird, flüstert er mir schließlich zu: »Hast du was dagegen, wenn wir gehen? Ich bin hungrig.«

Ich grinse. »Ich weiß! Und ich könnte langsam etwas zu essen vertragen.«

»Sieh an, was für eine kleine Hexe in dir steckt«, zieht er mich auf.

»Sieh an, wie es dir gefällt«, kontere ich und stehe betont langsam auf, ehe ich mich wieder in den Bademantel hülle.

Beim Abendessen konzentrieren wir uns so auf die aufgeheizte Stimmung zwischen uns, dass der Koch auch Schuhsohlen servieren hätte können. Doch wir ordern sogar noch ein Dessert. Vor meiner Zimmertüre verabschiede ich mich höflich von Lukas.

»Danke für den schönen Abend!«

»Ich hoffe, dass er vielleicht noch nicht vorbei ist«, antwortet er vielsagend und winkt mir zu. Ich verschwinde in mein Zimmer und lasse mir Zeit dabei, mein Handy auf eingegangene Nachrichten zu prüfen. Wenige Minuten später klopfe ich an der Verbindungstüre.

»Nun hatte ich aber wirklich schon Sorge, dass ich kalt duschen muss«, lacht Lukas und zieht mich an sich.

»Kalt nicht, aber gemeinsam duschen klingt gut«, raune ich ihm zu und wackle mit den Augenbrauen.

»Wieso habe ich das Gefühl, dass du die Zügel heute nicht aus der Hand geben wirst?«

»Wieso habe *ich* das Gefühl, dass dich das nicht stören würde?«, gebe ich selbstbewusst zurück.

»Heilige Maria, bitte mach, dass ich genügend Kondome dabeihabe für diese Frau.«

»Die heilige Maria solltest du da aus dem Spiel lassen«, rate ich ihm. »Erstens bin ich katholisch, und da scherzt man mit den Heiligen nicht. Und zweitens hat gerade *sie* doch bewiesen, dass sie die falsche Ansprechpartnerin für Verhütung ist. Aber keine Sorge, ich nehme die Pille.«

Nach einer sehr experimentierfreudigen Nacht schlafen wir ein.

»Guten Morgen«, dringt es an mein Ohr. Es dauert einen Moment, bis ich realisiere, wo ich bin und mit wem.

»Verdammt, ich bin eingeschlafen!«, rufe ich dann, doch Lukas winkt ab.

»Mit der Verbindungstür ist das doch egal. Du kannst jede Nacht hier schlafen, wenn du willst«, bietet er mit einem Wackeln seiner Augenbrauen an.

»Hier schlafen oder mit dir schlafen?«, frage ich frech.

»Beides?«

»Ich denke darüber nach«, antworte ich vage und gebe ihm einen Kuss auf die Nase. »Jetzt mache ich mich mal frisch, gehe frühstücken und sehe mir dann nochmals das Konzept für die beiden Sonderfolgen an. Ich glaube, Wolfgang wollte damit starten.«

Kapitel 10

Die nächsten zwei Wochen werden wie erwartet stressig. Doch alles geht mir inzwischen ganz selbstverständlich von der Hand. Nach dem Drehtag schneiden Wolfgang und Klaus die Folge sofort, und ich sehe zu. Und wenn es noch nicht zu spät ist, kommt es vor, dass ich noch an die Verbindungstür klopfe. Der Sex mit Lukas ist immer ein Highlight und Balsam für Körper und Seele, und doch fehlt mir etwas dabei.

Eines Abends schlüpfe ich spät noch zu ihm und lasse mich müde mit dem Rücken auf das Bett fallen.

»Das heutige Gericht hat Wolfgang und Klaus das Schneiden nicht einfach gemacht«, merke ich an und fahre mit den Händen über mein Gesicht.

»Ja, ich habe beim Dreh schon gemerkt, dass es ein wenig speziell ist«, gibt Lukas zu. Er weiß inzwischen, dass er mich nicht davon abhalten kann, beim Schnitt zuzusehen, und hat es aufgegeben, mich darauf hinzuweisen, dass es nicht mehr zu meinem Job gehört, mir auch die Abende um die Ohren zu schlagen.

Ich spüre, wie mein Körper sich entspannt und dass ich kurz davor bin einzuschlafen. Dann höre ich ein Geräusch und öffne die Augen.

»Du isst im Bett?«, frage ich Lukas ungläubig.

»Das sind nur Salzstangen«, folgt seine Erklärung. Erneut beginnt er an einer zu knabbern.

»Ja, und die isst man.«

»Und?«

»Die krümeln doch.«

»Nein!«

»Doch!«

»Nicht, wenn ich sie esse«, behauptet er frech.

»Diese Unterhaltung ist absurd«, murmle ich.

»Ha!«, kommt nur von Lukas.

»Ich hasse Krümel im Bett«, starte ich einen neuen Versuch.

»Es ist ja nicht deins«, meint Lukas zwinkernd und hält mir die Tüte vor die Nase. »Möchtest du auch welche?«

»Wenn, dann lieber Chips«, entgegne ich und wende mich der Minibar zu.

»Aber Chips krümeln im Bett«, beschwert sich Lukas.

»Ha!«, kommentiere nun ich ungerührt.

»Ich kann Chips nicht leiden«, beklagt er sich.

»Was? Warum?«, will ich wissen.

Lukas setzt sich auf und legt die Hände in den Schoß. »Als ich noch ein Kind war, hat meine Großmutter jeden Tag etwas aus Kartoffeln gekocht. Kartoffelknödel, Kartoffelpüree, Kartoffelsalat, Salzkartoffeln, Stampfkartoffeln. Irgendwann konnte ich keine Kartoffeln mehr sehen.« Er schüttelt sich und bringt mich damit zum Lachen.

»Vielleicht sollte ich heute lieber wieder gehen«, überlege ich dann.

»Wegen der Krümel im Bett?«, fragt Lukas verwirrt.

»Weil ich todmüde bin«, erkläre ich. »Und wenn ich beim Sex mit dir einschlafe, wird das dein Ego niemals verkraften.«

Er sieht mich an und lächelt sanft.

»Und wie wäre es dann, wenn du dir einfach deinen Pyjama von drüben holst und wir uns einen gemütlichen Abend machen? In zehn Minuten beginnt ein Film. Wir ziehen über die Schauspieler her, quatschen an den langweiligen Stellen und krümeln mein Bett voll. Und wenn du einschläfst, erzähl ich dir morgen beim Frühstück das Ende«, schlägt er vor.

»Ich soll einfach so bei dir schlafen?« Mit hochgezogenen Augenbrauen sehe ich ihn an.

»Wir sind doch auch Freunde, oder?«, meint er dann schulterzuckend. »Außerdem wäre mein Ego auch ziemlich angekratzt, wenn du wieder aus meinem Bett flüchtest.«

»Spinner«, erwidere ich lachend. »Einverstanden!«

Den restlichen Abend verbringen wir im Bett, sehen fern und futtern Chips und Salzstangen, die übrigens wirklich kaum krümeln.

Mehr und mehr verblasst das Plus in unserer Freundschaft. Klar schlafen wir noch ab und zu miteinander, aber viele Abende verbringen wir einfach nur mit Gesprächen oder sehen gemeinsam fern.

Dafür ertappe ich mich immer öfter dabei, wie ich die Kellner im Hotel in Gedanken mit Daniel vergleiche. Er lebt für diesen Beruf und führt ihn mit so einer Herzlichkeit aus, dass jeder, der das Kellnern nur als Job sieht, sofort von meiner inneren Stimme kritisiert wird. Langsam wird mir klar, dass Daniel einfach angenommen hat, dass mich diese Arbeit genauso erfüllt wie ihn, so wie mich jetzt die Stelle als Produktionsassistentin glücklich macht. Weil er es sich nicht anders vorstellen kann. Er wusste es nicht besser, weil ich es ihm auch nie gesagt habe.

Am Freitag vor der letzten Drehwoche fange ich mir eine Magen-Darm-Grippe ein. Der Stress hat meinen Körper wohl zu sehr belastet, und meine Abwehrkräfte geben auf. Ich behalte nur Tee bei mir und liege fiebrig in meinem Bett, wenn ich nicht gerade über der Kloschüssel hänge. Lukas kommt sofort mit einem Arzt vorbei. Doch den Starkoch werfe ich auf der Stelle raus, denn schließlich können wir den Dreh knicken, wenn er sich bei mir ansteckt.

Ich schlafe viel und sehe mir die fertigen Folgen an. Der traumhafte Ausblick aus meinem Zimmer erinnert mich daran, dass ich so viele wundervolle Flecken hier am Meer noch nicht gesehen habe. Ich beschließe, im Frühling eine Küstentour zu machen. Mit dem Rucksack die Ostseeküste nach Westen bis nach Dänemark und auf der anderen Seite die Nordseeküste entlang bis in die Niederlande. Auf dem Tablet mache ich mir Notizen zu den einzelnen Stopps.

Immer wieder kommt mir dabei Daniel in den Sinn. Doch nicht nur wegen der Reise, die ihm sicher gefallen würde. Was er wohl zu meiner Arbeit sagen würde? Wie ihm mein Konzept für die Sendung gefallen würde? Und immer wieder unser Streit, der mir jetzt so ewig lange her zu sein scheint und so … unsinnig. Wir haben viele Dinge nie richtig besprochen, haben zugelassen, dass wir nebeneinanderher leben statt miteinander. Die Probleme konnten sich zu einem Berg aufbauen, ohne dass jemand von uns es bemerkt hat, weil keiner gesagt hat, was ihn stört. Sich lieben bedeutet eben nicht nur, sich zu finden und dann glücklich zu sein bis ans Lebensende. Man muss auch etwas dafür tun, dass die Beziehung gesund bleibt. Jeder Mensch entwickelt sich weiter, und es liegt an uns, ob wir es *gemeinsam* tun oder uns auseinanderleben. Daniel und ich haben es an die Wand gefahren.

Am Montag beschließe ich, wieder zu arbeiten. Als ich mein Spiegelbild sehe, tippe ich mir zwar im Geiste selbst an die Stirn, aber Job ist Job. Mit etwas wackeligen Beinen und einer Thermoskanne mit Tee stehe ich kurz vor Drehbeginn neben Wolfgang.

»Bist du wirklich schon fit genug?«, fragt mich Lukas skeptisch, als er in die Küche kommt und erntet dafür einen genervten Blick von mir.

»Die Medikamente nehme ich noch bis Donnerstag. Willst du so lange auf mich verzichten?«, gebe ich gereizt zurück. Nein, natürlich bin ich nicht fit genug, aber uns bleibt nur noch eine Woche. Danach habe ich Zeit zum Kranksein. Erst macht es den Anschein, als wollte er noch etwas sagen, dann hebt er beschwichtigend die Hände und geht.

In den nächsten Tagen konzentriere ich mich ausschließlich auf die Arbeit und bemühe mich, viel zu trinken, ausreichend zu essen und mit meiner Energie hauszuhalten. Und es scheint zu funktionieren. Abends falle ich zwar todmüde ins Bett, aber ich merke, dass ich mich erhole.

Am Freitag ist es nach Feierabend noch hell, und ich mache mich auf den Weg an den Strand. In einen der letzten noch verbliebenen Strandkörbe kuschle ich mich hinein und ziehe die Knie an.

Die letzten Wochen kommen mir vor wie ein Traum. Es ist gerade mal drei Monate her, da servierte ich noch jeden Tag im *L&P* und ging danach mit meinem Freund nach Hause. Von diesem Leben ist kein Stein mehr auf dem anderen geblieben. Nun stehe ich am Filmset, gebe die Anweisungen des Regisseurs weiter, sehe am Schneidepult zu, wohne in Hotels und gehe mit meinem Chef ins Bett. Ich bin Single, trage zum ersten Mal in meinem Leben meine Haare nicht lang, und nicht mal meine Unterwäsche ist mehr die gleiche.

Nach langem Stillstand habe ich wohl diesmal den Schnellvorlauf erwischt. Aber meine Zeit bei *Strandküche* neigt sich dem Ende zu. Wie geht es weiter mit mir? Geldsorgen mache ich mir keine. Auf meinem Konto liegt nicht nur ein saftiger Batzen von der Produktionsfirma, und während des Drehs bin ich auch kaum dazu gekommen, etwas davon auszugeben. Das reicht für eine Weile, bis ich einen neuen Job gefunden habe. Aber wo will ich hin? *Nach Hause*, sagt eine kleine Stimme in mir, doch sie wird von einem lauten Brüllen übertönt, das mich warnt, in den Sumpf der alten Gewohnheiten zurückzukehren und mich runterziehen zu lassen. Müde berge ich mein Gesicht in meinen Händen.

»Warum finde ich dich immer am Meer, wenn ich das Gefühl

habe, dass etwas mit dir nicht stimmt?«, fragt plötzlich eine vertraute Stimme neben mir.

»Weil ich die Hoffnung habe, dass mir die Ostsee ein paar Antworten zuflüstert?«, vermute ich selbst.

»Auf welche Fragen?«, will Lukas wissen und setzt sich neben mich.

Ich zucke nur die Schultern.

»Na los, sprich mit mir, oder lach zumindest ein wenig, das hilft auch.«

Ich seufze nur.

»Muss ich den Barkeeper drinnen bitten, wieder den Pina-Colada-Song aufzulegen?« Er stößt mich spielerisch in die Seite und bringt mich tatsächlich zum Lächeln.

»Du weißt schon, dass der Song eigentlich *Escape* heißt von Rupert Holmes?«, sage ich dann.

»Ehrlich gesagt nicht, ich kenne nur die erste Zeile vom Refrain, ob man Pina Coladas mag«, gibt er zu.

»Banause«, ziehe ich ihn auf. »Es geht um einen Mann, dessen Beziehung eingefahren ist. Dann liest er eine Kontaktanzeige in der Zeitung, in der eine Frau einen Mann sucht, der Pina Coladas mag und sich vom Regen überraschen lassen will, der sich nichts aus Yoga macht und etwas im Köpfchen hat und der gerne um Mitternacht Liebe in den Dünen macht. Denn dann ist sie die Liebe seines Lebens, und er soll ihr antworten und mit ihr abhauen. Er antwortet auf die Anzeige und schreibt, dass er Pina Coladas mag und sich auch vom Regen überraschen lassen will, dass er sich nichts aus gesundem Essen macht, sondern mehr aus Champagner. Dann schlägt er ein Treffen vor, und als er in der Bar wartet, kommt seine Frau herein, die ebenso überrascht ist wie er und sagt, dass sie gar nicht wusste, dass er Pina Coladas und all die anderen Sachen mag. Also letztlich ist seine eigene Frau seine Traumfrau, die er gar nicht so gut kannte, wie er dachte.«

Nach dieser Erklärung werde ich still und lasse meine eigenen Worte auf mich wirken. Mir kommt sofort Daniel in den Sinn. Was er wohl zur neuen Mariella sagen würde? Wie viel hätte er mir wohl zugetraut, und was wäre überraschend für ihn?

Lukas durchschaut mich sofort. »Du denkst an deinen Ex, oder?«, fragt er leise.

»Ja, ehrlich gesagt die ganze Zeit«, gebe ich zu. »Ich habe die Trennung wohl noch immer nicht ganz überwunden.«

Ich lasse meinen Kopf an seine Schulter sinken, und wir sehen der Sonne zu, wie sie den Himmel blutrot verfärbt und schließlich untergeht.

»Komm, lass uns reingehen«, schlägt Lukas vor, als es kalt wird. »Bevor du auch noch eine Erkältung bekommst.«

Wir schaffen es gerade rechtzeitig zum gemeinsamen Abendessen mit dem Team. Als ich mich danach in mein Zimmer zurückziehe, höre ich kurz darauf ein leises Klopfen an der Verbindungstür. Ich öffne und sehe Lukas' fragenden Blick.

»Darf ich reinkommen? Du hast dich vorhin so angehört, als wäre dir vielleicht nach etwas Gesellschaft heute Nacht.«

Ich nicke und lasse mich von ihm in den Arm nehmen. Sanft streichelt er meinen Rücken, mein Haar, und als ich den Kopf hebe, küsst er mich behutsam. Unsere Küsse führen uns unweigerlich weiter, doch diesmal ist es nicht Leidenschaft, die uns anstachelt und antreibt. Es ist der Wunsch, einander nahe zu sein. Diesmal ist alles anders. Lukas sieht mich an, als wollte er sich jeden Zentimeter meines Körpers, meines Gesichts einprägen. Er macht alles bedacht. Auch mein Höhepunkt ist an diesem Abend anders. Er überfällt, überrollt mich nicht so wie sonst. Er baut sich langsam auf und nimmt mich dann mit sich fort wie eine große Welle.

Als ich am Morgen aus dem Bett und in die Dusche steige, folgt mir Lukas. Er nimmt mir das Duschgel aus der Hand und seift mich von Kopf bis Fuß ein. Dann hebt er mich hoch, lehnt mich gegen die Fliesen und vereinigt sich erneut mit mir. Das heiße, prasselnde Wasser macht den Sex besonders intensiv, als würde es die letzte Schicht zwischen uns wegwaschen. Nach einem gemeinsamen Feuerwerk stellt mich Lukas wieder auf meine Füße, küsst mich und verlässt die Dusche ohne ein weiteres Wort. Ich schließe die Augen und genieße noch kurz den warmen Strahl, ehe ich aus der Dusche trete und ein Handtuch um mich schlinge. Als ich ins Schlafzimmer komme, erwarte ich Lukas im Bett, bereit für die nächste Runde, doch er steht vollständig angezogen vor mir. Ruhig tritt er auf mich zu, nimmt mein Gesicht in seine Hände und sieht mich warm an. Dann küsst er mich auf die Stirn.

»Mariella, das hier ist das Ende des Plus in unserer Freundschaft. Jetzt wird es Zeit, dass du dich um dein Herz kümmerst, und da drin bin nicht ich«, meint er leise und ohne Bedauern. Ich will etwas sagen, doch er stoppt mich.

»Das ist eine Tatsache, und das ist in Ordnung«, versichert er mir und wackelt mit seinem Ringfinger, an dem sein Ehering steckt. »Ich bleibe aber dein Freund und bin immer da, wenn du mich brauchst. Und wenn wir die letzte Folge morgen abgedreht haben, gibst du feuchtfröhlich deinen Ausstand und fährst nach Hause.«

»Und was soll ich in Sterenholm?«, frage ich zweifelnd und lehne meinen Kopf gegen seine Brust.

»Deine Freunde treffen, wieder ankommen und die Sache zwischen dir und Daniel klären«, rät er mir und küsst sanft meinen Scheitel. »Denn weißt du, was mir deine Frage verraten hat?«

Ich zucke die Schultern.

»Dass Sterenholm für dich immer noch dein Zuhause ist.«

Er hat recht. Ich habe nicht darüber nachgedacht, wohin nach Hause er meinte. Noch einmal streichelt Lukas über meine Wange, dann dreht er sich um und geht durch die Verbindungstür. Ich warte auf Bedauern, Reue oder Verzagen, dass meine kleine Affäre vorbei ist, doch nichts davon trifft ein. Es tut mir nicht leid, was in den letzten Wochen war, aber auch nicht, dass es nun zu Ende ist. Nun heißt es nach links und rechts zu sehen, sich zu orientieren und zu entscheiden, wohin es weitergehen soll.

In dieser Nacht mache ich mir viele Gedanken über die Zeit, die vor mir liegt. Wo soll ich wohnen, wo arbeiten, was soll ich Daniel sagen? Doch ich komme zu dem Schluss, alles auf mich zukommen zu lassen.

Kapitel 11

Die letzte Folge am nächsten Tag verbreitet beim ganzen Team Wehmut. Nicht nur ich werde die Crew verlassen, für jede Staffel wird das Produktionsteam neu zusammengestellt, und nicht immer sind es dieselben Leute. Die anderen packen schon alles zusammen, während Wolfgang und Klaus noch am Schnitt sitzen und ich ihnen ein letztes Mal über die Schulter schaue.

»Haben wir alles im Kasten, oder müssen wir noch mal ran?«, ertönt hinter uns Lukas' Stimme. Mit einem letzten Klick wirft ihm Klaus einen triumphierenden Blick zu.

»Hiermit ist offiziell alles fertig«, informiert Wolfgang ihn dann.

»Gute Arbeit!«, lobt Lukas, und Wolfgang steht auf und stellt sich zu ihm, während Klaus den Raum verlässt.

»Das war es tatsächlich«, bestätigt Wolfgang und sieht mich an. »Vielen Dank für die tolle Zusammenarbeit, Mariella. Ich muss gestehen, dass ich am Anfang starke Zweifel hatte, ein Greenhorn mit ins Boot zu holen, aber du hast Talent und ein gutes Gespür. Du bist jederzeit an meiner Seite willkommen.«

Damit nimmt er mich kurz in den Arm und lässt mich dann mit Lukas allein.

»Wow!«, entfährt es mir leise.

»Ich kann ihm nur zustimmen. Nein, ich *habe* ihm voll zugestimmt, als wir zusammen mit Ines dein Empfehlungsschreiben formuliert haben.« Er überreicht mir einen Umschlag und wartet, bis ich ihn öffne. Daraus ziehe ich zwei Seiten. Rasch überfliege ich die Zeilen. Es ist Lob in den höchsten Tönen, damit öffnet er mir sämtliche Türen. Die zweite Seite jedoch lässt mir den Mund offen stehen. Es ist eine Jobzusage für *Strandküche*. Ich kann also zurückkommen – unbefristet und uneingeschränkt.

»Lukas …«, hauche ich und sehe ihn fragend an.

»Jederzeit! Ein Anruf reicht!«, versichert er mir. »Und jetzt pack deine Koffer. Wenn wir heute noch um die Häuser ziehen, bist du morgen Früh froh, es nicht mehr tun zu müssen.«

Es wird ein lustiger Abend mit einem großen Abendessen und anschließendem Barbesuch. Doch schon vor Mitternacht bin ich im Bett, denn morgen geht es wieder zurück nach Hause, und ich sehe dem neuen Abenteuer in meiner alten Welt mit klopfendem Herzen entgegen.

Kapitel 12

Mein Zug am nächsten Tag geht früh. Die Route der anderen führt nicht in Richtung Sterenholm, und ich habe mich geweigert, mich von Lukas nach Hause bringen zu lassen. Ich bin froh, dass ich allein frühstücke, denn große Abschiede sind mir ein Graus. Doch als ich mit meinem Koffer an der Rezeption auschecke, steht Lukas hinter mir.

»Was machst du denn hier?«, frage ich überrascht und sehe auf die Uhr.

»Ich bringe dich zum Bahnhof«, meint er ganz selbstverständlich.

»Man kann mir bestimmt auch ein Taxi rufen, oder glaubst du, dass die Kosten den Sender in den Ruin treiben würden?«, scherze ich.

»Ich *will* dich aber hinbringen«, beharrt er.

»Also gut«, gebe ich nach, und er bringt meinen Koffer ins Auto. Während der kurzen Fahrt ist er ungewöhnlich still. Erst als wir vor dem Bahnhof stehen, atmet er tief ein und aus.

»Na komm, spuck es aus!«, fordere ich ihn auf. »Irgendwas liegt dir doch auf dem Herzen.«

»Wir haben nicht mehr privat miteinander gesprochen seit …« Er stockt.

»Seit du mein Zimmer verlassen hast«, helfe ich ihm weiter. »Aber da haben wir doch alles geklärt?«

Sein Blick ist fragend, suchend, aber offenbar findet er die richtigen Worte nicht, oder kann sie nicht aussprechen.

»Lukas, du hast doch gesagt, dass wir Freunde bleiben, oder?«, starte ich einen Versuch. Mit einem erleichterten Seufzen atmet er aus. Das war es also, was ihn beschäftigt hat.

Dann zieht er mich in seine Arme.

»Pass gut auf dich auf, okay?«, raunt er mir zu.

»Klar!«, verspreche ich. »Und du gibst mir übers Handy Ratschläge, wenn ich mal wieder ratlos im Strandkorb sitze?«

»Tag und Nacht«, versichert er mir. »Mariella, du bist wirklich etwas Besonderes. Eine Frau wie dich habe ich in meinem Leben erst einmal zuvor getroffen.«

Ich sehe ihn ernst an.

»Und wieso werde ich das Gefühl nicht los, dass das nicht die Frau ist, die du geheiratet hast?«, frage ich leise.

Die Antwort bleibt er mir schuldig, denn die Durchsage ertönt, dass mein Zug gleich einfahren wird.

»Hier«, sage ich rasch und drücke ihm ein Kuvert in die Hand. »Eigentlich wollte ich es an der Rezeption für dich hinterlegen.«

»Was ist das?«, fragt Lukas achselzuckend.

»Ein Familienrezept meiner Nonna. Aber ändere es ein bisschen ab, hörst du! Ich will nicht deinetwegen in Ungnade fallen.«

»Mariella …«, stößt er nur ungläubig hervor.

»Ich melde mich, sobald ich angekommen bin«, rufe ich schon im Gehen und winke.

Als ich einen Sitzplatz gefunden habe und der Zug losfährt, atme ich tief durch. Zuerst muss ich mich um eine Bleibe kümmern, in der ich in Ruhe ankommen kann. Aus meiner Tasche krame ich mein Handy und wähle.

»Hey, wir dachten schon, du bist verschollen«, meldet sich Lilly lachend.

»Sorry, dass ich während der Vorbereitungen fürs Frühstück störe«, entschuldige ich mich.

»Kein Problem, es ist sehr ruhig derzeit. Da muss ich nicht zwingend in der Küche stehen. Wie geht es dir?«, fragt sie fröhlich.

»Ich bin auf dem Weg zurück. Der Dreh ist abgeschlossen«, erzähle ich.

»Wow, die Zeit ist wie im Flug vergangen.« Sie macht Small Talk, aber ich weiß, dass sie sich fragt, weshalb ich anrufe.

»Lilly, ich habe eine Bitte. Hast du in den nächsten Tagen ein freies Zimmer für mich? Ich habe noch keine neue Wohnung und …«

»Du schläfst natürlich im Mitarbeiterquartier«, unterbricht mich Lilly sofort.

»Darüber müssen wir auch noch reden …«, werfe ich ein und schließe die Augen. So viele Baustellen auf einmal wollte ich nicht aufgraben. Aber ich kann sie nicht in dem Glauben lassen, dass ich wieder im *L&P* anfange. Das wäre nicht fair.

»Können wir. Aber ganz in Ruhe, wenn du da bist«, antwortet sie.

»Lilly, ich … bin wahnsinnig froh, dass ich so lange bei dir kellnern konnte, aber meine Zukunft … sehe ich nicht in der Gastronomie«, bringe ich schließlich hervor. »Es wäre nicht fair, ins Mitarbeiterquartier zu ziehen.«

»Papperlapapp!«, kommt nur aus dem Handy. »Du warst vier Jahre lang meine Mitarbeiterin und hattest ein Recht dort zu wohnen. Sieh es jetzt als Guthaben, das du aufbrauchen kannst. Außerdem steht es ohnehin fast leer. Du kannst Nikos altes Zimmer haben, das hat sogar Meerblick.«

»Aber …«

»Nix aber!«, meint sie bestimmt. »Komm her und sortiere dich mal neu. Ich trage in Mitarbeiterquartier 1 schon mal Gabi ein.«

»Danke!«, sage ich inbrünstig. »Aber eine Bitte hätte ich noch.«

»Welche denn?«

»Kannst du bitte Mariella eintragen? Die Gabi von früher gibt es nicht mehr.«

»Dann freue ich mich darauf, dich neu kennenzulernen«, antwortet Lilly. »Bis später, Mariella!«

Als wir aufgelegt haben, bleibt ein gutes Gefühl zurück. Warum habe ich früher nie gesehen, dass ich außer Daniel noch so viele andere Menschen um mich hatte? Warum sind mir Lilly und die anderen nie richtige Freundinnen geworden, wo sie es mir doch so leicht machen? Oder besser gesagt, warum habe ich nie bemerkt, dass sie mich schon als Freundin sehen? Ich habe mich selbst wie Rapunzel in einen Turm eingesperrt und niemanden reingelassen. Mir schwirrt der Kopf, während die Küstenstädte an mir vorüberziehen, bis ich in Sterenholm ankomme.

Nach meiner Ankunft mache ich einen großen Bogen um das Restaurant des *L&P*, denn ich fühle mich noch nicht bereit, Daniel gegenüberzutreten. Stattdessen mache ich einen Spaziergang am Strand entlang, begrüße das Meer, das mir hier so vertraut ist und schicke Lukas eine Nachricht, dass ich gut angekommen bin. Dann wandere ich weiter und lande schließlich vor dem neuen Haus von Lexi, in dem auch die Agentur *Strandkorb* inzwischen ihren Sitz hat. Einen Moment zögere ich, denn eine wirkliche Freundschaft habe ich zu Lexi und Sylvie bisher nicht aufgebaut, doch dann springe ich über meinen Schatten. Mutig klopfe ich an die Tür und werde von den beiden sofort hineingebeten.

»Das ist ja eine Überraschung«, freut sich Lexi und führt mich zu einem Esstisch mit gemütlicher Eckbank, auf der sie sich wohl sonst mit Kunden zur Besprechung niederlassen.

»Ja, ich kam zufällig vorbei und dachte, ich sehe mir mal an, wo die Agentur jetzt hingezogen ist«, erkläre ich zurückhaltend. Sylvie bringt jeder von uns eine Tasse Kaffee und setzt sich zu uns.

»Im Vergleich zur Ecke in Lillys Büro ist das hier ein richtiges Schloss«, meint sie überschwänglich und deutet auf den großen Raum mit den zwei Schreibtischen und der Besprechungsecke, in der wir gerade sitzen. »Wie großzügig meine Chefin uns Raum in ihrer neuen Bleibe zugeteilt hat«, scherzt sie, und Lexi streckt ihr die Zunge heraus. Die beiden kennen sich schon lange und haben in ihrem letzten Job schon zusammengearbeitet. Sie sind mehr Partnerinnen als Chefin und Angestellte, auch wenn es rein geschäftlich gesehen so ist.

»Mit kleinen Räumen kennst du dich ja aus«, neckt Lexi nun ihre Freundin. Ich weiß, dass sie und Georg eines der Stern-Hausboote bewohnen, die im Hafen von Sterenholm liegen.

»Hey, beleidige nicht unseren blauen Elefanten«, hebt diese mahnend den Finger. »Er ist ein Riese.«

»Ach, und deshalb lagen da bei meinem letzten Besuch Broschüren der Firma Stern mit größeren Hausbooten?«, bohrt Lexi nach, und Sylvie wird tatsächlich rot.

»Die sind nur zur Vorsorge«, murmelt sie, und ich kombiniere.

»Falls mal ein zusätzliches Zimmer gebraucht wird?«, vermute ich, und sie senkt den Blick.

»Lass es mich wissen, wenn ich eine Vertretung für dich suchen muss«, kommentiert Lexi trocken.

Sylvies überraschter Blick bringt mich zum Lachen. Ich beginne, mich mit den beiden wirklich wohlzufühlen. Irgendwann schneit auch Livia herein, die das Café *Leckermäulchen* nahe dem Hafen betreibt. Lexi beschließt spontan, uns zum Essen einzuladen.

»Niko kocht ohnehin immer viel zu viel«, erklärt sie. Wir nehmen begeistert an und übersiedeln in die große Wohnküche im Haupthaus, wo ihr Freund schon am Herd steht. Sylvie öffnet eine Flasche Frizzante. Die vier wollen natürlich alles von meiner Zeit am Set wissen.

»Wie ist es so, mit einer Berühmtheit zusammenzuarbeiten? Ich habe ja gehört, dass Lukas Behrens ziemlich arrogant sein soll«, fragt Livia. Ich schmunzle. Wenn ich an Lukas denke, dann sicher nicht als berühmten Starkoch.

»Überhaupt nicht«, wehre ich ab. »Ganz im Gegenteil. Er sieht *Strandküche* als Gemeinschaftsprojekt von allen Beteiligten. Sein Gesicht ist eben nur zufällig das, was man auf dem Bildschirm dann sieht.«

»Also ist er ein Teamplayer?«, hakt Niko von der Kochinsel aus nach.

»Absolut! Und er hat auch keine Vorurteile, wenn jemand noch nicht so viel Erfahrung mitbringt. Sonst hätte er mir nicht die Chance gegeben, gemeinsam mit ihm und dem Team so viel umzukrempeln«, gebe ich zu bedenken.

»Und wie ist er als Mensch so? Ihr habt doch alle im selben Hotel gewohnt. Da läuft man sich doch auch mal nach Drehschluss über den Weg«, erkundigt sich Lexi interessiert. Ich versuche meine Antwort so diplomatisch wie möglich zu halten, damit man nicht mehr dahinter vermuten kann.

»Lukas ist sehr nett. Ich würde sagen, wir sind durch die enge Zusammenarbeit Freunde geworden«, erwidere ich mit einem Lächeln.

»Man weiß ja kaum was über ihn. Angeblich hat er auch abgelehnt, als man seine Biografie schreiben wollte«, erzählt Livia.

»Der Mann ist noch nicht mal dreißig«, rufe ich und ziehe die Schultern hoch. »Was wollen die denn schreiben? Auf welche Grundschule er gegangen ist, welche Jeansmarke er bevorzugt und wann er Autofahren gelernt hat?« Ich bin schockiert, dass man als Fernsehkoch tatsächlich mit solchen Dingen konfrontiert wird. Ich meine, er ist ja kein Hollywoodschauspieler, sondern moderiert nur eine Kochsendung.

»Na ja, er wird ja auch ein Privatleben haben, oder? Er ist ja mit einer Köchin verheiratet, mit dieser … Dings von dem bekannten Restaurant.« Livia liebt die Klatschpresse anscheinend.

Und plötzlich wird mir klar, weshalb Lukas oft nur ausweichend geantwortet hat und sehr verschlossen war. Für mich ist er der Typ von nebenan, aber für die Menschen, die sich mit der Kochszene näher beschäftigen, ist er offenbar schon eine größere Nummer, über die man bis hin zur Schuhgröße alles gerne wissen will. Und wer möchte schon, dass die Öffentlichkeit alles von einem weiß? Wie oft hat er wohl schon den falschen Menschen etwas anvertraut, die es dann weitererzählt haben?

»Apropos verheiratet, wie läuft die Agentur? Gibt es schon viele Buchungen für nächstes Jahr?«, lenke ich das Gespräch auf eine andere Bahn.

»Ja, es spricht sich wohl langsam herum. Wir sind gut ausgelastet, und da Sylvie immer noch von der Stadt beansprucht wird wegen dieses Indoorspielplatzes, verbringe ich mehr Zeit im Büro, als manch einer gerne hätte«, verrät Lexi, und ihr Blick wandert zu Niko.

»Ja, ja, richtig! Ich habe mich beschwert und werde es so lange tun, bis du wenigstens an einem Tag in der Woche am Abend Ruhe gibst.« Er kommt um die Kochinsel herum und küsst seine Freundin.

»Bei diesen Argumenten muss ich wohl nachgeben«, flüstert Lexi und kann ihren Blick nicht von Niko lösen, was Livia und mich zum Lachen bringt.

Ich fühle mich pudelwohl. Die Gesichter sind mir altvertraut, doch etwas zwischen uns ist anders. Ich halte sie nicht auf Distanz, so wie ich es bisher gemacht habe, sondern sehe sie als Freunde. Weshalb habe ich das nicht früher schon so gemacht? Sie waren die ganze Zeit da, vor meiner Nase, und haben darauf gewartet, dass ich aus meinem Schneckenhaus komme und mich ihnen anschließe. Und ich habe es einfach nicht gemerkt, war so blind. Ich habe mich komplett auf Daniel fokussiert und sonst gar niemanden an mich herangelassen.

Als Livia, Sylvie und ich aufbrechen, ist es schon sehr spät, doch wir entscheiden, dass wir solche Abende nun öfter machen werden.

Am nächsten Tag schlafe ich aus – so lange, wie ich die letzten drei Monate nicht geschlafen habe. Als ich gegen Mittag aufwache, dusche ich ausgiebig und gönne mir ein Pflege- und Wohlfühlprogramm. Danach schlüpfe ich in warme Sachen, denn der Winter greift nach der Ostsee, und mache mich auf den Weg zu Livia, um ein großes Stück Kuchen und einen Kaffee für mich zu besorgen.

»Du bist unruhig«, stellt die hübsche Blondine schließlich fest, als ich mein nachmittägliches Frühstück an einem der kleinen Tische vertilge.

»Was meinst du?«, frage ich ausweichend.

»Hast du Gerd schon getroffen, seit du wieder da bist?«, erwidert sie direkt. Wow, hier sind Ausflüchte wohl zwecklos.

»Ich konnte es bisher vermeiden«, murmle ich.

»Also bis vier Uhr brauchst du dir keine Sorgen machen und musst nicht ständig zur Tür schielen. Aber du müsstest die Arbeitszeiten im *L&P* doch eigentlich noch kennen, oder?«, zieht sie mich auf.

»Ich mach mir keine Sorgen«, wehre ich mich, doch sie geht gar nicht darauf ein.

»Wenn du meine Empfehlung hören willst: Geh direkt zu ihm und bring es hinter dich«, rät sie mir.

Ich verschlucke mich am Kaffee, an dem ich gerade genippt habe, und huste fürchterlich.

»Sag mal, wieso bist *du* denn eigentlich noch Single?«, hole ich zum Gegenschlag aus.

»Das ist eine andere, lange Geschichte. Aber jetzt geht es hier um dich«, wischt sie meine Stichelei beiseite.

»Ich weiß nicht, was ich ihm sagen soll. Ich habe ja nicht mal eine Ahnung, was ich überhaupt will«, gebe ich schließlich zu.

»Ich denke, das sind Dinge, die man aus der Ferne auch nicht rausfinden kann«, erwidert Livia sanft. »Gegen halb fünf ist er sicher zu Hause. Überleg es dir!«

Die Klingel oberhalb der Tür ertönt, Livia eilt hinter die Kuchentheke, und ich sitze grübelnd an meinem Tisch und schiebe ein Stück Schokokuchen in meinen Mund. Ich habe in den letzten Wochen mehr und mehr rausgefunden, was ich in meinem Leben will und wer ich sein möchte. Warum stecke ich jetzt bei der Frage, was ich in puncto meines Ex-Freundes will, total fest? Lukas hatte recht, als er sagte, dass ich nicht mit Daniel abgeschlossen habe. Und er meinte, ich soll mich jetzt um mein Herz kümmern. Aber will ich Daniel zurück, oder will ich über ihn hinwegkommen? Ich überlege hin und her und entscheide schließlich, dass Livia richtigliegt und Ferndiagnosen nicht die Lösung sind. Nach einem Blick auf die Uhr verlasse ich das *Leckermäulchen*.

Meine Schritte sind energisch. Erst als ich in die Nähe des Hauses komme, in dem ich bis vor Kurzem gewohnt habe, werde ich langsamer. Ich atme durch und versuche meinen rasenden Puls zu beruhigen, als ich die Türklingel drücke. Natürlich habe ich auch noch meinen Schlüssel, doch es erscheint mir falsch, einfach reinzugehen. Ich höre Schritte, und mit einem Mal stürzen tausend Fragen auf mich ein. Was wird er sagen? Wird er überhaupt etwas sagen oder mir einfach die Türe vor der Nase zuschlagen? Schließlich war er ja vor meiner Abreise nicht mal zu einem Gespräch bereit. Was will ich eigentlich hier? Ich war doch so froh, aus dieser festgefahrenen Situation endlich rauszukommen. Es war eine richtige Flucht. Warum bin ich jetzt wieder zurückgekehrt?

Dann öffnet sich die Tür, und mein Herz macht einen Satz, um gleich darauf lauter als je zuvor weiterzuklopfen. Die Antwort auf meine Frage trägt ein schwarzes Shirt und verwaschene Jeans. Die Zeit ohne mich hat er offenbar für Sport genutzt, er wirkt trainierter, schlanker, definierter. Sein Haar ist länger und verwuschelt, als hätte er eben erst geduscht, und als seine dunkelblauen Augen die meinen finden, blitzt etwas in ihnen auf, und ein ganzer Schwarm von Schmetterlingen macht sich in meinem Bauch breit.

»Mein Gott, habe ich dich vermisst!«, flüstert er. Ich schätze mal, dass meine Sorge, gleich die Tür gegen die Nase zu bekommen, unbegründet war.

Ich sollte ihm sagen, dass wir reden müssen, dass wir herausfinden sollten, ob wir nicht doch einen Weg finden können, der uns beide glücklich macht, oder irgendetwas anderes, einfach um Zeit zu gewinnen, doch ich bringe keinen Ton heraus und nicke nur zustimmend. Ich habe ihn auch vermisst. Wie sehr wird mir erst jetzt bewusst. Er greift nach meiner Hand und zieht mich sanft durch die Tür. Ich genieße seine Berührung, spüre seine Wärme, fühle mich, als würde ich nach Hause kommen.

Im Flur stehen wir dicht beieinander, ich merke, dass auch sein Atem schneller geht, und sehe die wenigen Zentimeter hoch, die uns trennen. Ich habe noch kein Wort gesagt, doch während ich noch überlege, wie ich anfangen soll, senkt er seine Lippen auf meine und heißt mich so willkommen. Es ist wie ein Stromschlag, ein Paukenschlag, als hätte man auf der Fernbedienung der Welt auf Pause gedrückt. Es ist das Gefühl aus unseren Anfangszeiten, die Anziehung, das Nicht-genug-Bekommen. Und doch ist es mehr. Es ist Sicherheit, Geborgenheit, Vollständigkeit, Liebe. Es ist das Einzige, das mir bei Lukas immer gefehlt hat. Sex kann befriedigend, erfüllend, süchtig machend sein, aber erst durch dieses tiefe Gefühl füreinander wird er perfekt.

Meine Hände wandern zu seinem Nacken, vergraben sich in sein weiches Haar, und ich schmiege mich an ihn. Nach einigen Minuten mache ich einen kleinen Schritt zurück.

»Daniel, wir sollten reden«, sage ich dann und beiße mir auf die Lippe. In seinen Augen flackert die Überraschung auf, dass ich seinen tatsächlichen Namen verwende und noch etwas anderes.

»Ich denke, wir sollten etwas anderes tun«, raunt er mir zu und lässt keinen Zweifel daran, was er meint.

Es wäre besser, ihm zu widersprechen, doch er hat nicht vergessen, wo und wie er mich berühren muss. Er hat es nur in den letzten Jahren vernachlässigt. Nun zieht er alle Register. Er küsst mich hungrig, sehnsüchtig, liebevoll.

Sanft öffnen seine Hände meine Jacke und streifen sie über meine Schultern. Währenddessen ziehe ich wie selbstverständlich meine Stiefel aus. Er hält mich im Arm, küsst mich, drängt mich rückwärts in Richtung Schlafzimmer. Auf dem Weg ziehe ich ihm das Shirt über den Kopf, und er tut es mit meinem Pullover gleich. Heiß wandern seine Lippen meinen Hals entlang zu meinem Dekolleté und lassen mich aufseufzen. Auch unsere Hosen landen kurz darauf auf dem Boden. Wenige Minuten nach meiner Ankunft hier sinke ich überzeugt und zu allem bereit auf das große Bett. Seine Hände gehen auf Wanderschaft, streicheln und liebkosen mich, bis ich keuchend zum Höhepunkt komme. Doch statt eine Pause zu machen, wende ich mich Daniel zu. Dann endlich, nach einem weiteren langen Kuss, vereinigen wir uns und finden zu unserem gemeinsamen Tempo. Und es ist unglaublich. Ich explodiere wie eine Feuerwerksrakete, doch diesmal sind die glitzernden Funken, die vor meinen Augen tanzen, nicht nur weiß, sondern prasseln in tausend Farben vom Himmel. Wir passen zusammen wie zwei Puzzlestücke, wir ergänzen einander, sind gemeinsam ein Ganzes. Deshalb waren wir jahrelang ein Paar.

Nachdem wir unser Wiedersehen auf körperliche Art gefeiert haben, zieht Daniel mich müde in seine Arme, während ich mich an seine nackte Brust kuschle.

»Gabi, ich bin froh, dass du es dir doch noch anders überlegt hast und zurückgekommen bist«, sagt er leise.

Seine Worte haben auf mich die Wirkung einer kalten Dusche. Ich verspanne mich sofort. Offenbar wäre ein Gespräch dem Sex doch vorzuziehen gewesen.

»Ich habe es mir nicht anders überlegt«, erwidere ich mit fester Stimme und löse mich von ihm. In seinem Blick liegt pure Verwirrung. Ich sammle meine Klamotten auf, die im ganzen Haus verstreut liegen und ziehe mich rasch an. Scheiße, ich liebe ihn noch, das ist mir nach den letzten Stunden absolut klar. Aber ich will das Leben nicht, das er sich für uns ausmalt. Jetzt genauso wenig wie vor drei Monaten. Doch anscheinend gibt es das eine nicht ohne das andere. Tränen steigen in meine Augen, doch ich schlucke sie tapfer hinunter.

»Daniel, ich bin nicht mehr die Gabi, die von hier weggegangen ist. Und sie wird auch nicht mehr zurückkommen. Das war es, was ich dir eigentlich sagen wollte, bevor wir hier gelandet sind«, versuche ich es irgendwie zu erklären.

»Aber du bist doch hier«, stellt Daniel fest und sieht mich verwirrt an. Mein Herz protestiert, und mein Kopf schreit noch lauter.

»Ja und vielleicht war das ein Fehler«, antworte ich. Mit diesen Worten gehe ich.

Als ich aus der Tür bin, fließen die Tränen ungehindert über mein Gesicht. Mein Herz bricht erneut, denn jede Faser davon liebt ihn. Doch in mir macht sich auch die Ahnung breit, dass sich hier für mich nichts verändert hat. Ich soll immer noch eine Rolle spielen, für die ich mich nicht bereit fühle.

Kapitel 13

Am nächsten Morgen lasse ich das Frühstück ausfallen und brunche dafür bei Frederik in seiner *Fischkneipe* mit Lachs und einer hausgemachten Suppe. Ich hätte es einfach nicht ertragen, Daniel im Speisesaal zu sehen. Auch wenn Lilly mir wiederholt angeboten hat, dass ich gerne zum Frühstück und Mittagessen kommen kann. Aber seine gewohnt fürsorgliche Art, mit der er seinen Job erledigt, das Strahlen seines Gesichts und der Klang seiner Stimme – all das hätte mir heute einfach den Rest gegeben. Ich fühle mich ohnehin wie ein abstinenter Alkoholiker, der den ganzen vergangenen Abend sein Lieblingsgetränk in sich reingeschüttet hat. Es war ein böser Rückfall und ein Irrglaube, dass sich etwas geändert habe.

Ich zahle und gehe am Strand entlang, um mir vom kalten Ostseewind den Kopf freipusten zu lassen. Plötzlich muss ich an Lukas denken. Was würde er mir in dieser Situation raten? Ich liebe Daniel immer noch, das ist mir seit gestern klar. Soll ich diese Liebe aufgeben, damit ich frei sein kann, oder mich auf seinen Familienplan einlassen und damit mich selbst wieder hintanstellen? Gibt es denn wirklich keinen Kompromiss? Die Wellen plätschern leise, als wollten sie mir etwas sagen, doch ich verstehe sie einfach nicht. Spontan ziehe ich Schuhe und Socken aus und strecke meine Zehen in die eiskalte Ostsee.

»Äh, ich will mich ja nicht einmischen, aber du weißt schon, dass wir Dezember haben und es arschkalt ist?«, höre ich hinter mir Lexis verblüffte Stimme. Ich muss lachen. So habe ich mich auch angehört, als Lukas mir den Sprung ins Meer vorgeschlagen hat.

»Das ist mir schon klar, aber manchmal tut es gut, mal aus der Reihe zu tanzen«, erwidere ich übermütig und spritze mit dem Wasser in ihre Richtung.

»Das ist ja ganz was Neues«, meint sie quiekend.

»Ja, es hat sich einiges verändert.« Ich merke, wie sich meine Mundwinkel zu einem Lächeln verzogen haben.

»Wenn dir nach Tanzen ist, komm doch heute Abend mit ins *Watermelon*. Sylvie und ich sind verabredet«, schlägt sie vor.

Nickend sage ich zu.

Am Abend betrete ich das Lokal einige Minuten zu früh und setze mich zu Johnny an die Bar. Er reicht mir mit einem »Bin gleich bei dir, Schätzchen« die Cocktailkarte und serviert fertige Getränke an die Tische.

Als die Tür des Lokals sich öffnet, spüre ich seine Anwesenheit, bevor ich ihn sehe. Oh nein, das war so nicht geplant. Es vergehen nur wenige Sekunden, bis ich sein Parfum rieche und froh bin, dass der Barhocker unter mir verhindert, dass ich mit weichen Knien zu Boden gehe.

»Ist hier noch frei?«, höre ich schließlich Daniels samtige Stimme und nicke stumm.

»Ich habe dich hier noch nie gesehen, darf ich dir einen Drink empfehlen?«, fragt er dann. Bitte was? Mir bleibt vor Überraschung der Mund offen stehen. Doch ich fange mich schnell und entscheide, das Spiel mitzuspielen.

»Gerne!«, antworte ich.

»Der *She's like the wind* klingt sehr interessant, aber ich persönlich würde dir einen *Be my baby* empfehlen.«

Die Zweideutigkeit seiner Aussage lässt mich lächeln. Er streckt mir die Hand entgegen.

»Hi, ich bin Daniel!«, stellt er sich vor.

»Mariella«, antworte ich.

»Was für ein wunderschöner Name«, sagt er mit strahlenden Augen.

»Ja, ich hatte ihn früher schon mal, und jetzt nennt man mich wieder so«, erkläre ich.

»Und dazwischen?«, will er wissen.

»Habe ich mich ein wenig selbst verloren …« Ich senke meinen Blick und streiche mit meinen Händen die Karte entlang, damit sie etwas zu tun haben.

»Und jetzt?«, fragt er leise.

»Habe ich mein Leben auf den Kopf gestellt, aussortiert und neu eingeräumt«, sage ich mit fester Stimme und sehe auf.

»Hat denn etwas vom Alten eine Chance, bleiben zu dürfen?« Seine dunkelblauen Augen sehen mich fragend an. Ich lache auf. Die Schmetterlinge in meinem Bauch tanzen, jubeln und applaudieren. Für sie war es die richtige Frage.

»Vielleicht …«, lenke ich ein. »Wenn es mich so nimmt, wie ich jetzt bin. Denn ich fühle mich endlich wieder wohl in meinem eigenen Leben.«

Mit klopfendem Herzen sehe ich ihn an und merke, dass das Spiel vorbei ist. Sehnsucht liegt in seinem Blick.

»Ich hätte dich gestern auf den ersten Blick beinahe nicht erkannt«, gesteht er mir dann und mustert mich.

»Ich habe dich gestern in einigen Augenblicken auch kaum wiedererkannt.« Ich zwinkere ihm zu und ernte ein spitzbübisches Lächeln.

»Früher hatte ich es wirklich drauf, dich dahinschmelzen zu lassen. Daran habe ich mich wieder erinnert«, raunt er mir dann zu.

»Schade, dass du es zwischenzeitlich vergessen hattest«, antworte ich schlagfertig.

»Autsch!«, ruft er und muss lachen.

»Nur die Wahrheit!«

Schweigen macht sich breit, doch es ist nicht unangenehm, eher wie eine Überleitung.

»Wir hätten gestern reden sollen«, sage ich dann.

»War der Sex so schlecht?«, erwidert Daniel augenzwinkernd.

»Idiot!«, ziehe ich ihn auf und stoße ihn in die Seite. Dann sehe ich mich um und werfe einen Blick auf die Uhr.

»Wartest du auf jemanden?«, fragt Daniel.

»Lexi und Sylvie wollten eigentlich kommen«, antworte ich. Doch als ich seinen schuldbewussten Blick sehe, fällt bei mir der Groschen.

»Das ist ein abgekartetes Spiel, oder?«

»Sei nicht sauer auf die beiden. Als Lexi heute bei Lilly war und sie erzählt hat, dass sie und Sylvie sich mit dir treffen, habe ich sie um Hilfe gebeten. Ich wollte mit dir reden und wusste, du hättest dich nicht freiwillig mit mir getroffen«, erklärt er beschwichtigend.

»Vielleicht ja doch …«, antworte ich mit gesenktem Blick.

»Heißt das, es gibt noch eine Chance auf einen Neuanfang?«, fragt Daniel hoffnungsvoll. Statt einer Antwort schenke ich ihm ein warmes Lächeln.

Aus den Lautsprechern ertönt *Whatever It Takes* von Milow, und da der Text so perfekt auf unsere Situation passt, sehen wir erst einander und dann Johnny an, der grinsend an der Musikanlage steht.

»Hey, ihr beide habt dringend Starthilfe nötig, nachdem euer Auto irgendwo liegen geblieben ist«, meint der nur.

Wir lachen, doch dann wird Daniel ernst.

»Darf ich dich einladen, morgen Nachmittag etwas mit mir zu unternehmen?«, fragt er mich dann.

»Was denn?«, will ich wissen, doch er schüttelt nur den Kopf.

»Verrate ich nicht. Vertrau mir«, bittet er mich dann, und nach kurzem Überlegen nicke ich.

»Dann ruf ich jetzt Lexi und Sylvie an, dass sie kommen können, und stehe eurem Mädelsabend nicht mehr im Weg«, meint er und haucht mir einen Kuss auf die Wange. »Zieh etwas Bequemes an, ich hol dich um eins ab.«

»Musst du nicht arbeiten?«, frage ich verwundert.

»Ich mach früher Schluss.« Mit einem Winken verschwindet er und lässt mich überrascht zurück. *Er* macht früher Schluss?

»Hier, Schätzchen! Der geht aufs Haus«, reißt mich Johnny aus meinen Gedanken und stellt ein hohes Cocktailglas vor mir auf den Tresen. »Es ist ein *Will you still love me tomorrow.*«

»Daran habe ich keine Zweifel …«, murmle ich leise und sehe schon Lexi und Sylvie zur Tür reinkommen.

Kapitel 14

In Jeans und einem leichten Pullover warte ich am nächsten Tag auf Daniel, der pünktlich an meine Tür klopft.

»Hi«, begrüßt er mich mit strahlendem Gesicht und küsst mich wie schon gestern auf die Wange. »Du siehst toll aus.«

»Danke!«, freue ich mich über das ungewohnte Kompliment aus seinem Mund.

»Sind Sneakers okay?«, frage ich dann.

»Auf die Schuhe kommt es diesmal nicht an, aber sie sind okay«, antwortet er kryptisch.

An der Rezeption treffen wir Sylvie und Georg, die offensichtlich auf uns warten.

»Kann mir bitte mal jemand sagen, wohin wir fahren?«, versuche ich aus den beiden etwas rauszukriegen, doch auch hier beiße ich auf Granit. Georg fährt und hat Sylvie als Beifahrerin an seiner Seite, während Daniel und ich auf der Rückbank sitzen. Mich überfällt das Bedürfnis, meine Hand auf Daniels zu legen, doch ich halte mich zurück.

Wir fahren nach Lübeck, womit ich nun wirklich nicht gerechnet habe. Als wir vor einem großen Gebäude halten, lese ich das Schild am Eingang.

»Was ist das?«, erkundige ich mich.

»Ein Indoorspielplatz. Wir sind ja gerade dabei, auch in Sterenholm einen zu errichten, und möchten uns hier Anregungen holen«, erklärt Sylvie.

»Und was machen *wir* hier?« Ich deute auf Daniel und mich. Mir ist immer noch schleierhaft, was das alles soll. »Kaffee trinken, während ihr besichtigt?«

»Wir besichtigen nicht, wir probieren aus«, stellt Georg dann klar.

»Komm, lass uns spielen«, flüstert Daniel mir ins Ohr, und

ich muss lachen. Ich im Kinderparadies, das ist so verrückt, aber ich lasse mich darauf ein.

»Dann los«, stimme ich zu, und wir betreten den Funpark.

Wenig später finde ich mich in Socken auf einer Softplayanlage wieder. So nennt man das große Gebilde aus Netzen und Hindernissen wie Rohren, Trittleitern, Bällen, sich drehenden Scheiben und Ähnlichem, wie man mir erklärt hat. Ich finde es toll, klettere, robbe, krieche und stöhne, weil es eben für Kinder und nicht für Erwachsene gemacht wurde und ich mehrfach fast stecken bleibe. Daniel ist immer an meiner Seite, und wir haben mächtig Spaß. Über eine Rutsche kommen wir wieder zum Ausgangspunkt, wo wir auf die anderen beiden treffen.

»Da drüben gibt es eine Kletterwand«, meint Sylvie begeistert.

Daniel sieht mich abwartend an. Er weiß, dass ich Höhenangst habe.

»Sicherst du mich ab?«, frage ich ihn etwas ängstlich.

»Natürlich!«

»Dann los!«, sage ich mutig.

Entschlossen machen wir uns auf den Weg. Die beiden Männer bleiben auf festem Boden, während Sylvie und ich versuchen, die steile Wand zu erklimmen.

»Wollt ihr so etwas in Sterenholm auch installieren?«, mache ich Small Talk, um das aufsteigende mulmige Gefühl zu vergessen.

»Nicht in so großem Stil. Nur etwa zwei oder zweieinhalb Meter hoch, sodass man nicht sichern muss, sondern eine dicke Matte darunter reicht«, erklärt Sylvie. »Aber hier macht es Spaß.«

»Anstrengend ist es aber schon … aaahhh …« Meine Hand ist vom Griff abgerutscht, und ehe ich michs versehe, hänge ich im Seil. Daniel lässt mich sachte zu Boden.

»Hast du dich verletzt?«, erkundigt er sich besorgt, als er

zu mir gelaufen kommt. Als er meine Oberarme berührt, um sicherzugehen, dass ich okay bin, wirft mich seine plötzliche Nähe mehr aus der Bahn als mein Absturz.

»Alles bestens«, wispere ich und sehe zu ihm hinauf. Der Ausdruck in seinen Augen ändert sich, wird liebevoll, sehnsüchtig. Wir sagten doch neu anfangen, nicht langsam angehen lassen, oder? Denn ich will ihn jetzt küssen. Ich will es mehr als atmen. Doch Sylvie landet nun auch auf dem Boden, und der Moment zwischen Daniel und mir ist vorbei.

»Alles in Ordnung bei dir?«, möchte sie wissen.

»Ja, lasst uns sehen, was wir noch finden«, sage ich mit einem Nicken.

Gemeinsam beschließen wir, dass ein Bällebad in Sterenholm unbedingt sein muss. Sylvie und Georg überlegen, eins für Kinder zu gestalten und eines, in dem sich auch die Großen austoben können. Denn für ein Bällebad ist man nie zu alt. Übermütig schießen Daniel und ich einander ab, bis er einen Hechtsprung auf mich zu macht und mich unter sich in den Bällen begräbt. Als wir wieder auftauchen, bekomme ich vor Lachen kaum Luft.

»Du bist so schön, wenn du lachst«, sagt Daniel plötzlich, und sein Blick streicht dabei sanft über mein Gesicht. »Ich will dich jeden Tag zum Lachen bringen.«

Ich fühle mich, als hätte man in meinem Inneren eine Flasche mit Brause erst geschüttelt und dann geöffnet. Alles sprudelt über.

»Das klingt nach einem guten Plan«, erwidere ich glücklich. »Jetzt auf die Hüpfburg?«, schlage ich dann vor, um diese elektrisierende Situation zu unterbrechen.

»Unbedingt!« Daniel ist sofort dabei.

»Leute, lasst die Hüpfburg, da haben wir schon eine im Unterwasserstil im Auge. Aber da drüben gibt es einen zweiten Labyrinth-Kletterturm mit Riesentrampolin in schwindelnder

Höhe und einer Freifallrutsche.« Georg deutet in eine Ecke der riesigen Halle, die wir bisher noch nicht beachtet haben.

»Einer was?«, frage ich nach.

»Freifallrutsche. Der Start ist noch wie gewohnt, doch dann wird die Rutsche so steil, dass du im freien Fall bist, ehe du weiter unten wieder aufgefangen wirst. Ich habe sie auch noch nicht probiert, aber das wäre ein Highlight für die größeren Kids«, meint Sylvie.

Mein Blick fällt auf Daniel. Ihm wird sogar in einer Kinderachterbahn übel, und ich weiß, dass sich ihm schon beim Gedanken an freien Fall der Magen umdreht. Doch er folgt uns tapfer. Erneut erklimmen wir mühsam die oberste Etage des Turms. Dort wartet eine gelbe Doppelrutsche auf uns, die so steil nach unten geht, dass man eigentlich nur die Startposition sieht.

»Okay, ich nehme dann die linke Abzweigung und teste das Trampolin und die Spiralrutsche dort drüben«, winkt Georg ab, und Sylvie schließt sich ihm mit einem Augenzwinkern zu mir an. Nun stehen nur noch Daniel und ich vor der Freifallrutsche. Ich sehe ihn von der Seite an und merke, wie er mit sich ringt.

»Du musst das nicht machen««, sage ich leise. »Wir können auch nach links abbiegen.«

Er dreht sich zu mir, und in seinen Augen liegt Entschlossenheit.

»Wie hieß es noch mal in dieser Serie, die du dir tausendmal angesehen hast? Ich springe, wenn du springst. Also in unserem Fall: Ich rutsche, wenn du rutschst.« Seine Stimme ist fest, und ich muss darüber schmunzeln, dass er sich an die *Gilmore Girls* so gut erinnert, obwohl er sie immer nur nebenher gehört hat.

»Bist du sicher?«, frage ich noch mal nach.

»In omnia paratus!«, flüstert er. Zu allem bereit. Auch dieses Zitat stammt aus meiner Lieblingsserie, noch dazu wie das vorige aus meiner Lieblingsfolge. Dann dreht Daniel sich zu mir, macht einen Schritt auf mich zu und verschränkt seine Finger mit meinen. Jede einzelne Faser meines Körpers, jede Zelle drängt in seine Richtung. Quälend langsam zieht er mich in seine Arme, ehe er einen sanften Kuss auf meine Lippen haucht und mich wieder loslässt. Ich mache ein Geräusch wie eine ungeduldige Katze, doch er lacht nur.

»Na los, bringen wir es hinter uns«, stößt er dann hervor und deutet auf die Rutsche.

»Aber wenn du unten kotzt, schieb die Schuld nicht auf mich«, ziehe ich ihn auf.

Nachdem wir uns gesetzt haben, stoßen wir uns gleichzeitig ab. Unsere Schreie ertönen laut durch die Halle, doch unten angekommen brechen wir in erleichtertes Lachen aus. Hand in Hand gehen wir zu Sylvie und Georg, die über die Spiral-rutschen inzwischen auch wieder auf dem Boden angekommen sind. Nachdem wir auch noch die Gokart-Bahn mit umwelt-freundlichen Elektro-Gokarts ausprobiert haben, machen wir uns wieder auf den Rückweg und beratschlagen die ganze Fahrt über, welche Attraktionen in Sterenholm einziehen sollen.

»Was habt ihr eigentlich kulinarisch geplant?«, erkundige ich mich.

»Frederik macht einen zweiten Standort auf, aber mir fehlt noch eine Alternative. Fisch und Herzhaftes ist nicht für jeder-mann das Richtige«, überlegt Sylvie.

»Wie wäre es mit einem Café?«, schlägt Daniel vor.

»Ich bin dran«, zwinkert uns meine Freundin zu.

»Aber jetzt hast du mich hungrig auf Fischburger gemacht. Wollen wir noch in die *Fischkneipe*?«, fragt Georg.

»Bis wir in Sterenholm angekommen sind, hat Frederik fast schon geschlossen, aber wir können uns ja ins *Watermelon* set-zen, damit wir in Ruhe aufessen können«, meint Sylvie. Die beiden Lokale hängen tagsüber zusammen, doch um zweiundzwanzig Uhr schließen die *Fischkneipe* und die gemeinsame Küche. Im *Watermelon* kann man aber noch bis ein Uhr weiterfeiern.

Daniel sieht mich fragend an.

»Darf ich unser Nachmittagsdate auf den Abend ausweiten?«, raunt er mir leise zu.

»Sehr gern!«

Im *Watermelon* ergattern wir noch einen Vierertisch und ordern etwas zu essen. Kurz nachdem unsere Bestellung serviert wird, schließt die *Fischkneipe*. Während wir unseren Hunger stillen, lassen wir den Nachmittag Revue passieren und lachen darüber, wie dämlich wir Erwachsenen uns teilweise bei den Kinderspielen angestellt haben.

»Hey, ich habe in diesen kleinen Gokarts ja kaum meine Füße untergebracht«, versucht Georg sich zu verteidigen.

»Ja, das würde ich jetzt auch sagen, wenn ich hoffnungslos verloren hätte. Noch dazu gegen zwei Frauen«, zieht Sylvie ihn auf.

»Wenn *ich* das gesagt hätte, wäre ich wieder der Sexist gewesen«, kontert ihr Freund, ehe sie sich küssen.

Ich muss lachen. Die beiden hatten einen sehr schweren und holprigen Start, den ich am Rande mitbekommen habe, und es freut mich, sie nun so gelöst zu sehen. Auch ich bin sehr entspannt. Der Tag heute hat mir wirklich sehr gefallen. Und Daniels Verhalten auch. Aber kann es tatsächlich sein, dass er eine solche Kehrtwende eingelegt hat und endlich sieht, dass unser Leben mehr Spaß braucht?

Heimlich mustere ich ihn von der Seite, als er sich mit Georg über die Freifallrutsche unterhält. Die hätte ich ihm wirklich nicht zugetraut. Aber er ist für mich gerutscht. Ein Lächeln huscht über mein Gesicht, und mein Herz stolpert und schlägt mit einem Mal schneller als zuvor.

»Ich hole uns mal was zu trinken von der Bar«, bietet Daniel an und reißt mich aus meinen Gedanken.

»Scheint ja gut zu laufen zwischen euch«, flüstert Sylvie mir zu, als er weg ist. Mein Gesichtsausdruck reicht ihr wohl als Antwort, denn sie grinst mich an.

»Ist meine Annahme richtig, dass du Livia für das Café gewinnen willst?«, lenke ich das Gespräch in eine andere Richtung.

»Ja, aber sie ziert sich noch«, antwortet Sylvie seufzend.

»Warum?«, frage ich verständnislos.

»Sie sagt, dass sie mit dem *Leckermäulchen* genug zu tun hat, aber ich werde das Gefühl nicht los, dass da noch was anderes dahintersteckt«, mutmaßt Sylvie. »Mal sehen.«

Ich lache, denn sie lebt mal wieder ihren Detektivsinn aus. Dann erregen jedoch Johnny und Daniel meine Aufmerksamkeit, die an der Bar heftig diskutieren. Schließlich wirft Johnny theatralisch die Hände nach oben, nimmt das voll beladene Tablett und kommt an unseren Tisch.

»Herzchen, ich habe nichts damit zu tun!«, versichert er mir und stellt ein Glas vor mir ab. Ich sehe den Cocktail und zucke die Schultern.

»Den wollte ich doch haben. Wo ist das Problem?«

»Ach, nicht der Alkohol«, winkt er ab. »Das da.«

Meine Augen folgen seiner Hand, und ich entdecke Daniel, der sich an der Musikanlage zu schaffen macht.

»Nie und nimmer hätte ich das ausgesucht, aber man hört ja nicht auf mich«, spricht er weiter, und ich verstehe nur Bahnhof.

»Wovon redest du?«, versuche ich ihn zu einer verständlichen Aussage zu bewegen, doch dann ertönen die ersten Takte eines Songs. Genau wie ich erkennen wohl die meisten Gäste ihn sofort, doch während alle sich verwundert ansehen, breitet sich auf meinem Gesicht ein Lächeln aus.

Johnny presst sich vor Verzweiflung die Hände aufs Gesicht. »Also nicht nur, dass er absolut nicht zu meinem Lokal passt, er ist einfach …«

»Perfekt«, unterbreche ich ihn.

Inzwischen kommt Daniel auf mich zu, und unsere Blicke finden sich. Mir wird warm ums Herz. Ich ergreife seine ausgestreckte Hand und lasse mich mit auf die Tanzfläche ziehen, wo wir im Takt zu hüpfen beginnen.

»Du hast es nicht vergessen!«, rufe ich ihm durch die Musik zu.

Er schüttelt den Kopf. »Das werde ich nie vergessen.«

Die Spider Murphy Gang singt vom *Skandal im Sperrbezirk,* und während wir Rosis Nummer grölen, die wir sogar im Schlaf aufsagen können, ernten wir von allen Seiten verständnislose Blicke. Münchner Bierzeltstimmung in einer pink glitzernden Cocktailbar an der Ostsee. Nichts passt zusammen, doch es ist uns egal. So wie es uns an unserem ersten gemeinsamen Arbeitstag egal war, als wir neben den letzten Gästen in der *Auguststubn* dazu gesungen haben, während wir Gläser gespült und Stühle auf die Tische gestellt haben. Mit einem letzten »Skandal um Rosi!« brechen wir in lautes Lachen aus.

Doch auch der nächste Song kommt aus Daniels Handy, und er bleibt unserer früheren Wahlheimat treu. Die Münchner Freiheit dudelt *Tausendmal du,* und Daniel zieht mich an sich. Das ist er! Der Song, der damals im Radio lief, als Daniel mich zum ersten Mal geküsst hat, nachdem wir Brüderschaft getrunken haben. Er weiß es noch, er weiß alles noch. Hoffnung keimt in mir auf, dass mein Daniel wirklich wieder zurückkommen kann, dass er Gerd hinter sich lässt und wir wieder an dem Punkt weitermachen, an dem wir noch glücklich, wild und frei waren.

»Bei diesem Lied wusste ich, dass du die Eine für mich bist«, flüstert Daniel mir jetzt ins Ohr. Ich sehe die Aufrichtigkeit seiner Worte in seinen dunkelblauen Augen, verliere mich in ihnen, vergesse, wo wir sind. Es zählen nur noch er und ich. Daniel hält mich und sieht mich nur an, und doch ist es einer der intimsten Momente, die wir je hatten. Als die Musik endet, wachen wir aus unserer Traumwelt auf. Daniel behält eine meiner Hände in seiner. Auf dem Weg zurück zu unserem Tisch kommen wir an der Bar vorbei.

»Respekt, Mann! Ich dachte wirklich, deine Songwahl geht voll daneben«, gibt Johnny zu und macht eine Handbewegung, als würde er vor Daniel einen unsichtbaren Hut ziehen, ehe er sich weiter um seine Gäste kümmert.

»So ganz sicher war ich mir auch nicht, dass es klappt, wenn ich dich an unseren Anfang erinnere«, raunt Daniel mir dann zu.

Ich lächle ihn an und drücke seine Hand. Dann sind wir bei unserem Tisch angekommen. Sylvie und Georg wollen natürlich die Geschichte zu den beiden Songs hören, und ich lausche Daniel, wie er sie lebhaft erzählt – angefangen bei meinem Knödel-Unfall bis zum Bruderschaft-Trinken. Es hat ihn damals bei diesem ersten Kuss genauso erwischt wie mich. Und seine Gefühle sind seither nicht schwächer geworden, das wird mir an diesem Abend klar.

Gegen Mitternacht brechen wir auf und verabschieden uns auf dem Bürgersteig von Sylvie und Georg, die ja auf einem Hausboot im Hafen wohnen. Dann ziehen wir die Kapuzen unserer Jacken über unsere Köpfe, und Daniel begleitet mich ganz selbstverständlich zum *L&P*. Es ist ein gutes Stück zu gehen, und wir legen es Händchen haltend, aber schweigend zurück. Natürlich gibt es noch viel zu besprechen zwischen uns, denn auch wenn der heutige Tag einfach wundervoll war, verfalle ich nicht dem Glauben, dass uns der Alltag nicht wieder einholt. Doch das muss nicht jetzt sein. Zum einen, weil ich in der Jobfrage ohnehin noch zu keiner Antwort gekommen bin, und zum anderen, weil ich heute meinem Kopf nicht zuhören könnte. Dafür pocht mein Herz viel zu laut. Mit jedem Schritt in Richtung *L&P* steigt auch meine Aufregung. Werden wir den Abend noch fortsetzen? Wird er bei mir bleiben?

Als ich das schwache Licht über dem Eingang sehe, krame ich in meiner Tasche nach dem Schlüssel. Ich stecke ihn ins Schloss und sehe Daniel abwartend an. Gerade als ich den Mund öffne, um ihn zu fragen, ob er noch mitkommen möchte, sagt er: »Danke für den tollen Tag mit dir!«

Er meint es genau so, und doch teilt er mir mit seinen Worten mit, dass der Abend nun zu Ende ist.

»Danke, dass ihr mich mitgenommen habt.« Ich klinge ein wenig hölzern.

»Kommst du morgen endlich mal zum Frühstück runter?«, fragt er mich dann. »Lilly wartet jeden Morgen auf dich. Und ich auch …«

Der letzte Satz bringt mich zum Lächeln.

»Sehr gern«, erwidere ich nickend. Dann sehe ich ihn von unten an und flehe stumm, dass er mich küsst. Schließlich beugt er sich zu mir und haucht einen Kuss auf meinen Mund. Ich reagiere sofort, schlinge meine Arme um ihn, ziehe ihn näher an mich und lasse nicht zu, dass er wieder auf Distanz geht. Spannung macht sich zwischen uns breit, und unsere Lippen teilen sich, damit auch unsere Zungen sich finden. Daniel entweicht ein leises Seufzen, was mich dazu bringt, mich noch näher an ihn zu drängen. Als wir irgendwann nach Luft schnappen, suche ich in seinen Augen nach einem Anzeichen, dass er seine Meinung geändert hat und bei mir bleibt. Doch obwohl sein Blick vor Verlangen lodert, streicht er mir nur noch einmal über meine Wange und lässt mich mit einem »Schlaf gut!« stehen.

In meinem Zimmer lasse ich mich quer übers Bett fallen.

Frustriert angle ich in meiner Tasche nach meinem Handy und öffne den Chat mit Lukas.

»Er macht mit mir einen Ausflug, wir lachen, haben Spaß. Er überwindet für mich seine Angst vor freiem Fall, geht abends noch mit mir in eine Bar, spielt unser Lied und tanzt mit mir. Aber nach einem leidenschaftlichen Kuss lässt er mich allein ins Bett gehen. Wo ist da die männliche Logik bitte?«

Obwohl ich nicht damit rechne, piept mein Handy schon Sekunden später.

»Das ist sogar mehr als logisch«, schreibt Lukas.

»Dann erklär es mir!«, antworte ich genervt.

»Es scheint, als hätte er begriffen, dass ihr neu anfangen müsst und nicht einfach die Beziehung von früher fortführen könnt. Immerhin hat er sich große Mühe gegeben.«

»Und warum liege ich dann jetzt allein hier?«

»Weil du ihm wichtig bist. Er will dir damit zeigen, dass er das alles nicht nur gemacht hat, damit er dich ins Bett bekommt.«

»Aber er HATTE mich doch schon in seinem Bett.«

»Aber das war, BEVOR er gecheckt hat, dass du nicht mehr Gabi bist, sondern dich verändert hast. Du wolltest doch einen Neustart.«

»Jaaa … aber im Moment will ich etwas anderes noch mehr …«

»Trotzdem weißt du, dass es so besser ist. Sonst hättest du nämlich Daniel geschrieben, was du jetzt gerne mit ihm machen würdest. Und ich schwöre, dann hätte es innerhalb von Sekunden an deiner Zimmertür geklopft. Aber du hast stattdessen mir geschrieben, um deinen Frust an mir auszulassen. Auch wenn du es nicht verträgst, dass ich recht habe.«

»Ich hasse dich!«, schreibe ich ihm mit einem Zwinkersmiley.

»Damit kann ich leben. ☺«, kommt prompt die Antwort.

Ich lasse mein Handy neben mir aufs Bett fallen und seufze.

Lukas liegt in allen Punkten richtig, und ich bin verdammt froh, in ihm einen so guten Freund gefunden zu haben, den ich mitten in der Nacht mit meinen Männersorgen quälen kann. Nun spüre ich auch, wie die Müdigkeit mich überkommt, und ich beeile mich, zu duschen und schlafen zu gehen.

Kapitel 15

Am nächsten Morgen schlüpfe ich nach der üblichen Morgenhygiene in Jeans und einen meiner neuen kuscheligen Pullover und mache mich auf den Weg zum Frühstück. Daniel strahlt, als ich den Speisesaal betrete, und winkt mich zu einem der kleinen Tische, von denen man direkt durch die große Glasfront auf den Strand sehen kann. Etwas gehemmt nehme ich Platz. Es ist ein eigenartiges Gefühl, nun hier quasi als Gast zu sitzen, wo ich jahrelang serviert habe.

»Guten Morgen!«, begrüßt Daniel mich erfreut.

»Guten Morgen!« Mein Gott, ich höre mich fast schüchtern an. So oft habe ich in den letzten Monaten in Hotels gefrühstückt und alle Kellner insgeheim mit Daniel verglichen. Und nun steht er vor mir. Wie immer top gestylt, frisch, aufmerksam, als wäre er ein Teil des Gastraums.

»Hat sich bei deinen Vorlieben fürs Frühstück etwas geändert?«, erkundigt er sich.

»Nein, was ich brauche, finde ich am Büfett.«

Doch er winkt ab. »Ich bring dir alles.«

»Daniel, das musst du nicht«, wehre ich mich.

»Bitte! Lass mir die Freude!«

Ich nicke, und wenig später steht ein riesiges Frühstück vor mir. Als ich mir gerade ein Brötchen streiche, kommt Lilly aus der Küche und setzt sich kurz zu mir.

»Wie ich sehe, bist du gut versorgt worden«, meint sie grinsend.

»Ich werde noch Stunden brauchen, um alles aufzuessen.« Lachend deute ich auf den vollen Tisch.

»Gut so, du hast einiges aufzuholen. Immerhin frühstückst du ja seit Tagen nicht – oder zumindest nicht hier.« Sie klingt fast beleidigt, doch dann zwinkert sie mir zu. »Haben sich die Wogen zwischen euch ein wenig geglättet?«

Mein Blick fällt auf Daniel, und ich nicke verlegen. »Wir nähern uns gerade wieder etwas an.«

Lilly grinst. »Das freut mich sehr, und ich würde gerne die ganze Geschichte hören, aber ich muss wieder in die Küche. Lexi, Sylvie, Livia und ich machen heute einen Spa-Mädelsabend im Hotel *Strandblick*. Möchtest du vielleicht mitkommen?«, lädt sie mich ein.

»Sehr gerne«, nehme ich überrascht an.

»Toll, wir freuen uns. Treffen wir uns um fünf in der Eingangshalle?«

Ich nicke, und mit einem Winken verschwindet sie wieder in der Küche. Es ist unglaublich, wie diese Frauen mich in ihre Mitte aufnehmen, obwohl ich in den letzten Jahren so abweisend und in mich gekehrt war. Als würden sie fühlen, dass es mir guttut, mit ihnen Zeit zu verbringen. Der spontane Abend bei Lexi zu Hause hat mir sehr gefallen, und auch das Treffen im *Watermelon* hat großen Spaß gemacht. Nach Jahren im Trubel meiner Großfamilie hatte ich es eine Weile genossen, mal Zeit allein für mich zu haben. Doch dass daraus eine gewisse Einsamkeit entstand, ist mir entgangen. Erst jetzt mit den Freundinnen, merke ich, dass mir etwas gefehlt hat. Vielleicht sollte ich mich mal wieder bei meinen Geschwistern melden.

Als ich der Unmengen an Essen auf meinem Tisch endlich Herr geworden bin, kommt Daniel wieder zu mir.

»Hast du heute Nachmittag vielleicht Zeit?«, fragt er mich. Verwirrt sehe ich auf.

»Ja, weshalb?«

»Ich dachte, wir könnten spazieren gehen und ein bisschen reden«, schlägt er vor. »So um zwei?«

»Was ist mit dem Mittagessen?« Mit großen Augen sehe ich ihn an. Er hatte doch erst gestern frei.

»Lilly sagt, ich soll mal ein paar Überstunden abbauen«, kommt die überraschende Antwort.

»Okay … also dann … okay!«, stottere ich völlig platt.

Mit einem warmen Lächeln macht er sich wieder an die Arbeit.

Meine Hygieneprodukte neigen sich dem Ende zu, also hole ich Tasche und Jacke und mache mich auf den Weg zum Einkaufen. An der Rezeption liegt die neueste Ausgabe der Regionalzeitung zur freien Entnahme.

»Sind da eigentlich auch Job-Annoncen drin?«, frage ich Inge an der Rezeption.

»Also stimmt es, dass du nicht mehr ins *L&P* zurückkommst?«, kommt wehmütig die Gegenfrage.

»Ja …«, gebe ich zu und fühle mich mies, weil ich im Mitarbeiterquartier wohne, obwohl ich nicht mehr hier arbeite.

»Na ja, wenigstens bleibst du in Sterenholm«, meint sie. »Nimm dir ruhig ein Exemplar mit und sieh nach, ob du eine Stelle für dich findest.«

Ich danke ihr und werfe im Rausgehen schon einen Blick in die Zeitung. Wie angewurzelt bleibe ich wenige Schritte nach dem Ausgang stehen. Der lokale Radiosender sucht eine Mitarbeiterin. Das ist wohl der größte Zufall, den es gibt. Niemals hätte ich gedacht, einen Job in dem von mir erlernten Bereich hier in Sterenholm zu finden. Mit Radio habe ich zwar fast keine Erfahrungen, aber ich würde es gerne versuchen. Schnell krame ich in meiner Tasche nach meinem Handy und wähle die angegebene Nummer. Fünf Minuten später habe ich einen Termin für ein Vorstellungsgespräch am nächsten Tag.

Als ich um zwei über die Treppe zur Rezeption hetze, wartet Daniel schon auf mich. Sofort breitet sich auf seinem Gesicht ein Lächeln aus, als er mich sieht. Auch ich merke, wie ich ihn anstrahle.

»Strand oder Stadt?«, fragt er mich und überlässt die Wegstrecke mir. Dann geht es ihm wohl nicht darum, wo wir gehen, sondern nur darum, dass wir es gemeinsam tun.

»Lieber Strand«, entscheide ich, und wir schlendern außen am *L&P* vorbei zum Meer. Dort atme ich die salzige Luft gierig ein. »Ich habe die Sterenholmer Ostsee in den letzten Monaten wirklich vermisst.«

»Ich dachte, diese Kochsendung wurde immer in Lokalen gedreht, die am Strand liegen«, zeigt Daniel sich verwirrt.

»Du hast recherchiert«, stelle ich fest, denn als ich das Jobangebot bekommen habe, hatte er von *Strandküche* noch nie gehört. Daniel hebt eine Muschel auf und dreht sie zwischen den Fingern.

»Ein wenig«, gibt er dann zu. »Ich wollte wissen, wie deine Arbeit so aussieht.«

»Na ja, *meine* Arbeit ist ja noch nicht zu sehen«, werfe ich ein. »Die Folgen, die derzeit laufen, sind noch nach dem alten Konzept gedreht worden.«

»Trotzdem stelle ich mir den Job interessant vor. Alle paar Wochen in einem anderen Hotel an einem schönen Flecken Erde …« Er lässt die Worte so stehen.

»Das ist er auch«, sage ich schlicht.

»Was für ein Glück für mich, dass man ihn dir nur für drei Stationen angeboten hat.« Seine Augen sind auf die Muschel gerichtet.

»Das hat man nicht«, gebe ich zu, und sein verwirrter Blick trifft mich. »Ich habe ein unbefristetes Angebot auf meinem Tisch liegen, dass ich jederzeit fix einsteigen kann.«

»Aber … das ist … wow!« Daniel bleibt fassungslos stehen. »Weshalb hast du es nicht sofort angenommen?«, fragt er dann mit brüchiger Stimme. Ich setze mich wieder in Bewegung, den Wassersaum entlang.

»Bei einer unserer Stationen ging der Kiefernwald fast direkt in den Strand über, das war unglaublich«, erzähle ich, ohne auf seine Frage einzugehen. »Ich musste die ganze Zeit daran denken, wie gut dir dieser Kontrast gefallen würde.«

»Du hast in dieser Zeit an mich gedacht …?« Seine Stimme klingt nebensächlich, doch ich höre Hoffnung darin.

Ich denke über meine nächsten Worte lange nach, denn sie sollen ihm zeigen, wie es in mir aussieht.

»Ich habe viel darüber nachgedacht, wie wir waren und was aus uns geworden ist. Über unsere Wünsche und Träume. Ich wurde das Gefühl nicht los, dass wir irgendwann auf unserem Weg eine falsche Abzweigung genommen oder die richtige verpasst haben und dann im Nirgendwo festsaßen. Aber ich habe mich die ganze Zeit gefragt, ob wir dahin noch mal zurückkönnen, ob mein Daniel von früher noch irgendwo in dir versteckt ist. Ein sehr guter Freund hat mir dann geraten, dass ich mich erst mal um mein Herz kümmern soll. Also bin ich hier.«

Auch Daniel schweigt eine Weile, während wir an den glitzernden Fluten der Ostsee entlanggehen. Das leise Plätschern des schäumenden Wassers und die Schreie der Möwen lassen mich ganz ruhig werden.

»Ich habe Urlaub eingereicht. Bis Ende dieser Woche arbeite ich noch, und dann habe ich bis Mitte Januar frei.« Er stellt die Worte einfach so in den Raum, doch auf mich wirken sie, als hätte sich hinter meinem Rücken ein mächtiges Gewitter über der Ostsee zusammengebraut, und der erste Donner erwischt mich kalt.

»Du hast *was*?«, entfährt es mir. »Aber du *lebst* für deinen Job.«

Er nickt und lacht sarkastisch auf.

»Ja, das dachte ich auch. Dann warst du weg, und nichts hat mehr einen Sinn ergeben.« Mein Herz macht einen Satz. Doch die Traurigkeit in seiner Miene mindert mein Glücksgefühl.

»Ich war ohne Halt, funktionierte, aber ohne jede Freude. Irgendwann habe ich den anderen im *L&P* gesagt, dass wir uns getrennt haben, damit die fragenden Blicke aufhören. Dabei wusste ich das eigentlich gar nicht, denn ich war ja zu feige gewesen, um vor deiner Abreise noch mal mit dir zu reden. Ich hätte es nicht ertragen, wenn du ausgesprochen hättest, dass unsere Beziehung vorbei ist. Also habe ich den Kopf in den Sand gesteckt und dich einfach gehen lassen.«

Er deutet auf einen einsamen Strandkorb, den man wohl vergessen hat, ins Winterquartier zu bringen, doch ich schüttle den Kopf. Seine Worte wühlen mich zu sehr auf, um dabei ruhig zu sitzen. Er akzeptiert es mit einem Nicken, und wir gehen weiter.

»Nach dem ersten Schock habe ich über deine Worte nachgedacht, dass du dich eingesperrt und im Hamsterrad gefühlt hast, und mir mein eigenes Leben mal angesehen. Manches war …« Er sucht nach einer Erklärung.

»Wie ein alter Mantel?«, springe ich ihm bei. »Anfangs ganz okay, aber inzwischen abgetragen und zu etwas geworden, in dem du dich nicht mehr wohlfühlst?«

»Ja, ich konnte plötzlich verstehen, dass du ausbrechen musstest. Und deshalb jetzt auch dieser Urlaub. Ich liebe meinen Job, und er ist mir wichtig, aber du bist mir wichtiger, und ich will rausfinden, ob wir noch eine Chance auf eine gemeinsame Zukunft haben und wie sie aussehen müsste.«

»Dann haben wir wohl beide sehr viel über unser Leben nachgedacht«, erwidere ich leise.

»Mariella …«, beginnt er, und sein Blick ist aufs Meer gerichtet, als könnte er mich nicht ansehen, während er spricht. »Der Beginn unserer Beziehung war der pure Wahnsinn. Liebe, Freiheit, Abenteuerlust. Ich erinnere mich gerne daran zurück, aber … so bin ich nicht mehr. Zwei oder drei Konzerte im Jahr reichen mir, und ich muss nicht mehr jeden Film im Kino sehen. Ich bin gern in der *Fischkneipe* und fühle mich inzwischen wohl im *Watermelon*, obwohl der viele Glitzer gewöhnungsbedürftig ist. Und ich habe mich mit Johnny und Frederik angefreundet. Aber ich liebe auch einen Fernsehabend auf der Couch. Gerd war zu festgefahren, zu langweilig. Aber der Daniel von früher bin ich auch nicht mehr. Das sollte dir klar sein, bevor wir … das zwischen uns vertiefen.«

Nun sucht sein Blick den meinen, und ich merke, dass ihm diese Worte nicht leichtgefallen sind. Sie sind nicht das, was ich hören wollte. Doch jetzt, wo er sie ausgesprochen hat, merke ich, dass es genau die richtigen sind. Auch ich bin nicht mehr so, wie ich damals war. Wir haben uns beide weiterentwickelt, und das ist auch gut so. Es bedarf nur einer kleinen Anpassung, was die Richtung betrifft, aber ich habe das Gefühl, dass uns die letzten Monate beide wachgerüttelt haben.

»Dann sollte ich dir wohl auch ein paar Dinge gestehen, die dir klar sein müssen, bevor wir über eine Zukunft nachdenken«, nehme ich das Gespräch wieder auf. Ich weiß, dass er genau wie ich an die Sache mit der Familienplanung denkt, die immer noch zwischen uns steht, doch ich entscheide, dass es für heute genug ernste Themen waren.

»Ich hasse Wein«, gestehe ich schmunzelnd und entlocke Daniel ein Lachen. »Und ich will viel öfter tanzen und ab und zu mal was Verrücktes tun.«

Sein Blick streichelt mich, und ich spüre, wie froh er ist, dass die Stimmung zwischen uns sich wieder entspannt.

»Dann trinken wir Wodka aus Flaschen und tanzen auf den Tischen. Solange es nicht jeden Tag sein muss«, erwidert er augenzwinkernd.

»Und ich träume immer noch von der Rucksacktour, die wir mal geplant hatten. Als ich kürzlich krank war, habe ich mir sogar eine Route überlegt«, erzähle ich, doch Daniel unterbricht mich.

»Du warst krank?«

»Nur eine Magen-Darm-Grippe«, winke ich ab. »Aber das ist

Nebensache, es geht um die Route. Weißt du noch? Mit dem Zelt die Ostsee entlang.«

»Wollen wir das heute Abend in Ruhe besprechen? Ich koch etwas für uns«, schlägt er vor.

Ich zögere einen Augenblick, dann schüttle ich den Kopf.

»Tut mir leid, ich bin heute schon mit Lilly, Lexi, Livia und Sylvie zu einem Spa-Abend verabredet«, gebe ich zu.

»Das finde ich gut«, erwidert Daniel ruhig.

»Was? Dass ich heute Abend doch nicht kann?« Verwirrt ziehe ich die Augenbrauen zusammen. Er lacht leise.

»Dass du dich mit Freundinnen triffst. Du und ich waren die ganze Zeit über so … eindimensional. Es gab immer nur uns beide. Der Partner kann ja der wichtigste Mensch im Leben sein, aber er sollte nicht der einzige sein. Ich möchte meine Männer-Abende bei Johnny und Frederik auch nicht mehr missen.«

»Morgen Abend?«, schlage ich vor.

»Sei um sieben da!« Sachte greift er nach meiner Hand. Sein Blick wandert zu meinen Lippen. Langsam mache ich einen Schritt auf ihn zu und stelle mich auf die Zehenspitzen. Er kommt meiner Einladung nach und senkt seinen Mund auf meinen. Sein Kuss schmeckt nach Erleichterung, Sehnsucht, Hoffnung und Träumen. Ich lasse mich fallen, schmiege mich an ihn, gehöre ihm. Meine Lippen geben ihm die Antwort auf jene Fragen, die seine ungesagt stellen. Und es fühlt sich so unfassbar gut an, obwohl ich weiß, dass da noch eine Klippe ist, an der unser Boot zerschellen kann.

»Ich muss dann los«, flüstere ich, denn ich möchte die anderen nicht warten lassen.

»Viel Spaß! Wir sehen uns morgen beim Frühstück.«

Ich nicke, und ein letztes Mal finden sich unsere Lippen zu einem Abschiedskuss, dann laufe ich zurück zum *L&P* und packe meine Badetasche.

Als ich kurz vor fünf zur Rezeption komme, stürmt Lilly gerade mit Lucy auf dem Arm aus ihrer Wohnung.

»Hast du Paul gesehen?«, fragt sie mich ohne eine Begrüßung.

»Ähm, nein.« Ich fühle mich etwas überfahren.

»Halt Lucy bitte mal. Und setz sie um Himmels willen nicht auf den Boden, dann ist sie sofort weg. Ich schwöre, dieses Kind krabbelt schneller als eine Rennmaus läuft.«

Ehe ich michs versehe, habe ich Lillys Tochter auf dem Arm, die mich erfreut ansieht und mit ihren kleinen Fingern erst mal mein Gesicht untersucht. Lucy ist knapp neun Monate alt, hat rotblonde Locken und ist offenbar ein kleines Energiebündel. Sofort windet sie sich, damit ich sie nach unten lasse. Als ich ihrem Wunsch jedoch nicht nachkomme, sieht sie mich fragend an, deutet in Richtung Küche und erklärt mir mit einem lauten »Da!«, dass sie genau weiß, wohin ihre Mama verschwunden ist.

»Mami sucht nur deinen Papa«, erkläre ich ihr und frage mich gleichzeitig, ob ich das auch richtig mache.

»Papa«, brabbelt Lucy nach und gluckst.

»Was hat sie eben gesagt?«, höre ich Pauls aufgeregte Stimme hinter mir.

»Papa«, wiederholt seine Tochter. Lilly und Paul jubeln. Verständnislos sehe ich die beiden an.

»Bisher hat sie nur *Mama*, *da* und *nein* gesagt«, klärt Lilly mich auf. »*Papa* ist neu.«

Paul nimmt seine Tochter auf den Arm und wirft sie ein kleines Stück in die Luft, sodass sie vor Vergnügen quiekt. Ich merke, dass es Lilly schwerfällt, ihre kleine Familie nun zu verlassen, doch Paul schiebt seine Frau liebevoll aus der Tür.

»Gute Nacht, Mami! Erhol dich gut!« Er zwinkert uns zu, und ich hake mich bei Lilly unter, damit sie nicht noch mal umkehrt.

»Erzähl mal, was habt ihr denn nun alles geplant im *Strand-blick*?«, versuche ich sie abzulenken.

»Wir legen uns an den Pool, trinken Sekt, schwimmen, tratschen und lassen uns mit Massagen oder Kosmetik verwöhnen. Mal sehen, wofür wir heute noch Termine bekommen.« Sie atmet tief durch und sieht mich dankbar an. »Danke, der Abschied ist jedes Mal schwer für mich«, gibt sie dann zu.

»Sie ist aber auch wirklich süß«, versichere ich ihr und meine es tatsächlich auch ernst.

»Und sie wird jeden Tag größer und schlauer. Ich schwöre dir, wenn sie so weitermacht, fährt sie in einem Jahr mit dem Moped und macht Abitur.« Wir lachen beide, als wir beim Hotel *Strandblick* ankommen, wo schon die anderen auf uns warten.

»Hallo, ich habe Mariella ins Schlepptau genommen. Sie sah heute Morgen auch so erholungsbedürftig aus«, ruft Lilly den anderen zu, bevor das große Begrüßungshallo mit Umarmungen losgeht. Neben Lexi, Sylvie und Livia ist auch Anna mit dabei, die Floristin, die das *Blatt & Blüte* betreibt. Zu sechst betreten wir aufgeregt durcheinanderredend das Hotel, wo Romy, die Besitzerin uns schon erwartet.

»Es sind so wenig Gäste hier, dass ihr das Spa heute für euch habt«, teilt sie uns mit und zählt durch. »Ich kann drei Massagen und dreimal Kosmetik anbieten.«

»Ich brauche eine Massage«, bestimmt Lilly. »Das Herumschleppen eines Kleinkindes geht ganz schon auf den Rücken.«

Anna, Sylvie und Livia entscheiden sich für den Kosmetiktermin, also bleiben die übrigen beiden Massagen für Lexi und mich. Ich freue mich, denn ich konnte mit Kosmetikbehandlungen noch nie viel anfangen. Im kleinen Umkleidebereich schlüpfen wir alle in unsere Bikinis und die kuscheligen Bademäntel des Hotels. Ich muss dabei an Lukas denken, und es scheint schon so lange her zu sein, seit er nur mit dem Bademantel bekleidet vor meiner Tür stand.

»Erde an Mariella«, höre ich plötzlich. Ich blinzle und sehe Lexi vor mir. »Was möchtest du denn trinken? Romy bietet hier einen unglaublich leckeren Himbeersekt an. Wir sind alle schon große Fans. Möchtest du ihn auch mal probieren?«

»Das klingt gut«, willige ich ein und folge den anderen in die große Schwimmhalle, wo wir rasch sechs Liegestühle zusammenstellen und uns darauf niederlassen. Als der Sekt serviert wird und jede ein Glas in der Hand hat, hebt Lilly ihres.

»Also beim ersten Glas Sekt muss jede sagen, worauf sie trinkt«, erklärt sie mir. »Und ich trinke heute feierlich auf die Schließung der Milchbar. Neun Monate Stillen reicht meiner Tochter offenbar, und ab sofort darf ich wieder Alkohol trinken und meine Brüste wieder mein Eigentum nennen.«

»Ich trinke auch auf deine Brüste«, hebt Lexi ihr Glas. »Und darauf, dass sich die Männer von Paul nicht länger anhören müssen, wie sehr er sie vermisst.«

»Da ich dieses Bild sofort wieder aus dem Kopf kriegen will«, unterbricht Sylvie sie mit geschlossenen Augen, »trinke ich darauf, dass ich mich mit Georg endlich darauf geeinigt habe, dass wir den Weihnachtsbaum nicht aufs Oberdeck stellen und er nicht größer sein darf als er.«

»Und ich trinke darauf, dass ihr diesen Baum hoffentlich bei mir kauft«, fällt Anna ihr ins Wort.

»Ich trinke auf die neue Sorte Weihnachtskekse, die ich heute ausprobiert habe«, hebt Livia ihr Glas.

»Bitte sag, dass sie mit Zitrone sind«, ruft Sylvie dazwischen.

»Egal, Hauptsache du hast welche zum Probieren dabei«, wirft Anna ein.

»Neben euch werde ich noch dick und fett«, wehrt Lilly lachend ab.

»Du hast erst vor neun Monaten ein Kind zur Welt gebracht und hast eine tausendmal bessere Figur als ich«, schmettert Anna ihren Einwand ab.

»Jetzt gebt mal Ruhe. Na klar habe ich Kostproben dabei. Und auch Zitronentaler für dich, Sylvie«, beruhigt Livia die Frauen.

»Mit deinen Zitronentörtchen hast du mich angefixt und in eine fiese Abhängigkeit von deinen Backkünsten getrieben«, wirft diese ihr vor. Ich verfolge den Schlagabtausch und muss lachen.

»Mariellas Trinkspruch fehlt noch«, wirft Anna ein.

»Ich trinke auf euch«, sage ich schlicht, als ich mein Glas hebe und mich in dieser lustigen Runde einfach nur pudelwohl fühle.

»Das tun wir immer«, meint Lexi kopfschüttelnd. »Aber auf etwas Originelles müssen wir zusätzlich anstoßen.«

»Ja, du könntest darauf trinken, dass Gerd, ich meine Daniel sich Urlaub genommen hat«, schlägt Lilly vor.

»Er hat was?« Lexi sieht ihre Zwillingsschwester fassungslos an. »Als ich dich vor einem Jahr in der Pension vertreten habe, dachte ich, ich sehe nicht richtig, als ich diese enorme Zahl an Resturlaubstagen gesehen habe.«

»Du könntest auch darauf trinken, dass hoffentlich bald alle bei dieser Namenssache durchblicken«, rät Livia.

»Gabi heißt eigentlich Maria Gabriella, kurz Mariella, und Gerds Name lautet Daniel Gerrit, was ist daran so schwer zu verstehen? Jede von uns hat doch einen Spitznamen, oder nicht?«, hilft Lilly mir.

Livia tippt sich nachdenklich an die Unterlippe. »Na ja bei Lexi und Lilly ist es klar. Ist Sylvie nur eine Abkürzung?«

Diese schüttelt den Kopf. »Steht so in meinem Pass. Bei mir gab es die Schwierigkeiten nur beim Nachnamen«, meint sie augenzwinkernd. Ich weiß, dass Sylvie erst seit Kurzem von Buren heißt, nach ihrem verstorbenen Mann.

»Mich nannte man früher Livi oder nur Liv«, sagt sie. »Aber da bin ich rausgewachsen.«

»Was ist mit dir Anna?«, fragt Lilly.

»Keine Spitznamen, gegen die ich mich nicht schlagkräftig wehren würde«, antwortet diese grinsend.

»Leute, ich verdurste«, stellt Lexi fest. »Also auf uns und runter damit. Es ist gleich Zeit für unser Verwöhnprogramm.«

Wir stoßen an, und ich koste das süße Getränk, das ein wenig an Himbeerbrause erinnert. Daran könnte ich mich gewöhnen. Genauso wie an die Gesellschaft.

Kurz darauf schlendern wir zu unserem Verwöhnprogramm, und ich genieße es in vollen Zügen, von Kopf bis Fuß durchgeknetet zu werden. Danach lasse ich mich in den Liegestuhl sinken, trinke ein großes Glas Wasser, wie mir die Masseuse empfohlen hat, und schließe die Augen. Ich muss eingedöst sein, doch als Anna, Livia und Sylvie von der Kosmetik zurückkommen, weckt mich das Lachen der Gruppe auf.

»Nein, Lilly, du rufst jetzt ganz bestimmt nicht zu Hause an. Paul hat die Lage im Griff. Lucy ist auch *seine* Tochter«, rügt Lexi ihre Schwester.

»Ja, erzähl uns lieber, wie es sonst so läuft zwischen euch«, fordert Livia sie auf.

»Du meinst, außer dass Paul offenbar froh ist, dass meine Brüste …«

»Wir wechseln die Schwester«, fällt Livia ihr ins Wort. »Lexi, was ist mit dir?«

»Läuft alles bestens. Niko und ich fühlen uns sehr wohl in unserem neuen Haus. Es ist traumhaft geworden. Und vom Schlafzimmerfenster aus sehen wir direkt aufs Meer«, schwärmt sie.

»Lächerlich«, erwidert Sylvie zwinkernd, die ja auf einem Hausboot wohnt. »Georg und ich blicken von jedem Fenster aus direkt aufs Meer. Und vom Schlafzimmer aus direkt in den Sternenhimmel.« Ich muss an Daniel denken und den letzten Sex, den wir miteinander hatten.

»Eure Männer brauchen Fenster, damit ihr nachts Sterne seht?«, rutscht es mir heraus, und die anderen johlen.

»Endlich taut sie auf«, ruft Livia erfreut. »Deiner denn nicht? Und wo wir schon dabei sind, wir reden doch von Daniel, oder?«

Sofort kommt mir Lukas in den Sinn, und ich werde rot. Doch die anderen nehmen es als Beweis, dass sich zwischen Daniel und mir wieder etwas anbahnt, und klatschen begeistert. Und ich werde den Teufel tun und mein kleines, heimliches Abenteuer ausplaudern.

»Von wem reden wir denn eigentlich bei dir?«, spiele ich den Ball zu Livia zurück.

»Treffer versenkt«, ruft Lilly lachend.

»Hey, mein Liebesleben liegt im Dornröschenschlaf«, verteidigt sich Livia. »Ich bin auf euch angewiesen, damit ich nicht vergesse, dass es so was überhaupt gibt. Und nachdem Lilly verheiratet und Mutter ist und auch bei Lexi und Sylvie alles nach Happy End aussieht, brauche ich eine neue Quelle für Liebesnews und Herzschmerz.«

»Also, dann bin ich aus dem Gespräch definitiv raus«, beschließt Anna, steht auf und streift ihren Bademantel ab. »Von der Liebe habe ich genug.« Mit diesen Worten springt sie in den Pool und krault routiniert davon. Überrascht über ihre deutlichen Worte blinzle ich die anderen an.

»Frag nicht«, raunt Lexi mir zu. »Wir kennen sie nun schon einige Zeit, können aber kaum etwas über sie rausfinden. Sie ist nett und lustig, aber sehr verschlossen, was ihr Privatleben betrifft.«

Ich nicke verständnisvoll.

»Lasst sie«, mischt sich nun auch Sylvie ein. »Es gibt eben Menschen, die ihr Gefühlsleben nicht auf der Zunge tragen. Außerdem brauchst du gar nicht so große Töne spucken, Livia.«

»Warum?«, frage ich interessiert, während Livia mit der Kordel ihres Bademantels spielt und den Blick gesenkt hat.

»Weil wir alle uns schon lange fragen, weshalb das Liebesleben unserer Meisterbäckerin schon so lange schläft und welcher Prinz es wachküssen muss«, erklärt Lilly. »Doch da schweigt sie eisern. Also nehmen wir an, dass es jemanden gibt, den wir kennen könnten, an dem Prinzessin Leckermäulchen interessiert ist.«

»Ich glaube, ich besorge uns noch eine Flasche Himbeersekt«, meint Livia ausweichend und geht.

»Keine Sorge, gleich ist das Thema vom Tisch, und die Stimmung entspannt sich bei allen wieder«, versichert Sylvie mir zuversichtlich. »Die Liebe ist für uns alle eine ganz eigene Sache und halt niemals einfach.«

Sie behält recht, und schon wenige Minuten später lachen wir ausgelassen über den neuesten Tratsch aus der Stadt. Auch Anna beendet ihr Schwimmtraining und setzt sich wieder zu uns.

Als wir uns später auf den Weg zurück ins *L&P* machen, können Lilly und ich nicht genau sagen, welche von uns die andere stützt, damit wir angeschickerten Hühner nicht im Straßengraben landen.

Kapitel 16

Als ich am nächsten Morgen aufwache, habe ich leichte Kopfschmerzen. Trotzdem setze ich mich mit dem Laptop ins Bett und suche meine Zeugnisse und Referenzen zusammen, die ich für das Vorstellungsgespräch heute Nachmittag brauche. Ich bin nervös, denn wenn ich hier in Sterenholm bleiben will, brauche ich wieder einen Job. Und da ich nicht wieder in der Gastronomie arbeiten will, ist die Stelle beim lokalen Radiosender das, was am ehesten meiner Ausbildung entspricht. Ich kopiere alles in einen Ordner und beschließe, Lilly beim Frühstück zu fragen, ob ich die Unterlagen im Büro ausdrucken darf.

Als ich kurz darauf frisch geduscht den Speisesaal betrete, wirft Daniel mir einen fragenden Blick zu.

»Frühstück wie immer, oder brauchst du auch erst mal eine Kopfschmerztablette, so wie Lilly?«, erkundigt er sich augenzwinkernd.

»So schlimm ist es nicht«, winke ich ab. »Ich hätte gerne Rührei, etwas Schinken, zwei Stück Vollkorngebäck, Butter und ein großes Glas Orangensaft, bitte.« Ich weiß, dass er es sich nicht nehmen lässt, mir mein Frühstück wieder zu servieren. Und bevor er es erneut so übertreibt wie gestern, gebe ich lieber gleich eine Bestellung auf.

»Dazu einen Milchkaffee?«, fragt er noch. Ich nicke und schenke ihm ein breites Lächeln, das er erwidert. Dann stecke ich schnell meinen Kopf in die Küche.

»Lilly? Kann ich gleich im Büro etwas ausdrucken?«, frage ich meine kochende Ex-Chefin.

»Klar!«, ist sie sofort einverstanden.

»Dein Essen ist serviert«, vernehme ich Daniels Stimme hinter mir. »Ich habe dir wieder einen Fensterplatz freigehalten.«

»Danke!«

»Bleibt es bei heute Abend?«, fragt er mich leise, als er mich zu meinem Tisch begleitet.

»Natürlich! Um sieben bin ich da«, versichere ich ihm.

Nachdem ich gefrühstückt und meine Bewerbungsmappe fertig zusammengestellt habe, ist immer noch viel Zeit übrig, bis ich am Nachmittag zu meinem Termin muss. Damit die Nervosität nicht überhandnimmt, beschließe ich, mich abzulenken.

Ich weiß, dass ich mich eher bei meiner Mutter hätte melden sollen, die ich in den letzten Monaten sehr vernachlässigt habe, aber sie würde sofort durchschauen, dass ich aufgeregt bin, und ich will mit ihr nicht über das Vorstellungsgespräch reden. Mein Vater arbeitet, also wähle ich die Nummer meines Bruders und lasse mich quer auf mein Bett fallen.

»*Sorellina*, was ist passiert?«, höre ich kurz darauf Benitos alarmierte Stimme. Schwesterherz, so nennt er mich schon seit wir klein waren.

»Gar nichts!«, wehre ich ab. »Darf eine Schwester nicht mal ihren kleinen Bruder anrufen?«

»Matteo ist der kleine Bruder. Du und ich stehen schon lange auf einer Stufe«, zieht er mich auf.

»Störe ich dich?«, frage ich, denn schließlich ist es auch für ihn ein Arbeitstag.

»Nein, ich bin gerade für einen Kunden unterwegs. Hast du in letzter Zeit mit Mama gesprochen?«

»Ich vermeide es gerade ein wenig«, gebe ich zu.

»Immer noch das Ring-am-Finger-und-Baby-im-Bauch-Thema?«, erkennt mein Bruder sofort die Lage.

»Ja! Und nach deiner Trennung von Simona bin ich nun wieder Hoffnungsträger Nummer eins auf Enkel.«

»Bitte hör auf mit diesem Namen.«

»Hoppla, was ist da denn passiert? Ich dachte, du hast ihr sogar eure Wohnung überlassen?«, frage ich überrascht.

»*Meine* Wohnung! Mein Mietvertrag, mein Konto, von dem Miete und Betriebskosten abgebucht wurden, meine Brieftasche, die den Kühlschrank gefüllt hat. Aber nicht *meine* Boxershorts, die ich in meiner Unterwäscheschublade gefunden habe«, klärt er mich auf.

»Autsch!«, kommentiere ich mitfühlend.

»Nein, *Autsch!* kommt erst noch. Ich habe Schluss gemacht, ihr aber gnädigerweise erlaubt, noch eine Woche dort wohnen zu bleiben, damit sie sich was Neues suchen kann oder bei Freunden unterkommt. Inzwischen habe ich mich bei Alessandra einquartiert. Und als ich am Abend wegen einiger Unterlagen für die Arbeit noch mal in *meine* Wohnung gekommen bin, fand dort eine Megaparty statt, bei der kurz darauf die Polizei auf *meinem* Handy angerufen hat, weil die Wohnung auf *mich* läuft. Also habe ich alle rausgeworfen, Simona den Schlüssel abgenommen und sie vor die Tür gesetzt.« Seine Stimme ist bitter.

»So viel zur perfekten Schwiegertochter«, murmle ich.

»Also von mir bekommt Mama sicher so bald keine Enkel. Ich habe nämlich so gestrichen die Nase voll von Frauen, dass ich nicht mal mehr eine ansehe, geschweige denn sie mit ins Bett nehme.« So aufgebracht habe ich meinen Bruder selten gehört.

»Ach, Benny …«, versuche ich ihn zu beruhigen.

»Nenn mich nicht so! Ich bin erwachsen«, fährt er mich an.

»Ben, es reicht«, weise ich ihn in seine Schranken. »Ich bin immer noch deine große Schwester.«

»Entschuldige«, kommt sofort zurück. Er atmet tief durch. »Das Thema nimmt mich sehr mit.«

»Hilft es dir, wenn ich dir sage, dass Papa und ich sie nie leiden konnten?«, sage ich versöhnlich.

Ein herzhaftes Lachen dringt an meine Ohren. »Ja, *Sorellina*, irgendwie schon.«

Ich falle in sein Gelächter ein, und die Stimmung lockert sich wieder.

»Wie geht es dir und … ich kann mir seinen Namen einfach nicht merken. Das liegt nur daran, dass ich deinen Deutschen nicht kenne«, kommt ein versteckter Vorwurf. »Und das als dein Bruder.«

»Sein Name ist Daniel Gerrit Albers und ich habe dir heute schon mal gesagt, dass du nur mein kleiner Bruder bist. Also benimm dich nicht, als müsste er erst einen Antrag bei dir stellen, bevor er mich ins Kino einladen darf.« Offenbar sind wir heute beide gereizt.

»Gut, ich fange noch mal von vorne an. Wie geht es dir und Daniel?«

Ich seufze. »Das ist wiederum bei mir gerade ein heikles Thema«, gebe ich zu.

»Warum?«, will er voller Argwohn wissen. »Hat er dich schlecht behandelt? Ich schwöre, wenn er dir wehgetan hat, buche ich sofort den nächsten Flug und gebe auch noch Onkel Guido Bescheid.«

Mein Onkel Guido ist die höchste Drohung, die man in unserer Familie anderen gegenüber aussprechen kann. Man munkelt hinter vorgehaltener Hand, dass er gute Kontakte zur Mafia hat. Für uns aber war er immer nur Mamas großer Bruder, der bei jedem Besuch für alle Geschenke dabeihatte.

»Wir hatten einen größeren Streit, aber nichts weswegen du hier gleich schwere Geschütze auffahren musst«, beruhige ich ihn. »Außerdem nähern wir uns gerade wieder an.«

»Wissen Mama und Papa Bescheid?«, erkundigt er sich. Bestimmt will er in kein Fettnäpfchen treten und mich verraten.

»Papa ahnt etwas, aber nein.«

»Warum habt ihr denn gestritten?«

»Sagen wir mal, er hat in die gleiche Kerbe wie Mama und

Nonna geschlagen. Ich war für Karriere und er für Kinder, und dann hat es gekracht«, fasse ich zusammen.

»Ach *Sorellina*, du hattest von uns allen immer die meiste Angst, so wie Mama zu werden. Aber sie liebt ihr Leben und hätte es nicht anders gewollt, als uns fünf Kinder, einen Haushalt und einen liebenden Ehemann zu versorgen«, versichert er mir.

»Meinst du?«, frage ich unsicher nach.

»Das sehen wir alle, nur du nicht, weil du für dich etwas anderes willst. Was ja auch völlig in Ordnung ist, aber sieh Kinder doch nicht so als rotes Tuch.«

»Ich denk drüber nach«, lenke ich ein.

»Ich muss jetzt leider weiterarbeiten. Melde dich öfter«, bittet er mich.

»Mach ich!« Wir verabschieden uns, und ich lege auf. Eine Weile hänge ich meinen Gedanken nach, wie es in meiner Kindheit mit der ganzen Großfamilie in Italien war. Und ich fühle, dass Benito recht hat. Ja, meist herrschte bei uns das laute Chaos, aber meine Mutter war stets die Herrscherin darüber. Diese Erkenntnis gibt mir ein wenig inneren Frieden.

Ein Blick auf die Uhr verrät mir, dass ich mich fertig und auf den Weg machen sollte.

Das Vorstellungsgespräch verläuft kürzer als erwartet.

»Lukas Behrens?«, entfährt es Herrn Staller vom Lokalradio. »Der berühmte Fernsehkoch stellt Ihnen *so* ein Empfehlungsschreiben aus, und Sie bewerben sich damit *hier*? Damit stehen Ihnen beim Fernsehen sämtliche Türen offen, ist Ihnen das klar?«

»Ist es«, gebe ich zu. »Aber ich würde gerne in Sterenholm bleiben.«

Fünf Minuten später habe ich eine Zusage für die Stelle. In der zweiten Januarwoche geht es los, ich werde erst eingearbeitet, und im März geht mein Vorgänger dann in Pension. Freude erfüllt mich. Es ist ein Schritt in die richtige Richtung, ein Job in der Medienbranche.

Beschwingt gehe ich am Strand entlang zum *L&P* zurück. Meine Jacke ziehe ich enger um mich, denn der Wind zerrt an mir und lässt weißen Schaum auf den Wellen tanzen. Der Winter hat von der Ostsee Besitz ergriffen.

In der Pension entscheide ich mich für eine meiner neuen Blusen und eine Hose, die ich bei meinem Shoppingtrip erstanden habe. Dann nehme ich mir viel Zeit, um mich für den Abend mit Daniel hübsch zu machen.

Als ich am Abend pünktlich um sieben vor seiner Haustür stehe, kribbelt es in meinem Magen vor nervöser Aufregung. Immer noch hängt ein Damoklesschwert über uns. Die letzten Tage mit Daniel waren so schön. Macht dieses eine Thema erneut alles kaputt? Ich spüre, dass wir heute nicht darum herumkommen, denn ohne es zu klären, wird es keinen Neubeginn für uns geben können.

Ich atme tief durch und entscheide mich auch heute zu klingeln. Vielleicht sollte ich ihm den Schlüssel zurückgeben. Es fühlt sich eigenartig an, dass er noch an meinem Bund hängt, obwohl ich nicht mehr hier wohne. Doch ehe ich diesen Gedanken vertiefen kann, geht die Tür auf, und mein Kopf ist wie leer gefegt. Daniel trägt Jeans und einen hellgrauen Strickpullover, in dem er anbetungswürdig aussieht.

»Schön, dass du da bist«, begrüßt er mich warm, und ich räuspere mich, damit ich einen geraden Satz herausbringe.

»Danke für die Einladung.« Wieso fühlt es sich immer noch so steif an, wie wir miteinander umgehen? Wir haben einander doch im Prinzip gestern gegenseitig gesagt, dass wir uns noch lieben, oder?

Rasch ziehe ich meine Jacke aus, die Daniel an die Garderobe hängt. Mein Blick fällt dabei auf unseren Ring, den er an seiner rechten Hand trägt. Immer noch oder nun wieder? Ich durchforste meine Erinnerung an die letzten Tage, doch es ist mir nie aufgefallen.

Als ich den Weg in die Küche einschlagen will, in der auch die Essecke untergebracht ist, hält er mich jedoch zurück.

»Ich habe im Wohnzimmer eine Überraschung für dich«, sagt er, und ich fühle seine Aufregung. Er verfolgt also irgendeinen Plan. Ich nicke und lächle ihn an.

»Du hast gestern einen Wunsch geäußert«, beginnt er kryptisch, und ich blinzle überrumpelt. Doch ehe ich zum Nachdenken komme, was ich gesagt habe, fährt er schon fort.

»Zelten und Lagerfeuer ist bei der Arschkälte Anfang Dezember leider nicht drin gewesen, aber ich habe mich bemüht, die Stimmung einzufangen.« Mit diesen Worten schiebt er mich sanft ins Wohnzimmer, und mir stockt der Atem.

Daniel hat endlich den Kamin renovieren lassen und ein prasselndes Feuer darin entzündet. Davor liegt ein riesiger, kuscheliger Teppich, wie ich ihn schon lange für diesen Raum haben wollte, und auf diesem hat er ein kleines Zelt aufgeschlagen. Das Licht ist aus, und da es draußen schon dunkel ist, wird der Raum nur vom Feuer beleuchtet. Es ist warm und behaglich und hat tatsächlich etwas von einem Abend am Lagerfeuer.

»Daniel«, hauche ich überwältigt. Er hat sich so viel Mühe gemacht, nur weil ich gestern unseren Rucksacktrip erwähnt habe. Ich reiße meinen Blick von der sich mir bietenden Szene los und hefte ihn auf den Mann neben mir. Er wirkt erleichtert.

»Ich starte die Tour entlang der Ostseeküste im Frühling jederzeit mit dir. Rucksack, Zelt, Schlafsack und du, mehr brauche ich nicht«, flüstert er fast.

Tränen der Rührung brennen heiß in meinen Augen. Die ganze Mühe, nur weil ich gestern ganz nebenbei unsere alten

Reisepläne erwähnt habe. Ich mache einen Schritt auf ihn zu und lege meine Hand auf seine Brust. Dann lasse ich auch meine Stirn daran sinken und spüre, wie Daniel mich sanft an sich zieht und meinen Scheitel küsst.

»Es war so richtig, wieder zurückzukommen«, murmle ich in seinen Pullover.

»Ich bin froh, dass du das so siehst.« Daniels Stimme ist rau.

Meine Arme schlingen sich wie von selbst um ihn, und so stehen wir eine Weile da – mitten im Wohnzimmer vor dem Kaminfeuer und in einer festen Umarmung. Mit ihm zusammen fühle ich mich so … ganz.

»Hast du Hunger?«, fragt Daniel mich nach einiger Zeit.

»Ja«, gebe ich zu. Vor dem Vorstellungsgespräch war ich so aufgeregt, dass ich nichts hinunterbekommen habe.

»Es gibt Würstchen und Stockbrot und einen klassischen Bohneneintopf, den ich aber auf dem Herd gekocht habe, weil es mir im Kamin zu abenteuerlich war«, gesteht er, und ich muss lachen.

»Das klingt toll«, versichere ich ihm.

»Mach es dir schon mal bequem, ich komme gleich wieder«, bittet er mich und zaubert hinter seinem Rücken eine Fernbedienung hervor. Leise ertönt *Wonderwall* von Oasis.

»Irgendwann lasse ich mir von Niko ein paar Griffe auf der Gitarre zeigen, aber fürs Erste muss Musik aus der Konserve genügen.« Mit einem Augenzwinkern verschwindet er in der Küche.

Kurz darauf sitzen wir mit Stöcken im Wohnzimmer, auf die Würstchen und Stockbrot gespießt sind, und ich erzähle von den unterschiedlichen Orten, an die mich *Strandküche* gebracht hat. Daniel lauscht meinen blumigen Schilderungen, und ich verliebe mich noch ein kleines bisschen mehr in sein Lächeln, das nicht von seinem Gesicht weicht. Während die Erinnerungen an die beeindruckenden Landschaften mich in ihren Bann ziehen und ich wild gestikuliere, scheint er nach jedem meiner Worte mehr in sich zu ruhen. Zwar zweifle ich keine Sekunde daran, seine volle Aufmerksamkeit zu haben, doch in mir schwelt der Verdacht, dass ich ihm in diesem Moment auch die Bedienungsanleitung einer Waschmaschine vorbeten könnte und er mich genauso selig anstrahlen würde. Aufgrund dieser Erkenntnis beginne ich zu kichern.

»Was ist so komisch?«, will Daniel sofort wissen.

»Du!«, gebe ich zu.

»Wieso?«, fragt er mit zusammengezogenen Augenbrauen.

»Nicht so wichtig«, winke ich ab. »Ich freue mich, hier zu sein.«

»Und ich freue mich, dass du hier bist«, erwidert er.

Die Stimmung zwischen uns ändert sich. Eben noch gelöst und heiter, beginnt es nun zu knistern. Sein Blick findet meinen und hält ihn fest. Ich gehe hoffnungslos in diesem dunklen Blau unter und möchte nicht, dass man mich rettet. Mein Herzschlag beschleunigt sich bedenklich. Als hätte Daniel eine magnetische Kraft, zieht es mich zu ihm. Ich will ihm nahe sein, will ihn küssen, will mehr, so viel mehr. Doch Daniel räuspert sich.

»Mariella, wir sollten noch über eine Sache sprechen«, sagt er dann leise und senkt seinen Blick.

Ich fühle mich, als hätte mir jemand einen Eiswürfel in meine Bluse gesteckt. Es läuft mir eiskalt den Rücken hinunter. Da ist er also nun: der Moment, in dem das Thema wieder auf den Tisch kommt, das alles erst ins Rollen gebracht hat. Ich schlucke und nicke nur. Es ist offensichtlich, dass er sich schon zurechtgelegt hat, was er mir sagen will, also warte ich ab. Nach einem tiefen Atemzug legt er los.

»Als ich dir nach deiner Rückkehr gesagt habe, dass ich froh bin, dass du es dir anders überlegt hast, war es nicht so gemeint, wie du es aufgefasst hast. Du sagtest bei unserem Streit, dass du unser Leben nicht mehr wolltest. Und als du dann plötzlich vor mir standest, war ich nur froh, dass du mich noch nicht ganz abgehakt hast. Also, dass du es dir noch mal anders überlegt hast«, erklärt er mir.

»Aber du … ich … was?«, stottere ich überrascht. »Ich dachte …« Ich habe ihn also total missverstanden? Während ich dachte, dass er mich immer noch in die Mutterrolle drängen will, ging es ihm um unsere Beziehung, um mich?

»Es tut mir leid, dass ich dich wegen der Kindersache so unter Druck gesetzt habe«, unterbricht er meine sich überschlagenden Gedanken. »Und ich habe inzwischen auch verstanden, dass ich dir meinen Familienwunsch völlig falsch mitgeteilt habe. Es war ein Gespräch, als wollte ich dich wissen lassen, dass ich gern ein neues Auto kaufen würde. Ich hätte dir sagen sollen, dass ich dich liebe und mir vorstellen kann, mein ganzes Leben mit dir zu verbringen. Dass ein Kind noch die Krönung unserer Liebe wäre. Ich war ein Idiot! Fakt ist, dass es mir egal ist, ob wir irgendwann eine ganze Fußballmannschaft in die Welt setzen oder nur zu zweit bleiben, bis wir alt und grau sind. Solange wir zusammen sind.«

Fast scheu sieht er mich an, wartet auf eine Reaktion. Ich schlage mir die Hand vor den Mund, weil ich nicht fassen kann, was er mir da gerade gesagt hat. Die ganze Zeit habe ich versucht, ihm verständlich zu machen, wie es mir ging, dass er mich überfahren hat, dass ich Zeit brauche. Aber er hat mich einfach nicht verstanden. Es war, als wäre er immer nur durch die Gegend gefahren, in der Hoffnung, das richtige Ziel zu erreichen, und nun hat ihm endlich jemand eine Landkarte in die Hand gedrückt.

»Mariella? Kannst du bitte etwas sagen?« Sein Blick ist flehend. Offenbar glaubt er, dass ich kurz davor bin, schreiend das Haus zu verlassen.

»Ich hatte solche Angst, dass dieses Thema wieder alles ruiniert«, antworte ich ihm ehrlich.

»Und hat es das?«, fragt er vorsichtig.

Ich schüttle den Kopf. »Nein. Es ist, als würde man in der Dusche stehen und kaltes Wasser befürchten, doch dann kommt es in genau der richtigen Temperatur aus dem Duschkopf.«

Es ist wirres Zeug, das ich da von mir gebe, doch Daniel scheint mich zu verstehen, denn er zieht mich wortlos in seine Arme und drückt mich voller Erleichterung an sich. Auch ich merke, wie sich die Anspannung aus meinen Schultern löst und ich mich plötzlich wie auf Wolken fühle. Mit einem Mal bin ich zuversichtlich, dass alles gut werden kann. Ich löse mich ein paar Zentimeter von Daniel, damit ich ihn ansehen kann. In seinen Augen spiegelt sich mein eigener Blick, die Sehnsucht, das Feuer, das plötzlich in mir brennt und von mir Besitz ergreift.

Hungrig treffen unsere Lippen aufeinander und versprechen sich stumm, sich diesmal nicht mehr aufhalten zu lassen, bis unser Verlangen gestillt ist. Unsere Zungen umtanzen einander und fachen die lodernden Flammen immer weiter an. Meine Hände gleiten unter Daniels Pullover, streichen über seinen Rücken und fühlen die Gänsehaut, die sie verursachen, obwohl es neben dem Feuer warm und kuschelig ist. Auch Daniels Finger machen sich selbstständig und öffnen die Knöpfe meiner Bluse. Ein protestierender Laut kommt über meine Lippen, als er unseren Kuss unterbricht, doch er hinterlässt eine heiße Spur von meinem Hals bis zum Ansatz meiner Brüste. Meine Bluse wird über meine Schultern geschoben, und mit einer schnellen Bewegung entledigt sich Daniel auch seines Pullovers, den er zusammenknüllt und unter meinen Kopf schiebt, während er auch noch meinen BH öffnet und mich sanft auf den Rücken gleiten lässt. Die Wärme der Flammen, der flauschige Teppich und Daniels Küsse, alles liegt wie ein Kokon der Leidenschaft um mich herum. Ich recke mich ihm entgegen, eine stumme Bitte, nicht aufzuhören, weiterzumachen, mir mehr zu geben.

»Mariella«, keucht Daniel, doch ich verschließe seinen Mund mit einem Kuss, während ich mich langsam auf ihn sinken lasse. Der Rhythmus, den ich vorgebe, ist schnell und tief, und ich merke, wie Daniel mehr und mehr die Kontrolle verliert. Auch ich spüre schon nach wenigen Minuten, wie sich eine gewaltige Welle in mir aufbaut, die schließlich bricht und mich mit sich reißt, kurz bevor auch Daniel erzittert und aufstöhnt. Das hier hat mit unserem langweiligen Gänseblümchensex von früher nichts mehr zu tun. Erschöpft liegen wir aufeinander und versuchen, wieder zu Atem zu kommen.

»Ich ... du ... das war schneller als geplant«, stößt Daniel hervor.

Ich lege meine Hände auf seiner Brust übereinander und bette mein Kinn darauf, ehe ich ihn frech ansehe.

»Es war ein Sprint, und den haben wir beide einfach gebraucht nach den ganzen Flirtereien in den letzten Tagen. Für den Marathon haben wir ja noch den ganzen Abend Zeit.« Ich zwinkere ihm zu und spüre sein Lachen am ganzen Körper.

Als ich mich an seine Seite kuschle und leicht fröstle, zieht Daniel eine Decke aus dem Zelt und breitet sie über uns.

»Mariella?«

»Hm?«

»Nun, da wir alle Karten auf den Tisch gelegt haben, wagen wir einen Neubeginn?«

Ich spüre einen Kloß in meinem Hals, denn *alle* Karten liegen noch nicht auf dem Tisch. Es gibt eine Sache, die ich ihm noch gestehen sollte.

»Daniel ... ich muss dir erst noch etwas sagen!« Keine Ahnung, wie ich anfangen soll, ohne gleich wieder etwas zu zerstören.

»Wenn es um die Zeit zwischen unseren Beziehungen geht, musst du das nicht«, erwidert Daniel bestimmt.

Überrascht richte ich mich auf und sehe ihn an. Er kann das doch nicht so stehen lassen. Seine Worte verraten mir, dass er etwas ahnt, vielleicht sogar weiß, gespürt hat, keine Ahnung. Ich muss ihm doch erklären, was es zu bedeuten hatte.

»Aber …«

»Nein!«, unterbricht er mich. »Ich will es nicht wissen, es zählt nicht für mich.«

»Daniel …«, setze ich nochmals an.

»Wichtig ist nur, ob du jetzt mit mir zusammen sein willst?« Sein Blick ist offen und fragend.

Ich atme tief ein. »Ja!«, sage ich aus vollem Herzen.

»Dann ist alles gut!«, versichert er mir und zieht mich an sich, um mich zu küssen.

Wir schlafen genau so ein – nackt auf dem Teppich im Wohnzimmer. Und es gab keine Nacht in den vergangenen Monaten, in der ich so gut geschlafen habe wie in dieser.

Als ich am nächsten Morgen aufwache, bin ich allein, höre aber Geräusche aus der Küche. Rasch suche ich meine Klamotten zusammen und folge dem Duft von frischem Kaffee.

»Guten Morgen«, sage ich und bleibe in der Tür stehen.

»Dir auch einen guten Morgen!« Daniel ist mit zwei langen Schritten bei mir und zieht mich sofort in eine Umarmung. Dann schenkt er mir Kaffee ein und bedeutet mir, mich zu setzen.

»Ich muss leider gleich los zur Arbeit, sonst hätte ich dir noch was zu essen gemacht. Aber ich kann dich mitnehmen«, entschuldigt er sich.

»Ich bin doch mit dem Auto gekommen«, winke ich ab.

»Mariella, ich habe gestern noch etwas Wichtiges vergessen.« Sein Blick ist auf seine Kaffeetasse geheftet. Was kommt denn jetzt?

»Was denn?«, frage ich vorsichtig.

»Könntest du … also, ich würde mich sehr freuen …« Er atmet tief durch, hebt seinen Blick und sagt dann mit fester Stimme: »Bitte komm wieder nach Hause! Ich weiß, es geht sehr schnell, weil wir erst gestern beschlossen haben, dass wir wieder zusammen sind, aber …«

»Ja!«, schneide ich ihm das Wort ab. »Ich packe noch heute meine Sachen, wenn du das willst.«

»Ich will es!«, versichert er mir eindringlich.

»Ich auch!«, flüstere ich.

Dann küsst er mich innig, und es fühlt sich an, als wären alle Weichen für unseren Neuanfang endgültig gestellt.

Am Nachmittag bin ich bereits in mein altes Zuhause eingezogen, und mein Partnerschaftsring glänzt wieder an seiner gewohnten Stelle. Als Daniel nach Hause kommt, streicht er liebevoll darüber und küsst mich wortlos.

Nach dem Abendessen kuscheln wir uns auf die große Couch.

»Ich muss dir übrigens noch etwas erzählen«, beginne ich. Daniel setzt sich auf und sieht mich erwartungsvoll an.

»Ich habe einen Job beim lokalen Radiosender«, verkünde ich stolz. »Gestern hatte ich ein Gespräch, und Mitte Januar kann ich beginnen.«

Freude und Erleichterung machen sich auf Daniels Gesicht breit. Es hat ihn offenbar belastet, dass meine berufliche Situation so in der Schwebe hing.

»Mariella, das ist toll«, versichert er mir dann froh und küsst mich.

»Warte mal hier, ich komm gleich wieder«, raunt er mir dann zu, steht auf und kehrt wenige Minuten später mit einem Stapel Bücher ins Wohnzimmer zurück.

»Was ist das?«, frage ich verwundert und linse an ihm vorbei auf die Buchtitel. »Bildbände von der Ostsee?«

»Du warst nicht die Einzige, die während unserer Trennung an den geplanten Trip gedacht hat. Einige Stationen habe ich genau wie du eingeplant, aber ich wollte auch noch die Inseln mit einbeziehen«, erklärt er, zieht eine Landkarte aus dem Stapel hervor und schlägt sein Notizbuch auf. Daran gedacht ist wohl schwer untertrieben. Das ist ein ausgefeilter Reiseplan.

»Wow«, entfährt es mir. »Warst du so überzeugt davon, dass wir uns wieder versöhnen, dass du schon einen gemeinsamen Urlaub geplant hast?« Mit großen Augen sehe ich ihn an. Daniel reibt sich mit einer Hand den Nacken, als wäre ihm etwas unangenehm.

»Also eigentlich … nein!«, gibt er zu. »Es war als Trip für mich gedacht, zum Abschalten und Wieder-zu-mir-Kommen nach allem. Ehrlich gesagt dachte ich, dass dir nie viel an dieser Reise lag. Erst als du dann vor ein paar Tagen davon geredet hast, dass du dir Gedanken darüber gemacht hast, ist mir klar geworden, dass es nicht nur *mein* Traum war, sondern unserer.«

Ich nicke verstehend. Wir hatten einander wirklich auf unserem Weg verloren, wussten kaum mehr, was dem anderen wichtig war. Aber Gott sei Dank haben wir noch mal die Kurve bekommen.

»Und jetzt willst du die Tour mit mir gemeinsam machen?«, frage ich vorsichtig nach. Daniel strahlt mich an.

»Auf jeden Fall! Natürlich nur, wenn du auch willst?«

»Unbedingt!«, versichere ich ihm, ehe ich meine Lippen auf seine lege. »Dann zeig mal her!«

»Also Usedom, Rügen und Fehmarn sind ein Muss. Und was hältst du von Poehl, dem Darß und Hiddensee?«, erkundigt er sich und faltet die große Karte auseinander, auf der er mir die Route zeigt. »Ich habe hier mal etwas dazu rausgesucht.« Wir blättern in einem großen Bildband, und ich staune über die unterschiedlichen Seiten der Ostsee.

»Das sieht toll aus, und ich liebe Fähren«, stimme ich ihm zu.

»Camping oder Hotel?«, will Daniel wissen. Ich überlege einen Moment.

»Ferienhäuser«, entscheide ich dann. »Mehr Luxus als Camping aber unabhängiger als in einem Hotel. Und für so manches ist ein Bett eben viel bequemer als ein Schlafsack.«

»Abgemacht!«, ist Daniel einverstanden. »Dann suche ich schon mal Unterkünfte heraus, und sobald das Wetter wärmer wird, starten wir.«

Wir schmökern noch eine Weile und am Ende des Abends ist der Reiseplan fertig.

Kapitel 17

Daniel macht ernst und nimmt Anfang Dezember wenige Tage danach tatsächlich Urlaub. Er schlägt vor, dass wir endlich unser Haus renovieren. Wir haben das weiß getünchte Haus mit Reetdach und bunten Fensterläden im Vorjahr von seinem Vater geschenkt bekommen, aber immer zu viel gearbeitet, um es wirklich zu unserem eigenen Zuhause zu machen. Also verbringen wir Daniels erste Urlaubstage seit Langem trotzdem mit Arbeit.

Gemeinsam entscheiden wir, dass die Wände einen neuen Anstrich brauchen.

»Farbig oder weiß?«, überlegt Daniel und mustert unser Wohnzimmer. Ich trete von hinten zu ihm und schlinge meine Arme um seine Mitte.

»Ich weiß nicht, ich halte nichts von den Häusern, in denen jeder Raum nur weiß ist. Das wirkt irgendwie steril, oder?« Ich runzle die Stirn. Mein Freund wiegt den Kopf hin und her.

»Dafür könntest du es bei den Accessoires farblich knallen lassen und musst dich nicht an einer Wandfarbe orientieren«, gibt er zu bedenken.

»*Ich* kann es knallen lassen?«, wiederhole ich lachend. Daniel dreht sich in meiner Umarmung um, damit wir uns zugewandt sind.

»Du weißt schon, diese Dekosache ist einfach ein Frauending. Zierkissen da, eine Vase dort und da drüben noch ein hübscher Bilderrahmen. Ich bin ein Mann, bei mir hört mit einem Teppich unter dem Couchtisch die Verniedlichung auf.« Entschuldigend hebt er die Hände, ehe ich ihn in die Seite knuffe.

»Und wer war der Erste, der meine Kissen in Beschlag genommen hat?«, frage ich ihn herausfordernd.

»Sie waren kuschelig«, verteidigt er sich. »Aber ein Bilderrahmen aus Blumen würde mir im Leben nicht einfallen. Dich sehe ich allerdings schon in der Markthalle des Möbelhauses durch die Gänge zischen und süße Laute ausstoßen, weil wir die magentafarbene Glasvase unbedingt noch brauchen, während ich heimlich google, wie zur Hölle Magenta aussieht.«

»Vielleicht hast du recht«, komme ich ins Grübeln. »Wir könnten im Frühling in Grün dekorieren, im Sommer in Blau, im Herbst in Gelb und im Winter in Rot.« Strahlend sehe ich zu ihm hoch.

»Oh Mann, was habe ich getan«, murmelt er gespielt entsetzt.

»Sieh es positiv: Du musst dich nicht wegen der Farbkarten mit mir herumschlagen«, versuche ich ihn zu locken. Liebevoll sieht er mich an.

»Das hätte ich sehr gern getan.«

»Ach, die restliche Einrichtung kann auch eine Verjüngungskur vertragen. Du kannst also stattdessen mit mir in Möbelkatalogen oder im Internet schmökern«, biete ich an.

»Zusammengekuschelt auf der Couch?«

»Mhm …«

»Unter einer Decke?«

»Mhm …«

»Du weißt, dass wir die Möbel dann bald vergessen haben, oder?«

»Mhm …«

Und er behält recht.

Unsere Landhausküche bleibt, aber die Essecke kommt neu, ebenso wie die Couch und die Wohnwand im Wohnzimmer. Das Bett kriegt neue Matratzen, das Bad neue Handtücher und Teppiche, und die Garderobe im Flur tauschen wir auch aus. Nur vor dem Zimmer, das wir bisher einfach als Abstellraum genutzt haben, bleiben wir ratlos stehen.

»Ich würde es gerne entrümpeln«, meint Daniel und wirft mir einen fragenden Blick zu. Ich weiß, dass er es in seinen Gedanken als Kinderzimmer eingeplant hat.

»Wenn wir schon alle Räume streichen, können wir die Wände hier ja auch auffrischen«, schlage ich vor. »Wir müssen uns ja nicht festlegen, was wir danach damit machen.«

Daniel greift nach meiner Hand und drückt sie sanft. Er hat mich verstanden.

Mit Lukas bleibe ich in Kontakt. Wir schreiben uns regelmäßig, und von unserer ehemals heißen Affäre ist nur noch eine tiefe Freundschaft übrig geblieben, die ich nicht missen möchte. Seine humorvollen Tipps und Kommentare zu meinem sich im Eilzugtempo ändernden Leben geben dem Ganzen noch das Sahnehäubchen. Wir reden sehr offen miteinander, wenn es um mich geht. Nur er bleibt mit Infos über sein Privatleben zurückhaltend. Vielleicht ist das einfach ein automatischer Schutzmechanismus, denn das mediale Interesse an ihm ist durchaus gegeben.

»Wollen deine Freundinnen wissen, ob du dich schon im nächsten Farbeimer ertränkst?«, fragt mich Daniel scherzend, als mein Handy wieder einmal ständig piept, während wir die Küche streichen.

»Nein, es ist ein Freund aus dem Team von *Strandküche*«, erkläre ich ihm und sehe ihn abwartend an. Eifersucht war früher kein Thema zwischen uns, aber nun bin ich mir da nicht so sicher. Als keine Antwort kommt, füge ich noch hinzu: »Ist das ein Problem für dich?«

»Nicht, solange er dich nicht wieder anwerben will.« Für einen Moment denke ich, dass er das ernst gemeint hat und weiß, dass zwischen Lukas und mir mehr war als nur Kollegialität, doch dann lacht Daniel auf.

»Du solltest mal dein Gesicht sehen«, prustet er. »Mal ehrlich! Traust du mir zu, dass ich dir vorschreibe, mit wem du befreundet sein darfst?«

Langsam entspanne ich mich. Er hat recht, das sähe ihm nicht ähnlich.

»Tut mir leid, ich …« Doch Daniel legt mir seinen Zeigefinger sanft auf die Lippen.

»Du bist zurückgekommen und hast dich für mich entschieden. Alles ist okay«, versichert er mir. Vielleicht ahnt er ja doch etwas. Doch als er mich küsst, schiebe ich diese Gedanken weit weg.

Kapitel 18

M achst du dich heute Abend schick für mich?«, bittet mich Daniel zwei Tage später beim Frühstück.

»Was ist los? Hast du mich lange genug in Malerklamotten gesehen?«, ziehe ich ihn auf.

»Ich finde dich in dieser Latzhose einfach zum Anbeißen. Davon werde ich nie genug bekommen«, schmeichelt er mir.

»Gerade noch die Kurve gekriegt«, erwidere ich lachend.

»Aber heute Abend um sechs hätte ich dich gerne entführt, und zwar im Stil der Siebzigerjahre.«

»Oh Mann, das war aber weit vor meiner Geburt. Gehen wir tanzen?«, forsche ich nach und überlege schon, welche meiner Klamotten da passen könnten. Daniel wiegt den Kopf.

»Nein, eher nicht!«

»Mottoparty?«

»Auch nicht.«

»Kostümfest?«

»Im Dezember?«

»Na ja, wenn ich mich verkleiden soll.« Ich lege die Stirn in Falten. Dann versuche ich es von einer anderen Seite.

»Sind wir allein unterwegs?«

»Nein, mit Lexi und Niko.« Ich hatte eher mit Sylvie und Georg gerechnet, die wieder irgendetwas für die Stadt aushecken. Noch während ich nachdenke, was wir unternehmen könnten, treibt mich Daniel zur Eile an.

»Komm schon, wir müssen gleich los und die Möbel abholen.«

Kurz darauf sind wir bereits unterwegs.

Den ganzen Tag bekomme ich nichts aus ihm raus. Schließlich finde ich in einer Kiste auf dem Dachboden, die vermutlich noch von Daniels Mutter hier lagert, ein gerade geschnittenes Minikleid mit großen orangen und gelben Blumen und weiße Lederstiefel. Dazu trage ich große Kreolen in den Ohren, ein Lederband mit einem Peace-Zeichen um den Hals und mehrere silberne Modeschmuck-Armreife an jedem Handgelenk. In eine Häkeltasche stopfe ich mein Handy und die wichtigsten Utensilien, dann haste ich die Treppe runter zu Daniel.

»Wow, du siehst toll aus!«, raunt er mir zu, als er mich in seine Arme zieht und küsst. Auch seine Klamotten passen zu meinem Outfit. In Jeans-Schlaghosen und einem Hemd mit blauen, gelben und orangen Kreisen, das mich an eine alte Tapete erinnert, macht er eine überraschend gute Figur. Nach einigen Minuten ziehe ich mich etwas von ihm zurück.

»Wenn wir nicht zu spät kommen wollen, sollten wir los«, flüstere ich.

»Wollen wir wirklich noch weg?«, kommt leise die Gegenfrage, doch ich schiebe ihn lachend von mir.

»Ja, denn du hast mich den ganzen Tag über schon so neugierig gemacht.« Erwartungsvoll stelle ich mich zur Tür.

»Na gut, überredet«, gibt sich Daniel geschlagen, greift nach seinem Autoschlüssel und verlässt mit mir das Haus.

Wir holen Lexi und Niko ab, die ebenfalls in Siebzigerjahreoutfits stecken. Lexi trägt ein rot-blau gemustertes Maxikleid mit breitem Ledergürtel und Niko weiße Schlaghosen sowie ein Hemd mit Blumenmuster.

»Weißt du, wo sie uns hinbringen?«, fragt mich Lexi, als sie einsteigt.

»Nein, du bist also auch ahnungslos?« Ich kann es gar nicht glauben, doch sie nickt.

Daniel lenkt das Auto raus aus Sterenholm. In der Nachbarstadt parkt er vor einer großen Veranstaltungshalle.

»Jungs, jetzt rückt schon mit der Sprache raus«, drängt Lexi.

»Also gut«, gibt Niko sich geschlagen. »Wir gehen ins Kino.«

»Hahaha«, sage ich trocken. »Das hier ist kein Kino.«

»Und außerdem, wozu dann die Klamotten?« Lexi deutet an ihrem Körper von oben nach unten. Daniel lacht leise und geht voraus.

»Niko hat recht«, meint er dann. »Aber der Film wird nicht in einem Kino gezeigt, sondern hier in der Halle. Es ist nämlich ein Mitmachkino.«

Das kenne ich, davon hat Sylvie mir erzählt.

»Ist das nicht ein besonderer Film für Kinder, eigens dafür gedreht, dass die Kleinen nicht stillsitzen müssen?«, fragt nun auch Lexi.

Mir ist schleierhaft, was wir da sollen. Da fällt mir etwas ein.

»Oh, oder ist es *Die Eiskönigin* als Mitmachkino?«, will ich aufgeregt wissen. In Gedanken sehe ich mich schon mit Elsa gemeinsam *Ich lass los* singen.

»Mariella, du bist schon sehr nah dran, aber immer noch weit entfernt«, erwidert Niko grinsend.

Daniel lacht und öffnet uns schwungvoll die Tür.

»Willkommen auf Kalokairi«, sagt er dann, und ich verstehe noch immer nur Bahnhof. Doch Lexi quiekt aufgeregt und fällt Niko um den Hals. Dann dreht sie sich zu mir.

»Es ist der Abba-Musicalfilm *Mamma Mia*«, erklärt sie mir dann. »Den Film habe ich bestimmt schon fünfzigmal gesehen. Ich liebe Abba!«

Ich mag die vier Schweden auch und sehe mich interessiert um. Wie wohl so ein Mitmachkino für Erwachsene funktioniert? Daniel kommt zu mir und lächelt mich an.

»Und? Was sagst du zu unserer Idee?«, fragt er leise. Er hat sich meine Worte wirklich zu Herzen genommen, das merke ich jeden Tag. Glücklich strahle ich ihn an und verschränke meine Hände mit seinen.

»Ich bin schon furchtbar gespannt. Lass uns loslegen!«, antworte ich und küsse ihn innig. Am Eingang zeigen wir die Tickets vor und erhalten eine Papiertüte mit Utensilien.

»Die Erklärung dazu bekommt ihr vor dem Filmstart. Es ist freie Platzwahl. Viel Spaß«, wünscht uns die Dame am Einlass. Neugierig werfe ich einen Blick in die Tüte, doch Daniel zieht mich weiter.

»Lieber ganz nach vorne oder ganz nach hinten?«, fragt Niko uns, und ich zucke die Schultern. Keine Ahnung, was bei einem Mitmachkino besser ist.

»Nach hinten würde ich sagen, oder?«, antwortet Lexi, und wir suchen uns Plätze in den hinteren Reihen. Auf der Treppe kommen wir immer wieder an gefüllten Wassereimern vorbei.

»Sind die zur Vorsicht, falls jemandem schlecht wird?«, will Lexi wissen, und ich zucke mit den Schultern.

Wir sehen zu, wie die Halle sich füllt. Fast alle sind im Abba-Style gekleidet, und es ist ein kunterbunter Haufen. Auf der riesigen Leinwand läuft ein Countdown. Fünf Minuten bevor es losgeht, erscheinen zwei schrill gekleidete Damen auf der Bühne vor der Leinwand, und schon bei den Begrüßungsworten ist uns klar, dass es sich um Travestiekünstler handelt.

»Hallo, ihr Lieben«, rufen sie in die Menge und erhalten tosenden Applaus. Die meisten hier wissen wohl schon, was sie erwartet.

»Bevor wir starten, möchten wir euch erklären, was zu tun ist, denn der heutige Abend heißt ja nicht umsonst Mitmachkino«, eröffnet uns die dralle Blondine. »In euren Tüten findet ihr diverse Utensilien.« Alle rascheln herum. »Wann immer im Film gestritten wird, werft ihr mit Geschirr. In unserem Fall mit den Papptellern. Wenn eures weg ist, schnappt euch das nächstbeste, das vor euren Füßen landet, denn der nächste Streit kommt bestimmt.« Ich muss sofort an meine Mutter denken und gluckse. Den Trick mit den Papptellern sollte ich meinem

Vater mal verraten. Inzwischen kauft er nur noch Billiggeschirr vom Discounter, sonst käme ihm jeder Streit zu teuer.

»Ihr werdet neben den Schauspielern auch viele griechische Einheimische entdecken«, führt nun der vollbusige Rotschopf auf der Bühne die Erklärung weiter fort. »Diese begrüßen wir, indem wir kräftig unsere Griechenlandfähnchen schwingen, wann immer sie zu sehen sind.«

»Natürlich wird es – wie könnte es bei Abba anders sein – auch viele emotionale oder sentimentale Stellen geben«, meldet sich wieder die Blondine zu Wort. »Diese begleiten wir mit Leuchtwedeln, damit die Stimmung richtig schön kuschelig wird.«

»Was ist aus den guten alten Feuerzeugen auf den Konzerten geworden?«, wispert Daniel mir etwas traurig zu.

»Die sind der Brandschutzverordnung und dem Umweltschutz gewichen und wurden durch Handytaschenlampe und Leuchtwedel ersetzt«, flüstere ich zurück und wedle ihm mit meinem Leuchtding vor seinem Gesicht herum.

»Wie ihr wisst, spielt der Film auf einer Insel«, lenkt nun die Rothaarige unsere Aufmerksamkeit auf sich. »Ständig geht jemand baden, wird ins Wasser geworfen, fällt ins Wasser oder spritzt damit herum. Und das tun wir auch.« Sie lächelt spitzbübisch, was wir sogar bis hier nach oben sehen können. »In euren Tüten findet ihr kleine Wasserpistolen und an den Treppen Eimer mit Wasser. Ihr könnt nun bestimmt eins und eins zusammenzählen. Wenn es im Film nass wird, wird es das hier auch.«

»Und zu guter Letzt haben wir zu eurer Stärkung noch Gummischnuller für euch eingepackt, weil es ja um die Suche nach dem Vater geht, und Schnapsfläschchen, wenn es euch dann irgendwann doch zu kitschig wird«, schließt ihre blonde Kollegin die Einleitung ab.

»Ach ja, und dann gibt es noch zwei Dinge, die sind ein

absolutes Muss!«, hebt die Rothaarige nochmals ihre Hand, und alles verstummt. Sie macht eine dramatische Pause. »Jeder kennt sie, jeder liebt sie, und wer sie nicht auswendig kann, dem blenden wir den Text ein. Die Songs *müssen* mitgesungen werden, und wehe, jemand von euch bleibt dabei auf den Sitzen. Schunkelt, dreht euch, hüpft, steigt auf eure Sitze oder kommt einfach zu uns runter vor die Bühne. Jedes Lied wird eine eigene kleine Party. Und jetzt lasst uns starten!«

Tosender Applaus brandet auf, und Lexi und ich fallen kreischend mit ein.

Die beiden haben nicht zu viel versprochen. Wir werfen, wedeln und schwenken, spritzen kreischend Fremde klitschnass und verstecken uns hinter unseren Freunden, damit wir trocken bleiben. Schon beim dritten Song sind wir vor der Bühne und tanzen mit hundert anderen Gästen, während – selbstverständlich auswendig – die berühmten Abba-Songs aus voller Kehle mitgesungen werden. Daniel und Niko sind mit unseren Jacken und Taschen auf den Plätzen geblieben und schießen bestimmt Fotos, während Lexi und ich die Party des Jahres feiern. Die Vorführung dauert sicher doppelt so lang wie der Film, weil immer wieder unterbrochen wird, damit man Pappteller herumreicht, Wasserpistolen wieder auffüllt oder zu Atem kommt. Nachdem wir bei *Waterloo* im Abspann sogar zu viert abgetanzt haben, machen wir uns heiser und durchgeschwitzt auf den Weg nach Hause. Ich bin froh, dass ich mich im Auto in meine warme Jacke kuscheln kann, und Daniel dreht die Heizung voll auf, da keiner von uns trocken geblieben ist.

Schließlich ist es Mitternacht, als ich glücklich und todmüde mit Daniel ins Bett falle.

Kapitel 19

Wenige Tage später versuchen wir gerade unsere neue Wohnwand für das Wohnzimmer gemeinsam aufzubauen, als Daniel den Akkuschrauber sinken lässt.

»Hast du eigentlich schon etwas für Weihnachten geplant?«, fragt er mich dann.

»Momentan habe ich überhaupt keinen Plan«, gebe ich zu und deute auf das Chaos, in dem ich auf dem Boden sitze. Grinsend wirft er die Montageanleitung nach mir. Mit einem gespielten Knurren krabble ich auf ihn zu und versuche, ihn sanft in den Hals zu beißen. Daraus wird ein Kuss, dann ein zweiter, ein sehr leidenschaftlicher dritter, und schon liegt der Akkuschrauber unbenutzt auf dem Boden, und wir sind mit anderem beschäftigt.

Erst beim Abendessen greift Daniel das Thema Weihnachten wieder auf.

»Was würdest du denn davon halten, wenn wir Weihnachten mit der Familie feiern?«, schlägt er vor.

Ich mag Daniels Eltern. Er ist Einzelkind, und die beiden haben mich von Anfang an wie eine Tochter mit einbezogen. Die Feiertage mit ihnen sind immer eine sehr ruhige und entspannende Zeit mit viel gutem Essen, leckeren Keksen, einer großen Tanne, langen Spaziergängen und alten Geschichten. Doch ehe ich etwas sagen kann, tippt Daniel auf seinem Handy herum. Die Melodie, die ertönt, erkenne ich erst nach einigen Sekunden, doch noch viel länger dauert es, bis bei mir endlich der Groschen fällt. Dean Martin erklärt mir *That's amore,* und ich schlage die Hände vor den Mund, als Daniel ein Kuvert über den Tisch schiebt, das nach Flugtickets aussieht. Zitternd öffne ich es.

»Von Hamburg nach Catania nonstop, Hinflug am zwanzigsten Dezember und am siebten Januar wieder zurück.« Ich flüstere es fast und sehe Daniel mit glasigem Blick an. Mehr bringe ich einfach gerade nicht über die Lippen. Nach vier Jahren werde ich meine Familie wiedersehen, ich kann es gar nicht fassen. Und er stellt sich freiwillig dem Kreuzverhör der ganzen italienischen Sippe.

»Frohe Weihnachten!«, meint er lächelnd.

»Du bist verrückt«, rutscht es mir heraus, und auch die Tränen bahnen sich nun doch einen Weg über meine Wangen.

»Nach dir«, antwortet Daniel schlicht.

»Weißt du, was du hier tust? Die Mancusos werden bis zur letzten Cousine dritten Grades alles an Familie zu Weinachten einladen, wenn die verlorene Tochter heimkehrt und auch noch ihren *Deutschen* mitbringt«, prophezeie ich.

Er lacht. »Dann besorge ich mir ein Notizbuch, damit ich mir die Namen notieren kann. Nicht dass ich noch Tante Giulia mit Cousine Francesca verwechsle.«

»Francesca ist meine Schwester, und eine Tante Giulia habe ich nicht. Warte, doch, aber sie ist eigentlich die Schwester meiner Nonna, also die Tante meiner Mama ...«, überlege ich.

»Es wird ein dickes Notizbuch«, meint Daniel. »Kannst du mir die wichtigsten Infos vielleicht vorab geben?«

»Klar, ab morgen bekommst du Nachhilfe in Sachen Mancuso«, scherze ich.

»*Mille grazie*«, erwidert er zwinkernd.

Fragend sehe ich ihn an. »Ist das von den Besuchen beim Italiener hängen geblieben?«

»*Forse*«, kommt prompt die Antwort. *Vielleicht.* Meine Augen werden groß, denn ich glaube ihm kein Wort.

»Ich habe einen Online-Sprachkurs im Internet begonnen«, gibt er dann zu. »Viel ist es noch nicht, aber wenn ich jetzt jeden Tag übe, verstehe ich vielleicht einen Bruchteil von dem, was ihr dann redet.« Er zuckt die Schultern, und ich lächle ihn mitleidig an.

»Daniel, wenn wir alle Italienisch sprechen, wirst du kein Wort verstehen. Meine Verwandten haben einen sizilianischen Dialekt, und alle reden so schnell und so durcheinander, als wären wir auf Speed. Aber ich kann dich beruhigen, meine engere Familie spricht durch meinen Vater Deutsch, und wenn du dabei bist, wird man darauf Rücksicht nehmen und maximal auf Italienisch fluchen.«

»Vielleicht finde ich noch eine Übersetzungs-App. Möchtest du es ihnen gleich sagen?«

Ich sehe auf die Uhr. »Nein, ich will sie nicht beim Abendessen stören. Morgen reicht auch.«

»Hast du Lust, noch etwas trinken zu gehen?«, fragt er mich dann.

»Sehr gerne. Gib mir zwanzig Minuten.«

Ein kurzer Besuch bei Johnny im *Watermelon* hat sich inzwischen schon mehrmals die Woche bei uns eingebürgert. Meist treffen wir dort noch jemanden aus unserem Freundeskreis, und dann dauert es durchaus auch mal etwas länger.

Wenig später sitzen wir im Auto. Da der Winter Sterenholm nun fest im Griff hat und wir nahezu stündlich mit dem ersten Schneefall rechnen, gehen wir nicht mehr zu Fuß.

Im *Watermelon* begrüßt uns kuschelige Wärme, Wohlfühlmusik und ein gut gelaunter Barkeeper.

»Sylvie und Georg sitzen am Tresen«, raunt Johnny mir augenzwinkernd zu, als er vorbeihuscht, um die Cocktails an die Gäste zu verteilen.

»Danke«, rufe ich ihm noch nach, doch Daniel zieht mich schon weiter. Nach der Begrüßung nimmt mein Freund mir meinen Mantel ab.

»Ich bringe unsere Sachen schnell zur Garderobe. Bestellst

du mir einen *Will you still love me tomorrow?*«, bittet er mich.

»Klar«, versichere ich ihm und wende mich an Sylvie und Georg.

»Ihr erratet nie, was Daniel mir zu Weihnachten geschenkt hat«, sprudelt es aufgeregt aus mir heraus, und meine Augen strahlen bestimmt heller als ein Suchscheinwerfer.

»Keine Ahnung, aber du solltest ihm im Gegenzug einen Kalender schenken. Weihnachten ist erst in zwei Wochen«, kommentiert Georg trocken. Sylvie stößt ihren Freund tadelnd in die Seite.

»Na spuck es schon aus, du erstickst sonst noch dran«, rät sie mir grinsend.

»Flugtickets nach Sizilien«, kreische ich fast. »Wir fliegen zu meiner Familie. Nach mehr als vier Jahren verbringe ich Weihnachten zu Hause.« Ich bin immer noch so aufgeregt, dass mir fast die Tränen kommen, und hüpfe vor Freude im Stand auf und ab. Sylvie nimmt mich sofort in den Arm.

»Süße, das ist ja wundervoll!«, ruft sie, als sie mich wieder loslässt.

»Ich kann es noch gar nicht fassen. Morgen erzähle ich es mal meinen Eltern. Die werden Augen machen. Ich bin total aus dem Häuschen!«

»Es freut mich, dich so aufgekratzt zu sehen«, höre ich hinter mir eine vertraute Stimme und fahre herum. Dann traue ich meinen Augen nicht.

»Lukas? Was machst du denn hier?«, platzt es aus mir heraus.

»Ich klappere auf dem Rückweg nach einer Staffel immer noch mal alle Hotels ab, um mich mit den Eigentümern über den Dreh zu unterhalten. Die Zusammenarbeit soll ja allen in guter Erinnerung bleiben«, erklärt er mir. »Ich bin eben erst in Sterenholm angekommen und dachte mir, ich trink noch einen

Cocktail im berühmten *Watermelon*. Gerade wollte ich dich anrufen, als du schon durch die Tür gekommen bist.«

»Schön, dass du da bist«, sage ich und umarme ihn freundschaftlich. »Dann trinken wir auf jeden Fall zusammen eine Pina Colada.«

»Aber nur mit der richtigen Musikbegleitung«, erwidert er lachend. Sylvie und Georg haben unser Geplänkel schweigend verfolgt.

»Oh, tut mir leid! Sylvie, Georg, das ist Lukas, mein Chef bei *Strandküche* und inzwischen guter Freund«, stelle ich Lukas den beiden vor.

»Chef würde ich nicht sagen. Ich bin nur der Typ vor der Kamera, die Schwerarbeit passiert dahinter«, wehrt Lukas ab. »Aber das mit dem guten Freund kann ich bestätigen.«

Die drei schütteln sich die Hände, und ich bestelle unsere Drinks bei Johnny.

»Du hast dir aber ganz schön Zeit gelassen mit deiner Tour, wenn du immer noch nicht durch bist«, beginne ich ein Gespräch mit Lukas.

»Ich habe mir Sterenholm für den Schluss aufgehoben. Danach geht's ab nach Hause über Weihnachten. Und von Februar bis Mai starten schon die Dreharbeiten für die Frühjahrsfolgen.«

Ehe ich noch etwas antworten kann, spüre ich, wie sich jemand an meine Seite schiebt. Daniel ist wieder da und sieht Lukas stumm an.

»Daniel, darf ich vorstellen …«

»Ich weiß, wer das ist«, unterbricht er mich sachlich, und ich habe unweigerlich das Gefühl, dass er wirklich mehr weiß, als ich dachte. »Der berühmte Lukas Behrens.«

»Lukas reicht«, winkt dieser ab und streckt Daniel seine Hand entgegen, die der aber ignoriert.

»Besuchst du alle ehemaligen Mitarbeiter?«, erkundigt sich

Daniel kühl. Überrascht sehe ich ihn an. Er klingt angriffs-lustig, und das passt überhaupt nicht zu ihm. Sylvie und Georg werfen sich einen bedeutungsschweren Blick zu und widmen sich dann ihren Getränken an der Bar.

»Ich besuche die Drehorte nochmals, um mich mit den Ho-tels und Restaurants auszutauschen. Dass Mariella hier wohnt, ist natürlich ein Bonus. Ich wollte sehen, wie es ihr geht«, er-widert Lukas ruhig. Er erwidert Daniels Blick offen, jedoch gelassen. Johnny bemerkt anscheinend die Spannung zwischen den beiden Männern und stellt sich zu uns.

»Jungs, das wird hier jetzt aber kein *Skandal um Mariella*, oder?«, will er wissen und sieht von einem zum anderen.

»Nein, keine Sorge«, beruhigt ihn Daniel, doch der sarkas-tische Unterton in seiner Stimme alarmiert mich. »Immerhin war ich so dumm, Mariella gehen zu lassen, ohne mich mit ihr ausgesprochen zu haben. Ich kann keinem anderen Mann einen Vorwurf machen, nur weil er in ihrer kurzen Singlephase bemerkt hat, dass sie eine wunderschöne, kluge Frau ist.«

Ich fühle mich, als würde ein Felsbrocken mich erschlagen. Er weiß tatsächlich Bescheid. Nicht nur *dass* ich eine Affäre hatte, sondern auch mit *wem*. Und wenn ich ihn mir so an-sehe, ist ihm das nicht erst seit einigen Minuten klar. Doch ich komme nicht dazu, mich von dieser Erkenntnis zu erholen.

»Ja, das ist sie«, gibt Lukas unumwunden zu und legt somit die Karten auf den Tisch. »Aber in erster Linie ist sie für mich eine tolle Kollegin und sehr gute Freundin.«

Erneut schweigen sich die beiden an. Ich mache eben den Mund auf, um etwas zu sagen, da zupft mich Johnny am Ärmel und legt den Zeigefinger auf seinen Mund.

»Aber ich muss doch was tun!«, flüstere ich ihm panisch zu, doch er schüttelt den Kopf.

»Du hast genug getan«, wispert er zurück und wackelt mit den Augenbrauen.

»Woher weißt du denn …?«

»Oh bitte«, unterbricht er mich. »Ich kannte dich ja vorher nicht besonders gut, aber als du zurückgekommen bist, war doch für jeden ersichtlich, dass dich mehr verändert hat als nur ein neuer Haarschnitt. Außerdem bin ich Barkeeper, solche Situationen zu erkennen, gehört zu meinem Berufsprofil. Die beiden werden sich nicht an die Gurgel gehen, also lass sie die Sache unter Männern regeln.« Er deutet auf Daniel und Lukas.

»Ich akzeptiere, dass ihr Freunde seid«, sagt Daniel nun bestimmt. »Aber solltest du dich ihr noch einmal mehr als nur freundschaftlich nähern, sorge ich dafür, dass du für lange Zeit weder Kochlöffel noch Messer halten kannst.«

»Ist angekommen, aber das habe ich nicht vor«, antwortet Lukas. »Ich möchte lediglich, dass sie glücklich ist. Und ihr Herz war in all den Wochen nur bei dir. Deshalb habe ich ihr ja auch geraten, hierher zurückzukehren.«

Daniel hebt die Augenbrauen und sieht zwischen Lukas und mir hin und her. »Das war *er*?«, richtet er sein Wort nun an mich. »Er hat dir gesagt, dass du dich um dein Herz kümmern und nach Sterenholm zurückfahren sollst?«

Lukas und ich nicken beide. Daniel braucht offenbar einen Moment, um diese Nachricht zu verdauen. Dann deutet er auf die Bar.

»Cocktail oder Bier?«, fragt er Lukas.

»Auf den Schrecken erst ein Bier mit dir und danach eine Pina Colada mit deiner Freundin«, antwortet dieser und dreht sich mit Daniel gemeinsam zum Tresen. Ich blinzle und sehe Johnny fragend an.

»Was genau ist hier gerade passiert?«, flüstere ich ihm zu. Johnny lacht.

»Ich würde mal sagen, du hast außerordentliches Glück und kannst beide Männer behalten.«

Er hat wohl recht. Daniel und Lukas haben die Fronten geklärt, die Rollen in meinem Leben geregelt und beginnen, sich zu beschnuppern und schließlich anzufreunden.

Der Abend wird noch sehr lustig. Ich erzähle von den vielen Outtakes und Versprechern von Lukas und dass wir in dem Hotel mit der Küche im Wintergarten deshalb schon in Zeitnot gekommen sind.

»Wir hatten an einem Tag Unmengen an geschnittenem Lauch, weil er sich jedes Mal während des Lauchschneidens beim Rezept verhaspelt hat und wir die Szene noch mal von vorn drehen mussten«, verrate ich, und Lukas lacht.

»Ich kam mir schon vor wie bei einem Zungenbrecher. Es ging um die Frische von Fisch und wie man sie erkennt. Und ich habe es einfach nicht auf die Reihe bekommen.« Es macht ihn sympathisch, dass er über seine Fehler lachen kann, und man merkt, dass auch meine Freunde in ihm mehr und mehr den Menschen hinter dem Gesicht aus dem Fernsehen sehen.

»Aber das Gericht war danach echt lecker«, lobe ich.

»Oh, da kommt wieder die Kochkritikerin durch«, zieht er mich auf.

»Durftet ihr denn das Essen danach probieren?«, fragt Sylvie.

»Die meisten wollen das gar nicht mehr, aber ich habe Mariella regelmäßig einen Teller vor die Nase gestellt, weil sie ständig vergessen hat zu essen«, antwortet Lukas mit Seitenblick auf mich.

»Und? Hat dir alles geschmeckt?«, erkundigt sich Georg.

»Nein, die Rote-Beete-Suppe fand ich schrecklich«, gebe ich grinsend zu.

»Was? Das hast du mir nie gesagt«, entrüstet sich Lukas.

»Ich hatte Angst um dein Ego. Ihr Köche seid ja alle so zartbesaitet«, gebe ich zurück.

»Lass das ja nicht Niko hören«, wirft nun Daniel ein. »Schade, dass er nicht da ist. Er arbeitet in der Küche des *L&P,* und du bist eines seiner Vorbilder.«

»Das klingt, als würde ich nur im Fernsehen kochen. Ich bin ein ganz normaler, gelernter Koch. Und deshalb sicher nicht zartbesaitet.« Er zieht eine Schnute in meine Richtung. »In einer Küche kann der Ton ganz schön rau sein.«

»Ach, das ist mir in den letzten fünf Jahren, in denen ich gekellnert habe, wohl völlig entgangen«, antworte ich sarkastisch, und alle lachen.

»Habt ihr morgen Abend schon was vor?«, fragt Lukas dann. »Kommt um halb sieben in den *Dünenhof,* ich koche für euch. Und diesen Niko nehmt doch einfach auch mit, wenn er mich kennenlernen möchte. Dann seht ihr, dass der Behrens mehr kann, als nur die Klappe groß aufreißen.«

Ich sehe Daniel vorsichtig an, doch überraschenderweise nickt er.

»Sehr gerne! Ich sage Niko und seiner Freundin Lexi dann morgen Bescheid. Mariella kann dir ja dann noch schreiben, ob sie Zeit haben«, vereinbart er. Auch Sylvie und Georg nehmen die Einladung an. Mit dieser Verabredung treten wir alle wenig später den Heimweg an.

Am nächsten Nachmittag brechen Lukas und ich zu einem Strandspaziergang auf, so wie wir es während der Dreharbeiten oft gemacht haben. Es ist stürmisch heute, die Wellen sind höher als gewohnt, und Schaumkronen tanzen auf ihnen. Dichte Wolken bedecken den Himmel über der Ostsee und lassen ihn bedrohlich wirken.

»Wie verbringt ihr denn Weihnachten?«, frage ich ihn fröhlich.

»Ich mache mir eine Flasche Wein auf und sehe mir an, wie Chevy Chase auf dem Deckel eines Mülleimers einen Hang hinunterflitzt«, erklärt er trocken. Verwirrt sehe ich ihn an.

»Du feierst nicht mit deiner Frau?«, hake ich nach.

»*Das Schneider* ist wie jedes Jahr zu Weihnachten schon seit

Langem ausgebucht, und sie wird mit ihren Gästen und Kollegen feiern.« Okay gut, das verstehe ich ein Stück weit. Bis auf einen Punkt.

»Und warum bist du dann nicht auch dort?«

»Das Restaurant ist ihr Ding. Da habe ich nichts zu suchen.« Seine Stimme ist völlig emotionslos, während ich fassungslos bin.

»Soll das ein Witz sein? Sie kann doch nur davon profitieren, dass ihr Mann ein berühmter Fernsehkoch ist.«

»Seit man sie mal mit Bettina Behrens angesprochen hat, sieht sie das eher als Nachteil«, kommt die überraschende Antwort.

»Oh«, entschlüpft es mir. »*Das Schneider* heißt nach ihr, oder?« Er nickt.

»Bekannter Familienbetrieb in dritter Generation, aber sie will diejenige sein, die es in eine noch höhere Klasse hebt.« Er klingt nicht verbittert, dass seine Frau ihr Restaurant offenbar über ihn stellt, aber auch nicht stolz auf sie.

»Aber …«, starte ich einen neuen Versuch, doch er unterbricht mich.

»Mariella, lass es. Wir sind kein Vorzeigepaar. Weihnachten bedeutet uns nichts«, betont er. Ich sehe ihn an, forsche in seinem Gesichtsausdruck.

»Es bedeutet *ihr* nichts«, stelle ich fest. Er schweigt.

»Was ist mit deinen Eltern? Wieso feierst du nicht mit ihnen?«, erkundige ich mich. Es erscheint mir einfach falsch, dass er das Fest der Liebe allein verbringt.

»Mal sehen«, meint er nur vage.

Ich spüre, dass ihm das Thema unangenehm ist.

»Wo startet ihr denn mit den Frühjahrsfolgen?«, lenke ich ab und kuschle mich in meine Jacke, da eine starke Windböe über uns hinwegfegt.

»Von Ostfriesland aus Richtung Norden. Die Hotels sind

schon gebucht, sonst würde der Sender vermutlich alles abblasen«, erzählt er mir mit Blick auf das Meer.

»Warum? Laufen die aktuellen Folgen nicht gut?« Inzwischen ist die Staffel gestartet, an der ich mitgearbeitet habe. Einige Male habe ich mir *Strandküche* schon im Fernsehen angesehen und muss mir immer wieder selbst in Erinnerung rufen, dass ich da meine Finger im Spiel hatte. Aber ich habe keine Ahnung, wie die Änderungen beim Publikum ankommen.

»Doch, ganz im Gegenteil. Aber darüber wollte ich ohnehin mit dir sprechen. Ich möchte deine Meinung hören«, gibt er zu. Also hat sein Besuch auch berufliche Gründe. Ich nicke.

»Wenn ich dir helfen kann, gerne.«

»Da wir uns jetzt mehr auf die Gerichte fokussieren, steht die Überlegung im Raum, dass wir uns auf einen Standort konzentrieren. Es ist ja nicht so, dass wir typisch regionale Gerichte der jeweiligen Hotels präsentieren. Klar bekommen die Hotels im Vorspann ihre Werbemöglichkeit, aber das ganze Herumreisen verschlingt trotzdem eine Menge Geld. Und hier stellt sich eben die Frage, ob wir das nicht anderweitig besser nutzen könnten. Was meinst du?« Aufmerksam sieht er mich an. Es liegt ihm wohl wirklich viel daran, zu wissen, was ich darüber denke.

»Ich finde, dass die Idee gut klingt. Man könnte an einem Standort mehrere Drehorte einrichten. Eine Küche, ein Wintergarten mit Showcooking, für Grillfolgen könntet ihr direkt am Strand drehen und Kekse in einer eigenen Backstube backen, die heimelig eingerichtet ist. Da ergeben sich so viele Möglichkeiten.« Mein Kopf sieht alles vor sich, und ich verliere mich in Gedanken.

»Gut, dann werde ich zusagen«, meint Lukas bestimmt.

»Du hast dafür nur auf meine Rückmeldung gewartet?«, frage ich ungläubig.

»Ja! Sie war mir sehr wichtig«, antwortet er schlicht. »Ich

muss leider ins Hotel. Die Produktionsfirma erwartet meinen Anruf, und langsam sollte ich mich an die Kochtöpfe stellen, damit ihr heute Abend nicht verhungert.«

»Alles klar, Niko und Lexi sind übrigens mit dabei. Und danach sollst du noch mit ins *Watermelon* kommen. Nikos Band spielt dort morgen einen Überraschungsgig.«

»Das klingt toll!«, nimmt er an. »Bis später!«

Mit einem Winken ist er weg, und ich sehe ihm kopfschüttelnd nach. Beruflich ist er gerade auf der Überholspur, aber sein Privatleben macht mir Sorgen, denn glücklich wirkt er nicht.

Am Abend setzt uns Lukas seine neue Kreation *Pasta á la Sizilia* vor und zwinkert mir verschwörerisch zu. Ich schmecke sofort heraus, dass er dafür als Grundlage das Rezept meiner Nonna verwendet hat, doch er hat einige Komponenten ausgetauscht und etwas hinzugefügt, sodass sie leichter und frischer schmeckt.

»Ganz ausgezeichnet«, lobe ich, und er wirkt erleichtert.

»Freut mich zu hören, ich möchte das Rezept in den kommenden Folgen vorstellen.« Ich höre die Frage heraus, ob es für mich in Ordnung ist. Meine Worte über die Weitergabe von sizilianischen Familienrezepten klingen ihm wohl noch in den Ohren.

»Unbedingt!«, sind sich Sylvie und Georg einig, und ich nicke.

Daniel beginnt ein Gespräch darüber, wer die Rezepte der Sendung auswählt. Niko steigt mit ein und tauscht sich mit Lukas über schonende Garmethoden aus. Entspannt lehne ich mich zurück. Ich habe Leute um mich, die mir am Herzen liegen, leckeres Essen im Magen und die Aussicht auf meine Familie zu Weihnachten. Das Leben ist perfekt.

Nach dem Essen entschuldigt sich Niko, da er zum Soundcheck für den Auftritt im *Watermelon* muss. Eine Stunde später folgen wir ihm. Johnny hat die Bar ein wenig umgebaut, sodass es nun eine kleine Bühne gibt. Als der Barkeeper uns entdeckt, kommt er sofort vom Tresen hervor und drückt Sylvie und Lexi an sich. Die drei kennen sich noch von früher und sind die besten Freunde. Dann dreht er sich mit einem warmen Lächeln zu mir.

»Komm schon in meine Arme, *cara mia*«, meint er dann und zieht auch mich in eine Umarmung. Überrascht erwidere ich sie.

»Ich bin froh, dass ihr alle da seid«, wendet er sich nun an unsere ganze Gruppe. »Eure Meinung ist gefragt, ob die Bude hier zu klein ist für ein Hauskonzert. Also grundsätzlich meine ich. Dass *B.U.* toll sind, weiß ich ja.« Er zwinkert Lexi zu, deren Freund Niko ja einer der vier Jungs da auf der Bühne ist. »Ich habe übrigens beim Soundcheck schon gehört, dass sie ein paar neue Songs im Repertoire haben und das heute auch als Testlauf sehen. Und dieser Chris hat eine Stimme, holy moly!« Er tut so, als hätte er sich die Finger verbrannt. »Wirklich schade, dass er nicht auf meiner Seite des Sees schwimmt.«

Ich sehe ihn verwirrt an, aber Sylvie lacht. »Am anderen Ufer, Johnny!«, verbessert sie ihn, und ich verstehe.

»Ja, ja«, erwidert er augenzwinkernd. »Und morgen Abend brauche ich euch alle zum Brainstorming.«

»Sorry, Mann. Sonst immer gerne, aber Paul hat zum Pokerabend eingeladen«, entschuldigt sich Daniel, und Georg nickt.

»Okay, verstehe. Die Männer fallen also aus. Was ist mit euch, Ladys?« Fragend sieht er uns drei an.

»Also, ich bin dabei«, stimmt Lexi zu, und Sylvie und ich nicken. »Ich gebe auch noch Anna und Livia Bescheid. Lilly wird vermutlich bei Lucy bleiben müssen, wenn Paul die Jungs eingeladen hat.«

Johnny reckt den Daumen nach oben und verschwindet wieder an seinen Arbeitsplatz. Kurz darauf stehen Getränke vor uns, die wir noch nie gesehen haben.

»Meine neuen Kreationen!«, erklärt Johnny und deutet auf Lexis Cocktail. »Das da ist ein *Where are you tonight?*, für Sylvie einen *Yes* und Mariella bekommt einen *Love is strange*.«

»Und was bekomm ich?«, fragt Lukas grinsend.

Johnny mustert ihn von oben bis unten, schenkt ihm dann ein strahlendes Lächeln und meint: »Herzchen, ich würde vorschlagen, einen *Stay*!«

»Das Angebot klingt sehr verlockend!«, kontert Lukas. »Den Cocktail nehme ich gerne, aber ansonsten habe ich leider anderweitige Verpflichtungen.«

Lachend drehe ich mich zur Bühne, wo Niko eben nach dem Mikrofon greift.

»Guten Abend, Sterenholm«, ruft er, und wir applaudieren. »Gott, ich wollte das immer schon mal sagen«, gibt er dann zu und entlockt dem Publikum ein Lachen. »Vielen Dank an Johnny, dass wir heute im *Watermelon* unsere neuen Songs ausprobieren dürfen. Zeigt uns ruhig, was wir ins Programm aufnehmen können und wovon wir besser die Finger lassen sollten.«

Dann steckt er das Miko in den Ständer, schnappt sich seine E-Gitarre und wirft den anderen drei Jungs einen aufmunternden Blick zu. Ich kenne sie schon, denn sie hatten ihren ersten Auftritt auf dem After-Season-Fest vor einem Jahr, und danach spielten sie noch auf Lillys und Pauls Hochzeit. Die vier sind alte Freunde, das hat mir Lexi erzählt. Jojo spielt Bass, Ben entlockt dem Keyboard auch andere Klänge als die eines Klaviers, und Chris sitzt hinter dem Schlagzeug. Beim Gesang gibt es keinen Leader, je nach Song übernimmt ein anderer, und so decken die vier ein großes Spektrum ab. Sie starten mit *She's Got the Look* von Roxette und bleiben damit ihrer rockigen Schiene treu. Das Cover von Savage Gardens

Truly Madly Deeply bringt Ben mit seiner Stimme wahnsinnig gut rüber, und Daniel zieht mich eng an sich. Dann wagt *B.U.* sich an einen Song von The BossHoss und treffen mit *Live It Up* voll den Geschmack des Publikums. Lexi, Sylvie und ich tanzen ausgelassen, auch wenn dafür eigentlich viel zu wenig Platz im *Watermelon* ist. Denn die Musik hat auch die wenigen Passanten wohl noch ins Innere gelockt, und es ist brechend voll. Als nächsten Song bringen die Vier *Count on Me* von Bruno Mars, und erneut lande ich in Daniels Armen, der sich mit mir langsam zum Takt bewegt. Bei *I'll Be There for You* von Rembrandts fange ich Lukas' Blick auf, und mir wird warm ums Herz, weil ich weiß, dass er mir damit sagen, will, dass er auch immer für mich da ist. Irgendwann ist aus dem berühmten Starkoch tatsächlich heimlich, still und leise mein bester Freund geworden. Als die Band dann George Ezras *Hold My Girl* und anschließend *Cheerleader* von Omi anstimmt, singen wir alle mit. Wir denken schon, dass dies nun der Abschluss ist, doch dann klingt eine altbekannte Anfangsmelodie durch die Bar, und Niko raunt ins Mikrofon: »Let's go girls!« Sylvie, Lexi und ich erkennen den Song sofort und kreischen auf. Shania Twains *Man! I Feel Like A Woman* passt eigentlich absolut nicht zu *B.U.*, doch auch auf ihrem Konzert auf dem After-Season-Fest sind sie mit einem Song von AC/DC komplett vom Konzept abgewichen. Gerade diese Überraschungen machen den Charme der Band aus. Natürlich kommt der Song durch Nikos männliche Stimme total anders rüber, aber das hindert uns nicht daran, dazu Party zu machen. Unter tosendem Applaus verabschiedet sich die Band danach vom Publikum, und einige Minuten später kommt Niko zu uns und küsst Lexi, als wäre er ausgehungert. Johnny reicht ihm ein Glas Wasser, das er sofort gierig an die Lippen setzt, und klopft ihm auf die Schulter.

»Von meiner Seite kriegt ihr für alle Songs einen Daumen

nach oben, aber beim letzten hatte ich das Gefühl, du machst gleich einen auf Drag-Queen. Vielleicht solltet ihr euch besser noch eine weibliche Stimme ins Boot holen.« Er zwinkert Niko zu und ist schon wieder hinter dem Tresen, um der durstigen Menschenmassen Herr zu werden. Ich entdecke heute auch Frederik hinter der Bar und bin überrascht. Der Inhaber der *Fischkneipe* hat sich im Herbst eigentlich aus der Nachtgastronomie zurückgezogen und deshalb Johnny den Bar-Teil des vormals zusammenhängenden Lokals verpachtet. Daniel folgt meinem Blick.

»Frederik hilft heute aus, weil zu erwarten war, dass das Konzert die Bude bis auf den letzten Platz füllen wird«, erklärt er mir.

»Macht ihr das jetzt öfter?«, frage ich Niko interessiert. Das Konzert hat Spaß gemacht, und ich hätte nichts dagegen, wenn solche Abende öfter stattfinden würden.

»Keine Ahnung«, gibt er zu. »Johnny plant einiges Neues, und vielleicht werden wir ein Teil davon. Wie hat es euch gefallen?«

»Es war top!«, zeigt sich auch Sylvie begeistert.

»Absolut!«, pflichte ich ihr bei. »Und ich finde nicht, dass du als Drag-Queen rübergekommen bist.«

»Na ja«, mischt sich Georg ein und macht eine vage Handbewegung. »Die Aussage des Songs ist bei einem Mann schon witzig.« Wir lachen alle.

»Die Idee von Onkel Johnny ist vielleicht nicht so übel. Für einige Songs eine Frauenstimme dabeizuhaben, würde uns mehr Möglichkeiten eröffnen und den Sound ein wenig vielschichtiger klingen lassen. Muss ich mal mit den Jungs besprechen«, überlegt Niko.

»Na dann, viel Spaß bei der Suche nach einer Sängerin«, meint Lexi augenzwinkernd. Niko verdreht gequält die Augen, und ich klinke mich aus dem Gespräch aus. Meine Augen wandern über die vielen Gäste, die heute im *Watermelon* sind. Das Geschäft scheint wirklich gut zu laufen. Anfangs war ich ja nicht so sicher, ob eine Bar, die in Pink und Glitzer den Leitspruch aus Dirty Dancing *The time of my life* über dem Tresen hängen hat, in der kleinen Stadt an der Ostsee wirklich Fuß fassen kann. Aber jetzt scheint es so, als hätte Sterenholm nur darauf gewartet, noch eine Facette mehr zu erhalten und dadurch noch besonderer zu werden.

Kapitel 20

Am nächsten Tag bringe ich Lukas nachmittags zum Bahnhof.

»Ich hätte nicht gedacht, dass dein Heimatort so viel zu bieten hat«, sagt er, als wir auf dem Bahnsteig stehen. »Eine tolle Coverband, einen Barkeeper, der das Rad neu erfindet und damit voll ins Schwarze trifft, so viele nette Menschen und die Ostsee von einer ihrer schönsten Seiten.«

»Ja, du hast völlig recht«, stimme ich ihm zu. »Sterenholm ist schon eine echt coole Socke.«

Er lacht leise. »Richtig schade, dass ich abreise«, meint er dann und sieht mich fragend an.

»Du kannst jederzeit wiederkommen, wenn du in der Nähe bist«, versichere ich ihm.

»Danke!«, antwortet er leise, und ich habe das Gefühl, dass ich ihm eben einen sicheren Hafen angeboten habe. Und in diesem Moment bin ich mir nicht sicher, ob er so etwas anderswo überhaupt hat. Rasch ziehe ich ihn in eine Umarmung.

»Versprich mir, dass du Weihnachten nicht allein verbringst«, bitte ich ihn dann. »Ich würde dich ja zu uns einladen, aber wir sind auf Sizilien. Und wenn ich dort mit zwei Männern auftauche, fällt meine Nonna sofort in Ohnmacht«, scherze ich und erreiche damit, dass auch Lukas Mundwinkel sich heben.

»Genieß die Zeit bei deiner Familie und mach dir um mich keine Sorgen.« Er zwinkert mir zu und haucht einen Kuss auf meine Wange. »Ich melde mich, wenn ich angekommen bin«, verspricht er. Sein Zug fährt ein, und Lukas beeilt sich einzusteigen. Vom Fenster aus winkt er mir zu.

Gegen sechs macht sich Daniel auf den Weg zu Paul und den anderen zum Pokern, während Lexi, Sylvie und ich ins *Wa-*

termelon pilgern. Vor der Tür treffen wir auch auf Anna und Livia.

»Hey, wo seid ihr denn gestern gewesen?«, fragt Sylvie die beiden, nachdem wir uns begrüßt haben. »Ihr habt ein tolles Konzert verpasst.«

»Haben wir nicht«, erwidert Livia und grinst. »Wir haben es gerade noch so hineingeschafft und es uns von ganz hinten angesehen.«

»Ja, und da es danach keine Chance gab, zu euch oder zur Bar durchzukommen, sind wir wieder los«, spricht Anna weiter. Sie und Livia wechseln einen raschen Blick, der in mir das Gefühl weckt, dass da noch mehr dahintersteckte. Doch ich kenne Anna inzwischen gut genug, um zu wissen, dass man aus ihr nichts rauskriegt. Ich sehe mich um. An der Tür hängt ein Schild mit der Aufschrift »Heute geschlossen wegen gestern«. Verwirrt runzle ich die Stirn.

»Habt ihr das schon gesehen?«, frage ich die anderen. »Aber Johnny hat uns doch extra alle herbestellt.«

»Ja, aber um etwas zu besprechen. Und da kann ich mich nicht um weitere Gäste kümmern«, ertönt Johnnys Stimme hinter uns. Überrascht sehen wir einander an, während er sich zwischen uns durchdrängt und aufschließt.

»Du hast die Bar früher nie geschlossen«, merkt Lexi an.

»Ich weiß, aber ernste Themen verlangen ernste Maßnahmen«, erwidert unser Lieblingsbarkeeper und dreht das Licht auf. Das *Watermelon* wirkt ungewohnt, so leer und still. Doch nach einigen Minuten spielt leise Musik, und die große, glitzernde Diskokugel in der Mitte dreht sich. Johnny deutet auf einen der größeren runden Tische, und wir nehmen Platz.

»Danke, dass ihr alle gekommen seid«, beginnt Johnny und setzt sich zu uns. In die Mitte des Tisches legt er Getränkekarten, die druckfrisch aussehen.

»Ich habe in den letzten Tagen ein wenig herumexperimentiert und einige neue Cocktails kreiert. Bitte kostet euch mal durch und gebt mir zu jedem eure Meinung«, ersucht er uns. Wir greifen nach den Karten, doch Lexi sieht Johnny fragend an.

»Du brauchtest doch bisher keine Tester. Du bist ein alter Hase im Geschäft und weißt genau, was schmeckt«, fühlt sie ihm auf den Zahn.

»Den alten Hasen lasse ich dir nur durchgehen, weil du meine beste Freundin bist«, erwidert Johnny und hebt drohend den Finger. »Es geht auch noch um ein paar andere Dinge, die ich mir überlegt habe und zu denen ich gerne eure Meinung gewusst hätte. Wie hat euch das Konzert gefallen? Meint ihr, das könnte ich öfter veranstalten, oder ist die Bar zu klein dafür?« Auch Sylvies Blick ist nun geschärft.

»Gut, klar, und nein, ist sie nicht«, antwortet sie knapp. »Johnny, was ist los?«

»Und was sagt ihr zu Mottoabenden? Einen Achtzigerjahreabend oder eine Countryparty?«, geht Johnny nicht auf ihre Frage ein.

»Das *Watermelon* ist ein einziger Achtzigerjahreabend von der Deko her, und nein, auf keinen Fall Country an der Ostsee«, mischt sich nun Livia ein.

»Und Spieleabende?«, fragt Johnny weiter. »Activity vielleicht?«

»Das ist ja schon ohne Publikum peinlich«, werfe ich ein.

»Was ist mit *Ich habe noch nie* oder einem anderen dieser Jugendspiele?«, schlägt er vor.

»Was ist *Ich habe noch nie*?«, fragt Anna verwirrt.

»Ein Kneipenquiz?«, rattert Johnny einen weiteren Vorschlag herunter.

»Jonas Sommerfeld«, unterbricht Lexi ihn mit lauter Stimme und sieht ihn wütend an. »Du erklärst mir jetzt sofort, was hier los ist!«

Für einen Moment ist es mucksmäuschenstill, dann senkt Johnny den Kopf.

»Der *Leuchtturm* schließt«, sagt er dann leise.

Der *Leuchtturm* ist eine kleine Bar in einem alten Leuchtturm bei den Klippen. Mit Snacks und maritimer Atmosphäre war er lange der einzige Anlaufpunkt für Nachtschwärmer außer Frederiks *Fischkneipe*, die den Abendbetrieb ja im Herbst an das *Watermelon* abgegeben hat.

Lexi und Sylvie sehen einander an und zucken kaum merklich die Schultern.

»Machst du dir Sorgen, dass er wegen dir schließt?«, startet Sylvie einen Versuchsballon.

»Neue Besen kehren gut«, flüstert Johnny. »Aber das gilt dann auch, wenn jemand anders ein Lokal im alten Leuchtturm eröffnet. Ich habe noch keine Stammkunden, das *Watermelon* ist hier noch keine Fixgröße, so wie früher.«

»Also willst du jetzt so schnell wie möglich die Gäste an dich binden«, schlussfolgert Lexi. Da fällt mir etwas ein, das ich vorige Woche mitbekommen habe, als ich Daniel vom *L&P* abgeholt habe.

»Aber der *Leuchtturm* schließt nicht aus Gästemangel«, stelle ich klar und habe sofort die Aufmerksamkeit der anderen. »Sandy und Monique haben darüber gesprochen, dass Stefan Müller, der Besitzer der Liegenschaft, diese verkaufen will. Er ist wohl schon vor Längerem ins Sauerland zu seiner Tochter gezogen und will sich jetzt nicht mehr mit den Angelegenheiten hier oben beschäftigen. Offenbar muss einiges renoviert werden, und das möchte er sich ersparen. Und ein Kauf kommt für den derzeitigen Pächter nicht infrage.«

Johnny atmet hörbar aus. »Aber wenn die Bar neu eröffnet wird …«

»Sind immer noch genug Einwohner und Gäste in Sterenholm für beide Lokale«, beruhigt ihn Livia. »Und jetzt lass uns mal die neuen Getränke probieren.«

Johnny mixt, und schon bald stehen einige bunte Cocktails

in der Mitte des Tisches, und jede von uns bekommt einen Strohhalm.

»Also weitere Konzerte auf jeden Fall, Activity geht mit Publikum absolut gar nicht, Mottoabende beschränkt auf Halloween und Karneval, und das mit dem Kneipenquiz sollten wir mal ausprobieren«, nimmt Sylvie das Thema wieder auf. »Und du kennst *Ich habe noch nie* wirklich nicht?« Sie sieht Anna fragend an.

»Nein, nie gehört«, gibt diese zu und kostet einen farbenfrohen Cocktail.

»Was habt ihr auf euren Teenagerpartys gespielt, da, wo du früher gewohnt hast?«, fragt Livia neugierig.

»Flaschendrehen und *Wahrheit oder Pflicht*«, antwortet Anna sachlich.

»Also, so wie ich das kennengelernt habe«, mische ich mich hier als Außenstehende ein, die nicht aus Deutschland kommt, »sind sich *Wahrheit oder Pflicht* und *Ich habe noch nie* recht ähnlich. Beim ersten kannst du wählen, ob du etwas Peinliches tun willst oder lieber eine persönliche Frage wahrheitsgemäß beantworten willst. Beim zweiten sagt jeder reihum eine wahre Aussage, und alle, auf die die Aussage nicht zutrifft, trinken einen Schluck. Also wer trinkt, outet sich automatisch.«

Anna nickt vorsichtig.

»Versuchen wir es mal. Ich fang an: Ich habe noch nie Fischbrötchen bei Frederik gegessen«, starte ich mit einer leichten Aussage.

»Was? Wirklich nicht?«, ruft Sylvie mit aufgerissenen Augen. Ich schüttle den Kopf.

»Die Fischburger sind toll, aber ich kann Fischbrötchen einfach nicht leiden«, gebe ich zu.

»Okay, da reicht mir mal schnell was zu trinken rüber«, erwidert Sylvie. Anna lächelt, sie hat verstanden, wie das Spiel funktioniert.

»Ich brauche auch ein Glas«, meint sie. »Frederiks Fischbrötchen machen süchtig.«

Auch Lexi und Johnny nehmen einen großen Schluck, nur Livia schiebt das verbliebene Glas von sich. Überrascht sehe ich sie an. Die *Fischkneipe* und Livias *Leckermäulchen* sind fast Nachbarn.

»Was?«, fragt sie abwehrend. »Ich mag eben auch keine Fischbrötchen.« Dann macht sie weiter: »Ich habe noch nie die Arbeit geschwänzt.«

»Ihr wisst aber schon, dass meine Chefin hier mit am Tisch sitzt?«, gibt Sylvie sich empört, greift allerdings zum Glas, was Lexi zum Lachen bringt.

Bei meinem »Ich habe noch nie mein Alter verleugnet« trinkt keiner außer Johnny.

»Ich wollte als Teenager auf ein Konzert, also habe ich mich als achtzehn ausgegeben«, verteidigt er sich.

»Du hast dich *älter* gemacht?«, prustet Lexi los.

Nach ihrer Aussage »Ich habe noch nie bei einem Wutanfall etwas kaputt gemacht.« nehme ich einen kräftigen Schluck. Die fragenden Blicke quittiere ich mit »Ich bin Sizilianerin!«. Alle lachen.

Anna fängt sich als Erste wieder und sagt: »Ich habe noch nie eine Frau geküsst!«

Die Einzige, die trinkt, ist Sylvie. »War ein Experiment während des Studiums. Aber es blieb dann auch bei einem Versuch.«

Annas Blick wandert zu Johnny, der sofort den Kopf schüttelt. »Oh nein, da war ich mir immer schon sicher, dass das nichts für mich ist«, wehrt er ab. Dann räuspert er sich.

»Ich hatte noch nie Sex in einem Schwimmbad«, stellt er in den Raum.

»Gilt die Ostsee als Schwimmbad?«, erkundigt sich Sylvie sofort. Statt einer Antwort dröhnt schallendes Lachen durch den Raum. Sie trinkt wortlos, ebenso wie Lexi.

»Ich habe noch nie einen Unbekannten geküsst«, gibt Livia an.

»Dann hast du eine Menge Spaß verpasst, Schätzchen«, erwidert Johnny trocken und prostet uns zu.

Dafür behauptet Lexi: »Ich habe noch nie beim Sex an jemand anders gedacht.«

Ich überlege kurz, lasse das Glas aber stehen. Ich habe während meiner Affäre mit Lukas fast pausenlos an Daniel gedacht. Außer wenn wir Sex hatten. Da hat der Kopf einfach absolut abgeschaltet. Hier trinkt Livia, und wir sehen sie überrascht an, doch sie schweigt.

»Ich habe schon mit einer Berühmtheit geschlafen«, verrät uns Johnny, und ich schlucke. Gilt ein Fernsehkoch als Berühmtheit? Eigentlich schon. Verdammt! Entweder lüge ich, oder ich verrate mich, denn im Kombinieren sind an diesem Tisch alle gut.

»Das Spiel heißt, ich habe noch *nie*«, rettet mich Sylvie, ohne es zu wissen.

»Ich werde dann mal gehen. Muss morgen früh raus«, meint Anna, während sie schon nach Tasche und Jacke greift. Ihr Aufbruch kommt mir etwas zu überraschend, dass ich ihre Begründung voll glaube. Mit einem »Danke für den schönen Abend!« ist sie auch schon zur Tür draußen. Die anderen winken und rufen Abschiedsworte. Offenbar erscheint es niemandem außer mir eigenartig. So ist Anna nun mal. Wenn es ihr zu persönlich wird, zieht sie sich zurück.

Auch wir anderen beschließen, dass das genug *Ich habe noch nies* gewesen sind und wir uns langsam auf den Heimweg machen.

»Und wenn du das nächste Mal Sorgen hast, rückst du gleich mit der Sprache heraus!«, schärft Sylvie Johnny ein, der eine nach der anderen an sich zieht und drückt.

»Mache ich«, verspricht dieser.

Auf dem Weg nach Hause fühle ich mich zufrieden und glücklich.

Kapitel 21

Eine Woche später gibt es eine Premiere in Sterenholm, zu der Daniel und ich uns warm eingepackt bei Einbruch der Dunkelheit auf den Weg machen. Dicke Jacken und warme Stiefel halten die eisige Winterluft, die über die Ostsee zieht, von uns fern. Bereits beim Hafenfest im Sommer hat die Stadt die Agentur Strandkorb beauftragt. Aufgrund des großen Anklangs holte man sich erneut Sylvies Unterstützung für ein Winterevent. Das Resultat ist ein Weihnachtsmarkt.

Voller Vorfreude drücke ich die Hand meines Freundes, der meine Begeisterung für alles Weihnachtliche bereits kennt. Als wir uns dem Zentrum nähern, entfährt mir bereits ein entzücktes »Oooooh!«. Am Hauptplatz direkt am Hafen wurden in einem großen Kreis Verkaufsstände für Kunsthandwerk aufgestellt. Ein riesiger Lichtervorhang erstreckt sich darüber, der alles in ein Glitzern und Funkeln taucht. Aufgeregt ziehe ich Daniel zum ersten Stand.

»Sieh mal! Diese handbemalten Christbaumkugeln sind so wunderschön«, hauche ich. »Schade, dass wir in unserem Haus keinen Baum aufstellen.« Bedauernd sehe ich ihn an.

»Stimmt, aber es hätte nicht viel Sinn, wenn wir an Weihnachten gar nicht zu Hause sind«, gibt Daniel zu bedenken. Dann hellt sich sein Blick auf. »Aber wir könnten deiner Familie welche mitbringen, als kleines Geschenk. Oder ist es gegen eure Tradition, Christbaumschmuck aus Deutschland an den italienischen Baum zu hängen?«

Begeistert strahle ich ihn an. »Unsinn, das ist eine tolle Idee.«

Gemeinsam suchen wir ein paar besonders schöne Kugeln aus, die wir sorgfältig verpacken lassen, damit sie die Reise auch überstehen.

Am nächsten Stand werden handgestrickte Schals verkauft.

Die Wolle ist marmoriert, und so ist jeder für sich ein kleines Unikat.

»Fassen Sie ruhig mal einen an«, ermuntert uns die Verkäuferin. »Sie sind sehr weich.«

Ich tue wie geheißen, und tatsächlich vergraben meine Finger sich in der kuscheligen Wolle.

»Sie sind sehr pflegeleicht und halten wunderbar warm. Greifen Sie zu, der Winter in diesem Jahr soll sehr streng werden«, prophezeit sie augenzwinkernd, und ich muss lachen über ihre hervorragende Verkaufstaktik.

»Hier hängt noch einer in Rot«, meint Daniel. »Der würde doch toll zu deiner neuen Jacke passen.«

Ich lege ihn an und schmiege mich sofort in das flauschige Material. Mit einem Lächeln bezahlt Daniel. Wir erstehen außerdem noch einen Weihnachtsmann aus Keramik und Zierkissen für die Couch mit Rentieren und Mistelzweigen darauf.

»Ich wusste, dass du es irgendwann zu schätzen weißt, wenn du bei Kissen und Co keine Rücksicht auf die Wandfarbe nehmen musst«, zieht Daniel mich auf, und ich knuffe ihn liebevoll in die Seite. Am Hafen ziehen sich die Lichterketten weiter Richtung Strand. Dort finden wir Annas Stand, die Christbäume und handgemachte Dekorationen aus Reisig verkauft. Ich verliebe mich sofort in einen Türkranz, den ich ihr abkaufe. Gegenüber von ihr bietet Livia Weihnachtskekse an.

»Hallo, Livia«, begrüße ich meine Freundin, als wir näher treten.

»Hey«, erwidert sie. »Ein paar Lebkuchen für euch? Oder einen gemischten Keksteller? Ihr könnt mir auch eure Lieblingssorten sagen, und ich stelle euch etwas ganz Persönliches zusammen.« Da wird mir klar, dass ich Livias Gebäck noch nie probiert habe. Wir haben in jedem Jahr Kekse als kleines Präsent von Lilly zu Weihnachten bekommen, und damit war das Thema für uns vom Tisch. Fragend sehe ich Daniel an.

»Wie wäre es mit einem gemischten Teller? Dann können wir alles probieren«, hilft er mir. Ich nicke und deute auf den buntesten Teller. Livia packt ihn liebevoll für uns ein.

»Langsam krieg ich Hunger«, meint Daniel, als wir weitergehen.

»Da drüben steht Lilly in einer Bude und weiter hinten Frederik. Wonach ist dir denn?«, will ich wissen.

Wir besuchen erst unsere Chefin und bestellen eine Portion Kartoffelpuffer, die wir uns teilen. Ebenso ergeht es den Fisch-Nuggets von Frederik. Satt und gestärkt sehen wir uns weiter um.

»Hey, ihr beiden«, ruft plötzlich jemand von hinten, und ehe ich michs versehe, hat mich Lexi schon in ihre Arme gezogen. Niko begrüßt Daniel.

»Toll, was ihr da auf die Beine gestellt habt«, lobe ich meine Freundin, doch die winkt ab.

»Alles Sylvies Werk. Wenn sie weiterhin so viel für die Stadt organisiert, muss ich für die Privatfeiern noch jemanden einstellen. Ich komme kaum mehr nach«, gesteht sie.

»Aber für eure Kasse ist das doch gut«, gibt Daniel zu bedenken und erntet ein grinsendes Nicken von Lexi.

»Habt ihr schon Johnnys Punsch probiert?«, fragt Niko dann. Als wir den Kopf schütteln, ziehen die beiden uns weiter, damit wir zusammen einen Becher trinken.

»Was darf ich euch Hübschen denn bringen?«, fragt der Barbesitzer. »Ich habe Bratapfelpunsch mit Alkohol und Orangenpunsch ohne Alkohol.«

»Ich hasse Bratapfel«, gebe ich zu. »Für mich den mit Orange.« Niko schließt sich mir an, während Lexi und Daniel sich für Bratapfelpunsch entscheiden. Wir erzählen, was wir schon alles gekauft haben, und Daniel scherzt, dass er die ganzen Tüten kaum mehr tragen kann.

»Ein wenig musst du noch durchhalten«, hören wir plötzlich.

Als wir uns umdrehen, stehen Sylvie und Georg hinter uns. »Gleich werden die Lichter am großen Weihnachtsbaum angeknipst. Außerdem seid ihr sicher noch nicht am Lagerfeuer gewesen, oder? Da kann man Marshmallows grillen.«

»Das war ihre Idee«, raunt uns Georg zu.

»Alles hier war meine Idee«, stößt Sylvie ihn an. »Dafür habt ihr mich schließlich engagiert.«

»Ich muss dann auch los«, meint Niko und gibt Johnny seine Tasse zurück. »Wir spielen gleich noch Weihnachtslieder.«

»Denk an den Klassiker, den ich mir gewünscht habe«, erwidert Sylvie augenzwinkernd, ehe sie und Georg sich aufmachen, um der Beleuchtung des Baumes offiziell beizuwohnen.

»Ich frage mal Lilly, ob ich unsere Einkäufe bei ihr unterstellen kann. Bevor sie beim Marshmallow-Grillen noch Feuer fangen«, raunt Daniel mir leise ins Ohr und küsst mich auf die Schläfe. Ich sehe mich um, und ein warmes Gefühl macht sich in mir breit, das nicht nur vom Punsch kommt. In den Verkaufsbuden um mich herum stehen meine Freunde, die immer ein liebes Wort oder ein Lächeln für mich übrig haben. Es duftet nach Lebkuchen, Punsch und Tannen. Die Lichter funkeln mit ihrer eigenen Spiegelung im Wasser um die Wette, und die Ostsee gibt dem Ganzen mit ihrem beständigen, leisen Rauschen eine Hintergrundmelodie, die diesen Weihnachtsmarkt einfach einzigartig macht.

»Fühlt es sich immer noch richtig an, dass du zurückgekommen bist?«, fragt Lexi neben mir und lächelt mich herzlich an. Und mit einem Mal wird mir klar, dass ich hier meine zweite Familie gefunden habe. Denn Familie ist nicht immer nur Blutsverwandtschaft.

»Ja, das tut es!«, antworte ich Lexi mit fester Stimme und aus vollster Überzeugung.

Dann geht es los. Der Bürgermeister sagt ein paar Worte, dann werden die Lichterketten abgedreht, und für einen Augenblick ist es stockdunkel. Ich spüre, wie Daniel hinter mich tritt und seine Arme um mich legt. Sofort lehne ich mich an ihn und suche seine Nähe. Dann erstrahlen Hunderte Lichter auf einem riesigen Weihnachtsbaum, der mitten am Sandstrand steht. Sein Glitzern wird vom Meer reflektiert, und es ist einfach nur atemberaubend.

»Jetzt verstehe ich, weshalb er am Strand und nicht auf dem Hauptplatz steht«, hauche ich Lexi zu.

»Eigentlich war es eine Entscheidung aus Platzgründen, weil hier auch noch die Bühne aufgebaut werden konnte«, erklärt Lexi.

»Für *B.U.*?«, frage ich nach.

»Auch, aber vor allem für das Krippenspiel, das am Heiligen Abend stattfindet«, antwortet sie. »Aber das verpasst ihr ja leider.«

Ich nicke mit leisem Bedauern. Doch dann setzt die Musik ein, und Niko und seine Jungs performen eine sehr eingängige Version von *Oh Tannenbaum*. Als die Besucher des Weihnachtsmarktes nach und nach einstimmen, läuft mir eine Gänsehaut über den Rücken. Daniel drückt mich noch fester an sich, und wir singen auch mit. Den nächsten Song erkenne ich ebenfalls schon nach wenigen Noten, doch er ist eine andere Art von Klassiker. Mit *Last Christmas* von Wham! schlägt die Stimmung von festlich wieder zu fröhlich um. Auch Lexi sieht uns mit blitzenden Augen an.

»Kommt, wir sichern uns Stöcke und einen Platz am Lagerfeuer«, fordert sie uns auf, und wir folgen ihr.

Wenig später röste ich Marshmallows und bin so rundum zufrieden wie selten zuvor in meinem Leben. Und in Gedanken packe ich schon meinen Koffer für die Reise nach Sizilien.

Kapitel 22

Die zweite Woche im Januar beginnt, und der Schnee hat mich an den Strand gelockt. Dick in Winterjacke, Mütze und Schal eingepackt, bestaune ich die weiße Pracht, die sich direkt am Meer niedergelassen hat. Man erkennt kaum, wo der Strand endet und die Ostsee beginnt. Im Hafen treiben Eisschollen zwischen den Booten, und am alten Steg sind Wasser und Schneeverwehungen angefroren. Es sieht aus wie in einem Wintermärchen, und der blaue Himmel tut ein Übriges. Nach über zwei Wochen auf Sizilien erscheint mir dieser Wintereinbruch noch unwirklicher. Dort wäre das undenkbar.

Die Reise zu meiner Familie war wunderschön. Unsere Ringe blieben in Sterenholm, um nicht für Verwirrung zu sorgen. Daniel war am Flughafen kurz vor dem Abflug doch sehr nervös.

»Was mach ich, wenn sie mich absolut nicht leiden können?«, fragte er mich vor dem Check-in und knetete seine Hände.

»Dann denkst du fest daran, dass wir nach zweieinhalb Wochen wieder abreisen und dann über zweitausend Kilometer zwischen ihnen und uns liegen«, riet ich ihm lachend.

»Wirst du denn wieder mitkommen, wenn sie gegen mich sind?« Seine Stimme war leise, doch ich hörte die Angst sofort heraus.

»Daniel, wenn ich mir von meiner Familie in mein Leben reinreden lassen würde, wäre ich nicht mal zum Studieren nach Deutschland gegangen, von meinem Umzug an die Ostsee ganz zu schweigen. Sie sind seit zehn Jahren gegen alles, was ich tue, aber es kümmert mich nicht«, beruhigte ich ihn. »Außerdem ist meine Familie ziemlich groß, also stehen deine Chancen gut, dass du zumindest ein paar meiner Verwandten auf deine Seite ziehen kannst.« Schelmisch zwinkerte ich ihm zu.

»Vielleicht die, die mich nicht verstehen«, stieg er in meinen Scherz mit ein.

»Blonde, blauäugige Männer sind auf Sizilien eine Rarität. Die Frauen hast du sicher im Nu um den Finger gewickelt«, mutmaßte ich, nahm ihn an der Hand und zog ihn weiter zum Gate.

Mein kleiner Bruder Matteo holte uns vom Flughafen ab, denn mein Vater und Benito mussten noch arbeiten, und meine Mutter weigert sich seit jeher strikt, mit dem Auto nach Catania zu fahren. Da wir meist telefonieren, aber nur selten videotelefonieren, fiel mir sofort auf, wie erwachsen mein Bruder geworden ist.

»Matti«, rief ich und flog förmlich in seine Arme. Aus dem Teenager von vor vier Jahren war nun ein Mann geworden, der mich innig an seine Brust drückte.

»Maria! Du bist wieder auf heimatlichem Boden. Nonna sagt, sie glaubt erst, dass du wirklich kommst, wenn du durch die Tür gehst.« Er schob mich ein wenig von sich, um mich betrachten zu können, ließ meine Hände aber nicht los. Als müsste er sichergehen, dass ich mich nicht gleich wieder in Luft auflöse.

»Na, dann wollen wir sie mal nicht zu lange warten lassen und eines Besseren belehren. Matteo, das ist Daniel, mein Freund«, stellte ich die beiden Männer einander vor. Matteo wandte sich Daniel zu, und ich hielt die Luft an. Ich wollte es beim Abflug ja nicht zugeben, aber auch ich war mir nicht sicher, wie meine Familie auf ihn reagieren würde.

»Danke, dass du meine große Schwester dazu gebracht hast, wieder mal nach Hause zu kommen.« Mein Bruder schüttelte Daniel die Hand und lächelte ihn offen an. Da war mir klar, dass wir den ersten Verbündeten schon gefunden hatten.

In meinem Elternhaus war die Wiedersehensfreude riesengroß, und sie riss nicht ab. Immer wenn ein Familienmitglied mich endlich losgelassen hatte und auch Daniel begrüßt wurde, traf ein neues ein, und alles ging wieder von vorne los. Ich hatte das Gefühl, den ganzen Tag lang buchstäblich nicht aus den Armen meiner Familie herauszukommen.

Am meisten überraschte mich meine Mutter. Nachdem sie mich zur Begrüßung fest in die Arme gezogen und seufzend »*Topolina*« gemurmelt hatte, reichte sie Daniel sofort die Hand. »Ich bin Benedetta, willkommen auf Sizilien!« Da war keine Feindseligkeit, wie ich sie oft bei unseren Telefonaten ertragen musste. Sie war offen und freundlich.

»Daniel Gerrit Albers«, stellte Daniel sich mit vollem Namen vor, und ich musste schmunzeln. Er hatte einen Heidenrespekt vor meiner Mutter. »Schön, dass wir uns persönlich kennenlernen, die Videotelefonate habe ich ja leider meistens verpasst. Aber Mariella hat mir viel von ihrem Zuhause erzählt.«

Meine Eltern sahen verblüfft auf, und Daniel warf mir einen Hilfe suchenden Blick zu.

»Habe … habe ich etwas Falsches gesagt?«, fragte er dann leise. Doch mir war klar, was die Überraschung meiner Eltern ausgelöst hatte, und ich schüttelte beruhigend den Kopf. Ehe ich einen Ton sagen konnte, erklärte meine Mutter: »Nein, Daniel! Wir dachten bisher nur, dass Maria in Deutschland Gabi genannt wird, und ehrlich gesagt mochte ich diesen Namen nie.« Ich auch nicht, Mama, ich auch nicht, dachte ich.

»Deswegen freuen wir uns sehr, dass sich das offenbar geändert hat und sich mein *Mariella* bei euch eingebürgert hat«, schloss mein Vater.

»Ach so, ja, seit einiger Zeit …«, begann er und stockte dann. Ich legte ihm eine Hand auf den Arm.

»Vor einiger Zeit bin ich Gabi losgeworden«, half ich ihm und zwinkerte ihm verschwörerisch zu.

Wie ich es erwartet hatte, nahmen alle auf Daniel Rücksicht und sprachen Deutsch. Doch die paar Brocken Italienisch, die er inzwischen gelernt hat, wurden sehr gelobt und brachten ihm Pluspunkte ein. Nicht, dass er die nötig gehabt hätte.

Mama nahm Daniel vom ersten Moment an wie ein neues Mitglied in die Familie auf. Sie war zugänglich, band ihn in den Tagesablauf mit ein, erklärte ihm alles, versuchte ihn besser kennenzulernen und zeigte ihm sogar einen ganzen Nachmittag lang alte Kinderfotos von mir. Daniel entspannte sich von Tag zu Tag mehr und schnappte immer mehr italienische Schimpfwörter auf.

Meine beiden Schwestern waren sofort hingerissen von ihm, wie ich es geahnt hatte. Benito und mein Vater waren freundlich, beobachteten Daniel aber eine Weile.

Nona hingegen hat *den Deutschen* mit jeder Geste, jedem Blick und jeder Aussage deutlich spüren lassen, dass sie nichts von meiner Wahl hielt. Doch während ich durch ihr Verhalten immer wütender wurde und am Heiligen Abend schon fast einen Streit mit ihr begonnen hätte, hielt Daniel mich voller Ruhe zurück.

»Du kannst Feuer nicht mit Feuer bekämpfen«, meinte er. »Sie ist sauer, dass du die Familie so lange meinetwegen hintangestellt hast.«

»Aber das ist doch nicht deine Schuld, sondern war meine Entscheidung«, widersprach ich ihm aufgebracht.

»Sie möchte aber nicht von dir enttäuscht sein, weil sie sich über deinen Besuch freut. Also lenkt sie ihre Gefühle auf mich um. Lass sie, wenn es ihr dadurch besser geht.«

Er half, den Christbaum ins Haus zu tragen und zu schmücken. Ich überließ es ihm, meiner Familie die handbemalten Christbaumkugeln zu überreichen, denn schließlich war es auch seine Idee gewesen. Meine Mutter hat sich sehr gefreut und ihnen einen Ehrenplatz auf dem Baum gegeben. Daniel bewunderte die Krippe, die schon seit Generationen in meiner Familie ist, und setzte sich schließlich gemeinsam mit mir und allen anderen zu einem fleischlosen Abendessen an den großen Tisch.

»Begleiten Sie uns zur Mitternachtsmesse?«, richtete meine Großmutter schließlich das Wort an Daniel, den sie immer noch siezte, obwohl ich ihr schon einige Male gesagt hatte, dass sie das lassen soll. Doch es war ihr Protest und ihre Art zu zeigen, dass er für sie ein Fremder war.

»Sehr gerne«, antwortete Daniel freundlich.

»Dann sollten wir Sie mit dem katholischen Glauben vertraut machen, denn unsere Familie ist in unserer Kirchengemeinde hoch angesehen, und das soll auch nach der Messe noch so bleiben«, stichelte sie.

»Vielen Dank, ich würde gerne etwas über die italienischen Bräuche an Weihnachten hören. Aber ich wurde katholisch getauft, habe die Erstkommunion und die Firmung empfangen und gehe mit meinen Eltern seit meiner Kindheit jedes Weihnachten in die Christmette. Ich denke, dass ich Sie und Ihre Familie nicht blamieren werde.« Ich bewunderte ihn für seine unsagbare Ruhe. Die Augen meiner Nonna wurden groß.

»Sie sind katholisch?«, fragte sie ungläubig.

»Ganz genau, so wie siebenundzwanzig Prozent aller Deutschen«, stellte er klar. Und damit hatte ihn Nonna bis nach der Messe in Beschlag genommen. Gelöst erzählte sie ihm alles über Weihnachten bei den Mancusos. Dabei duzte sie ihn mit einem Mal sogar. Und als wir von der Messe zurück nach Hause kamen, durfte er das Jesuskind in die Krippe legen und läutete mit einem sizilianischen *Bon Nataie* offiziell das Weihnachtsfest der Familie ein.

Nach den Weihnachtsfeiertagen, an denen Daniel sich durch gefühlt hundert Tanten, Onkel, Cousins und Cousinen ersten bis dritten Grades und einige Großtanten gekämpft hatte, nahm Papa mich zur Seite und bat um einen gemeinsamen

Spaziergang zu zweit. Während wir durch die Straßen unseres Heimatortes gingen, in dem sich so gut wie nichts verändert hat, sagte er mir dann, dass er Daniel mag und findet, dass ich mir einen guten Mann ausgesucht habe.

Bei Benito dauerte diese Erkenntnis etwas länger, aber er traut der Liebe eben gerade nicht über den Weg. Zu Silvester hat er meinen Freund jedoch nach dem vierten Glas Sekt in der Familie willkommen geheißen.

Für mich waren diese Wochen wahnsinnig schön. Das große Weihnachtsessen mit Panettone als Dessert und der ganzen Großfamilie zusammengequetscht in unserem Haus. Silvester in Onkel Guiseppes Pizzeria und mit dem großen Feuerwerk. Und ganz viel Zeit mit jedem Einzelnen meiner Familie.

Alessandra und Francesca haben mich kurz vor unserer Rückreise zu einem Schwesternabend überredet, bei dem ich allerdings so viele Nudeln und Tiramisu gefuttert habe, dass ich beim Prosecco nach einem Glas aufgegeben habe.

»Ich habe ganz vergessen, wie herrlich Tiramisu in Italien schmeckt. Die Einzige, die das noch toppen kann, ist meine Freundin Livia. Und ihre Zitronentörtchen sind zum Niederknien«, schwärmte ich.

»Dann müssen wir sie ja mal probieren«, stellte Alessandra in den Raum.

»Ja, vielleicht gibt es ja eine Couch im neuen Haus von Mariella«, meinte Francesca augenzwinkernd.

»Werde du endlich mal fertig mit deiner Ausbildung, dann kannst du dir auch eine Pension leisten und musst dich nicht bei Maria und Daniel durchschnorren!«, tadelte unsere Schwester sie gleich. Wir lachten alle drei, und dann erzählten beide vom Studium, das Alessandra fast schon fertig hat und Francesca in einer anderen Fachrichtung neu starten will.

»*Sorellina*, das wievielte Hauptfach ist das jetzt?«, fragte ich sie amüsiert.

»Medizin war einfach nichts für mich, und Architektur ist auch langweiliger als gedacht«, verteidigte sich meine jüngere Schwester.

»Und was soll es jetzt werden?«, erkundigte ich mich.

»Ich denke über ein Lehramtsstudium nach …«, meinte sie vage.

»Bietet das die Universität von Catania überhaupt an?«, fragte ich, nachdem ich kurz darüber nachgedacht hatte.

Ihr Blick reichte mir als Antwort.

»Du willst ins Ausland«, stellte ich dann fest.

»Gerade *du* solltest mich nicht verurteilen. Du hast doch auch in Deutschland studiert und nicht in Italien«, verteidigte sich Francesca.

»*Mama mia*, die bringen mich um, wenn du *mir* nacheiferst und nach Deutschland ziehst«, murmelte ich und verbarg mein Gesicht in den Händen.

»Themenwechsel«, schaltete sich Alessandra ein. »Dein Deutscher sieht echt schnuckelig aus.« Ein breites Grinsen zog sich über die Gesichter meiner Schwestern.

»Fang du jetzt nicht auch noch an und nenn ihn *den Deutschen*.« Ich seufzte auf.

»Entschuldige! Also *Daniel* sieht sehr nett aus«, verbesserte sich meine Schwester.

»Mal sehen, ob Ben und Matti ihn heil lassen.« Während ich mit meinen Schwestern eine Fressorgie veranstaltete, haben meine Brüder sich Daniel geschnappt, um ihm das sizilianische Nachtleben zu zeigen. Mir schwante Böses.

»Ach was!«, wischte Alessandra meine Bedenken vom Tisch. »Als Kellner wird er schon was vertragen. Matteo mochte ihn auf Anhieb, und inzwischen hat sich auch Ben mit ihm angefreundet.«

»Ja, aber wir sollten morgen eigentlich beide fit sein«, gab ich zu bedenken.

»Das hat Ben sicher im Blick«, winkte Francesca ab. »Er begleitet euch doch, oder?«

Ich nickte. Mein Bruder hatte eine Wanderung zum Gipfelkrater des Ätna für uns organisiert. Ein Freund von ihm ist Vulkanologe und führt häufig kleine Gruppen an, die sich dieses Naturschauspiel von Nahem ansehen wollen.

Am nächsten Tag starteten wir schon früh. Benito hat natürlich die Luxusausführung des Ausflugs für uns gebucht mit Transfer, Frühstück, Verkostung und Ausrüstung. Wir waren bis abends unterwegs, und die Eindrücke waren auch für mich, die diese Tour schon einige Male mitgemacht hat, immer wieder unbeschreiblich. Die Natur zeigte hier mit solcher Gewalt ihre Macht, dass man nur demütig zusehen konnte. Auch sah der Ätna durch seine ständige aktive Tätigkeit immer wieder anders aus. Ein neuer Lavastrom dort, eine Felsformation da, er war in ständigem Wandel. Und Ben freute sich, dass er uns mit diesem Ausflug überraschen konnte.

Bei der Rückfahrt dachte ich an unser letztes Telefonat, als mir etwas auffiel.

»Ben?«, fragte ich ihn dann. »Wieso warst du das letzte Mal *für* einen Kunden unterwegs?«

Mein Bruder schwieg, was selten ein gutes Zeichen ist.

»Benito? Arbeitest du noch in der Bank?« Ich merkte sofort, dass ich den Nagel auf den Kopf getroffen hatte. Sein Blick war gesenkt.

»Benito Mancuso«, flüsterte ich eindringlich. »Sag mir jetzt bitte, dass du nicht gemeinsame Sache mit Onkel Guido machst!« Sein Kopf schnellte nach oben.

»Was? Nein!«, wehrte er sofort ab, und ich atmete erleichtert auf. Ich möchte nicht, dass mein Bruder in die krummen Dinger meines Onkels reingezogen wird. »Ich arbeite als Headhunter in einer Personalberatung. Also, ich suche gezielt führendes Personal für unsere Kunden. Hauptsächlich bin ich für Hotels im Einsatz, die hochqualifizierte Mitarbeiter benötigen.«

Das klang nach einem interessanten Job, doch mir dämmerte bereits, weshalb er nicht darüber mit mir gesprochen hatte.

»Mama und Papa wissen nichts davon, oder?«

»Papa schon«, gab Ben zu.

»Ach, Brüderchen, da steht dir noch eine bittere Beichte bevor«, meinte ich lachend.

»Ich weiß, aber über Weihnachten habt ihr zwei Mama hervorragend von mir abgelenkt«, erwiderte er augenzwinkernd, als wir wieder in die Auffahrt meines Elternhauses einbogen.

Die letzten beiden Tage verbrachten wir ruhig mit Essen, Gesprächen und Spaziergängen, und bei unserer Abreise wurden wir beide geherzt, gedrückt und umarmt. Außerdem mussten wir versprechen, bald wiederzukommen.

Ich hatte erst durch meinen Besuch gemerkt, wie sehr meine Familie mir fehlt. Meine Geschwister wollten vielleicht im Sommer an die Ostsee kommen. Denn auch das war mir klar geworden – inzwischen war ich hier im Norden zu Hause.

Nun sind wir also zurück in Sterenholm. Daniel arbeitet seit einigen Tagen wieder, weil sich Michaela zu Weihnachten den Knöchel verstaucht hat und ausfällt. Auch meine ersten Arbeitstage waren sehr erfolgreich. Es ist natürlich absolutes Neuland, denn mit Radio hatte ich bisher nichts am Hut, und mir fehlt ein wenig das Visuelle und die Kamera, aber ich fühle mich in dem familiär geführten Sender wohl. Unsere Freunde sind am Wochenende zu einer spontanen After-Weihnachts-und-Silvester-Party mit allem Drum und Dran bei uns eingefallen. Es war ein lauter, fröhlicher und wundervoller Abend.

Irgendwie hat sich überhaupt alles zum Guten gewendet. Mit Lukas stehe ich in freundschaftlichem Kontakt. Unser Haus ist fertig renoviert und strahlt nun sehr viel von unseren Persönlichkeiten aus, es ist ein Zuhause geworden. Und Daniel und ich verstehen uns besser denn je. Vertraut, aber nicht eingefahren. Sicher und geborgen, aber nicht eingesperrt. Seit unserer Versöhnung hatten wir an jedem einzelnen Tag Sex, der kein bisschen mehr langweilig ist und von dem ich immer noch nicht genug bekomme. Bei diesem Gedanken muss ich lächeln.

Doch dann sickert etwas in mein Bewusstsein. Moment! Wir hatten jeden Tag Sex. Seit meiner Rückkehr im November. Und ich war nie außer Gefecht … Oh mein Gott! Ich spüre richtig, wie jegliches Blut aus meinem Gesicht weicht, und schlage die Hand vor den Mund. Wieso ist mir in all diesen Wochen nie aufgefallen, dass ich meine Tage nicht bekommen habe? Angestrengt versuche ich mich nochmals zu erinnern, komme aber auf dasselbe Ergebnis wie zuvor. Das letzte Mal war noch am Set von *Strandküche*. Moment, nein, das kann nicht sein. Ich atme tief durch. Das ist sicher nur eine Verschiebung wegen all dem Stress und der Aufregung. Erst die Sache mit Daniel, dann die Renovierung und am Ende der Urlaub. Das kann die Blutung schon mal verschieben. Trotzdem sind es nun schon viele Wochen. Vielleicht sollte ich doch in der Apotheke einen Schwangerschaftstest holen? Nur um sicherzugehen.

Ich krame nach meinen Autoschlüsseln und fahre in den Nachbarort, denn man weiß ja nie, wen man in der Apotheke hier in der Stadt trifft. Das mulmige Gefühl in meinem Magen begleitet mich. Und die ständig in meinem Hinterkopf pochende Frage: Was ist, wenn der Test positiv ist?

Zu Hause angekommen, bin ich heilfroh, dass Daniel im *L&P* ist und nicht vor heute Abend zurückkommen wird. Mit dieser Frage möchte ich mich erst mal alleine beschäftigen. Fahrig ziehe ich Jacke und Schuhe aus und verschwinde mit der eben erstandenen Schachtel im Badezimmer. Meine Hände zittern so sehr, dass ich das Stäbchen beinahe nicht auspacken kann, doch dann reiße ich mich zusammen, atme tief durch und bringe es hinter mich.

Die nächsten drei Minuten sind die längsten meines Lebens. Ich tigere auf den wenigen Quadratmetern auf und ab, bis der Timer auf meinem Handy piept. Mit einem Stoßgebet drehe ich den Test um und sinke danach auf den zugeklappten Toilettensitz.

Es ist eindeutig, denn ich habe absichtlich einen Test gekauft, bei dem man nicht erst auf dunkler werdende Striche starrt, sondern der mir das Ergebnis schriftlich gibt. Und nun lese ich schwarz auf hellgrau das Wort *schwanger*. Nein, das muss ein Fehler sein, ein Irrtum. Ich habe doch verhütet. Rasch greife ich nach meinem Handy und suche die Nummer meiner Frauenärztin heraus. In aufgeregten, etwas panischen Worten schildere ich der Sprechstundenhilfe meine Situation, und sie kann mich eine Stunde später dazwischenschieben.

Als ich in der Praxis ankommen, reicht sie mir einen Becher und bittet mich um eine Urinprobe. Wenig später holt mich die Ärztin in die Praxis, und ich nehme vor ihrem Schreibtisch Platz. Nervös knete ich meine Hände.

»Frau Mancuso, ich darf Ihren Selbsttest bestätigen. Sie sind schwanger.« Fragend sieht sie mich an, als wäre sie sich nicht sicher, ob sie mir gratulieren soll oder nicht. Ich hole Luft, will etwas sagen, bringe jedoch keine vernünftigen Worte zustande. Erst beim zweiten Versuch klappt es.

»Aber ich … mir ist doch gar nicht übel, und ich esse auch keine komischen Dinge wie Schokolade mit Essiggurken oder Leberwurstbrot mit Marmelade.« Hilfe suchend sehe ich sie an und ernte einen geduldigen Blick.

»Das sind beides zwar durchaus Anzeichen einer möglichen Schwangerschaft, aber keine zwingende Begleiterscheinung. Das Ausbleiben Ihrer Periode allerdings schon«, erklärt sie dann. »Und das war ja durchaus der Fall, oder?«

»Ja schon«, gebe ich zu. »Aber die letzte Zeit war ziemlich stressig. Außerdem kann ich einfach nicht schwanger sein.«

»Grundsätzlich sind Sie eine gesunde Frau im gebärfähigen Alter, also spricht von medizinischer Seite nichts dagegen. Waren Sie in den letzten Monaten sexuell aktiv?«

Himmel, ja! Aktiver als in den letzten zwei Jahren zusammen wahrscheinlich. Ich nicke.

»Dann *können* Sie schwanger sein«, bringt es die Ärztin auf den Punkt.

»Aber ich verhüte doch«, halte ich dagegen.

»Sie verhüten mit der Pille. Diese kann durch gewisse Umstände, beispielsweise Durchfall, Erbrechen oder manche Antibiotika außer Kraft gesetzt werden.«

Die Magen-Darm-Grippe ... Ich kam doch zwei Tage kaum von der Toilette weg. Mir wird heiß und kalt zugleich.

»Ich schlage vor, wir machen einen Ultraschall, dann kann ich Ihnen etwas mehr sagen. Einverstanden?«, schlägt die Ärztin vor.

Nach einem Nicken folge ich ihr auf den Untersuchungsstuhl. Ich weiß, dass ich mich anstelle wie ein unwissender Teenager, der erst Sex hatte und dann gecheckt hat, wie das mit den Bienen und Blumen wirklich funktioniert. Natürlich weiß ich alles längst, was mir die Ärztin erklärt. Aber es erscheint mir so unwirklich, als könnte es einfach nicht sein, dass ich tatsächlich ... nein, ich will es nicht mal denken.

Die Untersuchung beginnt, doch ich kann nicht auf den Monitor sehen. Stattdessen fixiere ich das Gesicht der Gynäkologin, das schon nach einigen Sekunden von einem Lächeln überzogen wird.

»Da haben wir ihn ja – einen wunderschönen Embryo.« Strahlend sieht sie mich an, doch ich ignoriere den Bildschirm. Ich fühle mich, als hätte man mir einen schweren Koffer in die Hand gedrückt. Nun kann ich es wohl nicht mehr leugnen.

Die Ärztin gibt mir ein paar Minuten, damit ich mich fangen kann, und klickt auf ihren Geräten herum.

»Nach meinen Berechnungen sind Sie vermutlich in der neunten Woche«, teilt sie mir dann mit.

»Neunte Woche, aber …« Hektisch rechne ich nach. »Haben Sie mal einen Kalender für mich? Wann wurde das Kind gezeugt?«

Oh nein, oh nein, oh nein, das ist der Overkill, der absolute Worst Case. Das darf nicht sein. Da lebt man sein Leben lang grundsolide, und einmal ist man für ein paar Wochen unvernünftig und wird gleich schwanger?

Die Ärztin reicht mir schweigend ihren Kalender mit einer aufgeschlagenen Woche. Mit jener Woche, in der ich nach Sterenholm zurückgekommen bin. In der ich also sowohl Sex mit Lukas als auch mit Daniel hatte. Scheiße! Ich zwinge mich, ruhig zu bleiben und nachzudenken. Die Magen-Darm-Grippe hat also die Pille schachmatt gesetzt. Aber Lukas hat doch immer ein Kondom verwendet. Ich krame in meinem Kopf nach den Erinnerungen an eine Zeit, die mir ewig vergangen vorkommt. Was war zwischen mir und Lukas, nachdem ich krank war? Er hat ziemlich bald gecheckt, dass ich Daniel zurückwill.

Ich sehe unsere letzte gemeinsame Nacht in Gedanken vor mir. Und dann am nächsten Morgen … die Dusche … er hat mich überrascht, und ich habe nicht darauf geachtet … ich hatte nur das Gefühl, dass es sich diesmal intensiver angefühlt hat. Weil ein Schutz fehlte. Ich kann Lukas keinen Vorwurf machen, er wusste ja von mir selbst, dass ich die Pille nehme. Genau wie Daniel, mit dem ich dann einige Tage später Sex hatte. Ebenfalls ohne zusätzliche Schutzvorkehrungen.

»Frau Mancuso? Ist alles in Ordnung?«, erkundigt sich meine Ärztin besorgt.

»Ab wann kann man einen Vaterschaftstest machen?«, platzt es aus mir heraus.

»Es kommt also nicht nur ein Vater infrage?«, setzt sie das Mosaik richtig zusammen. Ich schüttle betreten den Kopf.

»In Deutschland ist ein Vaterschaftstest leider erst nach der Geburt des Kindes erlaubt«, teilt sie mir dann mit.

Tränen treten in meine Augen, und ich lasse beschämt das Gesicht in meine Hände sinken. Wie konnte mir das nur passieren? Ich habe die Frauen, die einen solchen Test brauchen, immer ein wenig verurteilt und merke jetzt, wie unfair das war, wenn man die Umstände nicht kennt. Überhaupt dachte ich, dass ich sicher nie ungewollt schwanger werde. Und jetzt bin ich in der neunten Woche … Das bedeutet, dass ich nicht mehr lange Zeit habe, zu entscheiden, ob ich das Kind behalten will. Panik steigt in mir auf.

»Beruhigen Sie sich«, holt meine Frauenärztin mich aus der Gedankenspirale. »Ich kann mir vorstellen, dass Ihnen gerade sehr viel durch den Kopf geht und Sie viele Fragen haben. Und ich werde alles mit Ihnen besprechen, was Sie wissen möchten und müssen. Aber zuerst würde ich Ihnen gerne noch etwas zeigen, das noch mit in die Waagschale Ihrer Entscheidung gelegt werden sollte. Ist das in Ordnung für Sie?«

Hat man mir meinen letzten Gedanken so deutlich angesehen? Ich nicke, denn ich bin gespannt, was jetzt kommt. Sie schaltet das Ultraschallgerät wieder ein und deutet nach einigen Sekunden auf den Bildschirm. Mein Blick folgt ihrem Finger und bleibt an einem kleinen, schnell aufblinkenden Punkt hängen. Sie tippt auf eine Taste, und nun ertönt auch noch ein Klopfgeräusch zu jedem Aufblinken. Ich verstehe sofort, worum es sich hier handelt. Dieser schnelle, pulsierende Punkt mit dem kräftigen Tok, Tok, Tok ist der Herzschlag meines Babys. Und in diesem Moment sind die Würfel gefallen. Es ist keine Antwort auf die Frage, ob ich es behalte oder nicht. Diese Frage wird einfach ausgelöscht. Der Monitor schaltet um und zeigt nun das Bild des Embryos. Das Gefühl, das sich rasend schnell in mir ausbreitet, ist einfach unglaublich, unbeschreiblich. Die Liebe zu diesem kleinen Menschlein, das da in mir heranwächst, trifft mich mit solcher Wucht, wie ich es mir niemals vorstellen hätte können. Sie hebt meine Welt aus den Angeln, ändert mein Leben in Sekunden. Ich weiß vielleicht nicht, ob das Baby von Lukas oder von Daniel ist, aber ich weiß, dass es *meines* ist. Ich würde alles dafür tun, wie eine Löwin dafür kämpfen, dass es ihm gut geht. Ich werde Mutter.

Meine Ärztin lächelt mir zu und reicht mir ein Ultraschallbild. »Welche Fragen darf ich Ihnen noch beantworten?«

»Ich wüsste gerne, wann der nächste Untersuchungstermin ist und ob ich Vitamintabletten oder so etwas nehmen muss«, sage ich mit fester Stimme. Ich kann den Blick nicht von dem kleinen Geschöpf auf dem Bild nehmen. Die Panik ist verflogen.

Sie stellt mir ein Rezept aus und gibt mir eine Notiz für die Sprechstundenhilfe, für wann diese einen Termin eintragen soll. Wenig später verlasse ich die Praxis.

Als ich zu Hause ankomme, schwirrt mir der Kopf. Müde lege ich mich auf die Couch. Meine Hand wandert wie automatisch auf meinen Bauch. Verrückt, dass ich nach dem Frühstück ganz harmlos zu einem Spaziergang aufgebrochen bin und nun vor dem Abendessen mein Leben in eine komplett andere Richtung läuft. Ich muss mit Daniel reden. Ich wünschte, ich könnte vorher noch mit jemand anderem reden, aber ich wüsste nicht, mit wem. Die Freundschaft zu den anderen Frauen erscheint mir noch zu frisch, meine Mutter würde ausrasten, vor meinen Geschwistern schäme ich mich ein wenig, mein Vater wäre enttäuscht von mir, und Lukas ist genauso involviert wie Daniel. Es wäre nicht fair von mir, mit ihm als Erstem zu reden. Nein, in diesem Moment stehe ich allein da. Aber es hilft nichts, die Wahrheit muss auf den Tisch.

»Hey, geht es dir nicht gut?«, höre ich da Daniels besorgte Stimme von der Tür und schrecke hoch.

»Doch ich … war nur ein wenig müde«, winke ich ab.

»Dann ruh dich noch aus. Ich koche uns was«, bietet er an, und ich bin nur imstande zu nicken. Sag ich es ihm gleich oder besser beim Essen? Wie fängt man so ein Gespräch an? *Schatz, ich bin schwanger, und mit etwas Glück ist das Kind sogar von dir?* Kraftlos lasse ich meinen Kopf in meine Hände sinken. Vielleicht gebe ich ihm beim Dessert einfach das Ultraschallbild und rücke dann mit der Sprache heraus? Das ist doch mal ein Plan.

Beim Essen bin ich angespannt. Daniel hat sich bemüht und uns ein leckeres Hühnchen gezaubert, aber ich bekomme fast nichts hinunter. Überraschenderweise fragt er mich beim Abräumen der Teller gar nicht, was los ist. Ich wappne mich, mache mich bereit für mein Geständnis, doch als er wieder zurück an den Tisch kommt, sieht er mich mit so einem eigenartigen Blick an, dass ich die Stirn runzle und abwarte, was jetzt kommt. Dann ertönt leise Musik, eine Triangel und leise Gitarrentöne. Eine Männerstimme beginnt zu singen, und ich erkenne Ben E. King, der mich mit *Stand by Me* bittet, zu ihm zu stehen. Daniel macht einen Schritt auf mich zu. Ich erwarte, dass er mich in seine Arme zieht, um zu diesem wundervollen Klassiker zu tanzen, doch stattdessen sinkt er vor mir auf die Knie.

»Maria Gabriella Mancuso, ich habe in den letzten Monaten erkannt, dass ich nur halb bin ohne dich. Du erst machst meine Welt rund, damit sie sich drehen kann. Ich liebe dich über alles, und ich will, dass wir für immer zusammenbleiben und der ganzen Welt zeigen, dass du zu mir gehörst und ich zu dir. Willst du meine Frau werden?«

Er klappt eine kleine blaue Samtschachtel auf, in der ein atemberaubender Ring steckt – Weißgold mit einem Solitär mit rechteckigem Smaragdschliff im Vintage-Stil. Er ist von klassischer Schönheit, und hätte ein Juwelier mir alle seine Ringe gezeigt, hätte ich genau diesen ausgesucht. Überwältigt schnappe ich nach Luft. Alles, wirklich alles an diesem Antrag ist perfekt. Die Musik, der Ring, die Worte und natürlich vor allem der Mann – aber ich bin unfähig, auch nur einen Ton von mir zu geben. Denn der Zeitpunkt könnte nicht schlechter gewählt sein. Was mach ich denn jetzt?

»Du musst dir keine Sorgen machen«, beruhigt Daniel mich, der meine Sprachlosigkeit offenbar völlig anders deutet. »Ich habe deine Familie natürlich vorher um Erlaubnis gefragt.«

Mit dieser Aussage reißt er mich aus meiner Starre. Ich blinzle ihn an.

»Meine Familie?«, wiederhole ich verwirrt.

»Ja, natürlich. Ich weiß doch, wie wichtig euch Tradition ist. Und der Himmel weiß, dass es nicht einfach war, aber alle haben Ja gesagt. Deine Mutter hat mir sogar einen Brief mitgegeben.«

Er reicht mir einen Umschlag, als wäre es die unterschriebene Einverständniserklärung der Eltern zum Schulausflug.

Ich öffne ihn und lese in der Handschrift von Mama:

»Meine liebe Maria, Daniel hat mich darum gebeten, um deine Hand anhalten zu dürfen. Das ist so herrlich altmodisch, dass ich ihn gleich noch mehr in mein Herz geschlossen habe. Maria, ich will ehrlich sein, seine Frage hat mich nicht überrascht. Als du mich angerufen und mir gesagt hast, dass Daniel dir Flugtickets geschenkt hat und ihr über Weihnachten nach Sizilien kommt, wusste ich, dass dieser Mann einen Plan hat. Er wollte uns erst kennenlernen, sichergehen, dass er keinen Keil zwischen dich und uns treibt, wenn er dich heiratet und – da bin ich mir leider auch sicher – mit dir in Deutschland bleibt. Ich wollte es ihm leicht machen, denn um keinen Preis der Welt möchte ich dich verlieren. Doch dann war es auch wirklich einfach, ihn gernzuhaben, als ich ihn näher kennengelernt habe. Er ist aufmerksam und hat ein so gutes Herz. Und er liebt dich, das sieht man in jedem Blick und bei jeder Berührung. Nur zu gerne habe ich ihm meine Einwilligung gegeben, und ich weiß, dass auch alle anderen es tun werden. Ich habe mir den Spaß gegönnt, ihn nicht aufzuklären, dass er der Tradition folgend nur deinen Vater hätte fragen müssen. Falls du das möchtest, gebe ich dir gerne mein Brautkleid für deine Hochzeit, aber wenn du lieber in einem modernen Kleid heiraten willst, werde ich zu dir fliegen, und wir kaufen gemeinsam ein neues. Ich liebe dich, *Topolina*! Mama«

Tränen laufen mir über die Wangen, so emotionale Worte habe ich von meiner Mutter noch nie gelesen. Dann stiehlt sich ein Lächeln auf meine Lippen.

»Du hast wirklich alle gefragt?«, will ich von Daniel wissen.

»Natürlich! Ihr seid doch eine sehr traditionelle Familie. Also wollte ich bis hin zu deiner kleinen Schwester von allen ihre Einwilligung«, bestätigt er mir, und ich kann ein Lachen nicht mehr zurückhalten.

»Schatz, selbst streng nach Tradition hätte mein Vater absolut gereicht«, kläre ich ihn auf. »In keinem Land der Welt muss jeder Einzelne zustimmen. Das Familienoberhaupt hat das Sagen. Und das ist auch in Italien der Vater, obwohl es meistens nicht so aussieht oder hinter den Kulissen anders ist.«

Daniel schlägt sich mit der Hand auf den Kopf.

»Das hätte ich lieber schon vor einigen Wochen gewusst«, meint er glucksend. »Deine Großmutter war ein ziemlich harter Knochen. Auf jeden Fall hofft sie, dass ich dich endlich zu einer ehrbaren Frau mache und Bambini in die Welt setze. Aber dieser zweite Punkt ist nicht mehr wichtig für mich, es zählt nur, dass wir zusammen sind – du und ich. Also, was sagst du? Willst du mich heiraten?«

Das wäre jetzt der Zeitpunkt, um ihm von der Schwangerschaft zu erzählen, oder? Der Moment, um die Karten auf den Tisch zu legen. Aber soll ich gerade in diesem Augenblick alles zerstören? Auf dem Höhepunkt unserer Beziehung? Während mein Kopf noch auf Hochtouren läuft und alle Möglichkeiten abwägt, übernimmt mein Herz die Kontrolle über die Lippen und lässt mich mit einem gehauchten »Ja!« antworten.

Ich werde umarmt, geküsst, bin verlobt, und ich habe keine Ahnung, wie das alles so schnell passieren konnte. Daniel streift mir den Ring über meinen Finger, strahlt mich an, und ich beschließe, den Kopf für heute auszuschalten. Die Probleme sind ja morgen auch noch da. Heute wird Verlobung gefeiert. Und zwar ohne Sekt, weil ich Kopfschmerzen vorschiebe, aber dafür mit ganz viel Zärtlichkeit und ganz wenig Klamotten.

Kapitel 23

Am nächsten Tag bin ich vormittags im Sender und fahre am Nachmittag noch in die Apotheke, um mir die verschriebenen Vitaminpräparate zu besorgen. Außerdem kaufe ich ein, damit ich Daniel mit *Pasta con le Sarde* nach dem Rezept meiner Nonna überraschen kann.

Als ich nach Hause komme, sehe ich seinen Wagen schon vor dem Haus stehen. Erfreut schließe ich auf und rufe übermütig: »Schatz, ich bin zu Hause!« Aber es bleibt ruhig. Schulterzuckend trage ich die Einkäufe in die Küche. Vielleicht duscht er und hört mich nicht.

Ich biege um die Ecke und erschrecke so sehr, dass ich fast die Tüten fallen lasse. Vor mir lehnt Daniel am Küchentresen und sieht mich fragend an.

»Himmel, willst du mich umbringen?«, rufe ich und ringe nach Luft. »Wieso bist du denn schon da? Und warum hast du nicht geantwortet, als ich vorhin gerufen habe?«

»In der Pension war wenig los, da habe ich früher Schluss gemacht«, erklärt er.

»Und deshalb machst du einen auf Gespenst?«, frage ich, die Hand immer noch theatralisch auf meine Brust gedrückt.

»Ich wollte den Müll rausbringen, und da ist etwas aus dem Eimer gefallen.« Ohne ein weiteres Wort legt er die Verpackung des Schwangerschaftstests vor mir auf die Arbeitsplatte. Scheiße!

»Ich nehme mal an, das ist deiner?«, mutmaßt er.

Sekunden, Minuten, Ewigkeiten vergehen, dann schließe ich für einen Moment die Augen und nicke stumm.

»War er positiv?« Daniels Stimme ist neugierig und ein wenig hoffnungsvoll.

Erneut nicke ich.

»Warst du schon beim Arzt?«, erkundigt er sich.

»Ja«, sage ich leise.

Daniel sieht mich an, versucht in meinen Augen zu lesen, herauszufinden, was in mir vorgeht.

»Hast du dich schon entschieden, ob du … es behalten wirst?«, fragt er dann, offenbar von meiner Schweigsamkeit verunsichert.

»Ja, das werde ich«, antworte ich mit fester Stimme. Erleichterung macht sich auf seinem Gesicht breit, doch dann erscheinen wieder Falten auf seiner Stirn.

»Wieso hast du mir dann nichts gesagt?«, will er verwirrt wissen. »Ich habe dich gestern gefragt, ob du meine Frau werden willst und du nimmst an, verschweigst mir aber, dass du schwanger bist?«

Ich sehe ihn nur an, während ich verzweifelt nach den richtigen Worten suche.

»Es ist nicht von mir, oder?«, kombiniert Daniel nach einer Weile. Tränen sammeln sich in meinen Augen. So sollte das nicht laufen. So hätte er es nicht erfahren sollen.

»Ich weiß es nicht, aber es könnte sein«, flüstere ich mit tränenerstickter Stimme.

Einen Augenblick hält sein Blick den meinen fest, dann schüttelt er den Kopf. »Ich fasse es nicht … Als ich dir sagte, dass ich eine Familie mit dir gründen will, bist du vor mir davongelaufen. Und jetzt bist du vielleicht von einem anderen Mann schwanger? Und sagst mir einfach nichts davon? Ich bin dein Freund, dein Partner, dein *Verlobter*! Das habe ich nicht verdient, Mariella!« Wut, Verzweiflung und unendliche Enttäuschung höre ich aus seinen Worten, aus seiner Stimme heraus. Ich mache einen Schritt auf ihn zu, will die Distanz zwischen uns verringern, körperlich ebenso wie gedanklich, doch er weicht vor mir zurück.

»Nein …«, sagt er mit brechender Stimme.

Ehe ich noch Luft holen kann, um etwas zu erwidern, geht er an mir vorbei und verlässt das Haus. Und in diesem Augenblick bricht meine Welt zusammen.

Ich wusste, dass es schlimm wird, wenn ich ihm vom Baby erzähle und reinen Wein einschenken muss, aber die Art und Weise, wie er es jetzt erfahren hat, gleicht einer Naturkatastrophe. Er hat in allen Punkten recht. Seine Reaktion ist absolut verständlich, ich ekle mich vor mir selbst. Wie *konnte* ich seinen Antrag gestern annehmen, ohne ihm die Wahrheit zu sagen? Wie konnte mir dieser ganze Schlamassel überhaupt passieren? Schluchzend sinke ich zu Boden, breche total zusammen. Ich verspüre keinerlei Halt mehr, weiß keinen Ausweg. Also bleibe ich unter Tränen einfach liegen.

Mein Zeitgefühl geht verloren, doch irgendwann höre ich, dass die Tür sich öffnet, und spüre warme, sanfte Hände auf meinen Schultern. Es ist Livia.

»Mariella?«, fragt sie besorgt. »Was ist denn passiert? Süße komm, wir setzen uns an den Tisch.«

Doch ich habe nicht genug Kraft, um aufzustehen.

»Was machst du hier?«, flüstere ich.

»Daniel war im *Leckermäulchen* und hat mir wortlos seinen Schlüssel in die Hand gedrückt. Ich wusste nicht, was ich damit soll, und aus ihm war nichts rauszukriegen. Er ist einfach wieder gegangen. Also dachte ich, ich schau vorsichtshalber mal vorbei«, erklärt sie.

Er wollte, dass mich jemand findet. Er wusste, dass ich zusammenbrechen werde, wenn er geht. Die Tatsache, dass er sich trotz all seiner Wut und Enttäuschung um mich sorgt, füllt die bereits versiegte Tränenquelle wieder auf. Erneut beginne ich hemmungslos zu schluchzen.

»Okay, ich brauche Verstärkung«, murmelt Livia und greift nach ihrem Handy.

Wenig später treffen nacheinander Lilly, Lexi und Sylvie ein.

Gemeinsam helfen mir die vier hoch, bringen mich zur Couch und machen mir einen Tee. Dabei tappen sie aber immer noch im Dunkeln, was überhaupt passiert ist. Ich bringe einfach kein Wort über meine Lippen. Es ist, als hätte mein Körper wegen absoluter Überforderung auf Stand-by geschaltet. Ich sehe, was um mich herum passiert, höre, was gesprochen wird, nehme jedoch genauso wenig daran teil, als würde ich einen Film im Kino sehen. Mein Kopf hat sich ausgeschaltet, als wäre durch Überlastung des Systems der Sicherungsschalter im Elektroschrank rausgesprungen.

Noch einmal geht die Haustür auf, und nach wenigen Augenblicken steht Anna mit einer Flasche und Gläsern im Wohnzimmer.

»Also auf den Schrecken brauchen wir erst mal etwas Hochprozentiges. Hier, Mariella, hausgemachter Schnaps von meiner Tante. Hundertprozentig illegal gebrannt, aber hilft verlässlich bei Herzschmerz.« Ich sehe auf das Schnapsglas in meiner Hand, und schon vom Geruch wird mir übel. Doch zumindest weckt er mich aus meiner Lethargie.

»Ich bin schwanger«, kommt es mühevoll und leise über meine Lippen. Meine Stimme fühlt sich an, als wäre sie eingerostet, es ist mehr ein Kratzen als ein Ton, und ich bin nicht sicher, ob mich jemand gehört oder verstanden hat. Doch alle haben es vernommen, und diese drei Worte ändern schlagartig alles.

Als würde ein geheimes Verhaltensprotokoll aktiviert werden, als hätten sie nur auf einen Hinweis gewartet, was mit mir los ist, kommt plötzlich Leben in meine Freundinnen. Lexi tauscht blitzschnell mein Getränk gegen ein Glas Wasser aus, Lilly verschwindet in der Küche, um etwas Vernünftiges für uns alle zu kochen, Livia geht los, um aus ihrem Laden noch Nachtisch zu holen, Sylvie breitet eine Decke über mich und streichelt beruhigend meine Beine, und Anna sucht ein Ablenkungsprogramm im Fernsehen. Aber keine von ihnen verliert auch nur ein Wort über die Schwangerschaft.

Später essen wir alle gemeinsam erst das Gemüsegericht, das Lilly aus meinen Einkäufen gezaubert hat, und danach Livias Dessertkreationen. Dabei halten die anderen ein Gespräch über die üblichen Klatschthemen der Stadt in Gang und tun so, als wäre es normal, dass ich zwar dabeisitze, mich aber nicht daran beteilige. Ich nicke, als man mir eine zweite Portion anbietet, fülle mein Glas erneut mit Wasser auf und nehme mir ein Schokotörtchen, als die Dessertplatte an mich weitergereicht wird. Doch zu mehr bin ich einfach nicht fähig. Ich bin froh, nicht allein zu sein, doch zeigen kann ich es den anderen nicht.

Als Lillys Handy klingelt und sie nach einem Blick aufs Display aufsteht und aus der Küche geht, um zu telefonieren, folge ich ihr mit meinem Blick. Bei ihrer Rückkehr an den Tisch dreht sie das Telefon unruhig in den Händen. Es ist klar, dass es bei dem Anruf irgendwie um meine Situation ging, sonst würde sie schon wieder bei uns in der Runde sitzen und das dritte Erdbeertörtchen verputzen.

»Das war Paul«, sagt sie leise und hat sofort unser aller Aufmerksamkeit. »Daniel ist im *L&P*. Er hat sich bei Johnny ziemlich die Kante gegeben, und als Frederik und Niko ihn nach Hause bringen wollten, hat er sich mit Händen und Füßen dagegen gewehrt. Also hat Paul ihn vorerst mal im Mitarbeiterquartier untergebracht.« Nervös sieht sie mich an. Alle warten gespannt, wie ich die Nachricht aufnehme.

»Danke für die Information«, sage ich mit brüchiger Stimme und versuche ein Lächeln. Natürlich wäre es mir lieber, wenn er hier wäre, aber es ist gut zu wissen, wo er ist und dass jemand ein Auge auf ihn hat. Ich kann mir kaum vorstellen, wie ihn die gesamte Lage aus der Bahn geworfen haben muss.

»Das ist doch selbstverständlich. Kann ich sonst noch etwas für dich tun?«, fragt sie mich leise. »Ich muss nämlich leider langsam los.« Sie sieht mich entschuldigend an, und ich kann nicht anders, als sie in meine Arme zu ziehen.

»Danke, dass du da warst. Geh nur«, versichere ich ihr. »Ihr könnt alle nach Hause gehen, ich komm klar«, wende ich mich an die anderen. Gemeinsam räumen sie alles auf, ehe sie sich zum Aufbruch bereit machen. Ich hatte mit mehr Gegenwehr gerechnet, bin aber froh, dass ich keine langen Diskussionen führen muss.

»Alles kommt wieder in Ordnung«, versichert mir Lilly.

»Wenn du etwas brauchst, melde dich! Jederzeit!«, schärft Lexi mir ein.

»Leg dich hin und ruh dich aus. Morgen sieht die Welt wieder anders aus«, prophezeit Sylvie.

»Ich komm morgen Früh mit koffeinfreiem Kaffee und Plundergebäck vorbei«, verspricht Livia.

Als die vier aus der Tür sind, bemerke ich, dass Anna immer noch da ist und auch nicht den Anschein erweckt, dass sie bald aufbricht.

»Äh, Anna?«, frage ich.

»Du hast doch nicht wirklich gedacht, dass wir dich komplett allein lassen, oder?«, erwidert sie ungläubig und deutet auf die Sporttasche, die in meinem Flur steht. »Es war von Beginn an abgemacht, dass ich bei dir bleibe. Die anderen müssen heim zu Mann, Kind oder Geschäft. Ich öffne morgen das *Blatt &* *Blüte* erst um zehn, und zu Hause wartet nur eine Schildkröte auf mich, die ich vorsichtshalber schon mal mit Futter versorgt habe, ehe ich hergekommen bin. Ich schlafe heute auf deiner Couch, Widerrede ist zwecklos!«

Ich hätte heute ohnehin nicht die Kraft dafür, also lasse ich sie gewähren.

»Noch ein Film?«, fragt sie, und ich nicke. Doch ich kann mich nicht auf die Dialoge konzentrieren. Ich könnte nicht einmal sagen, ob wir einen Krimi oder eine Naturdokumentation sehen. Der heutige Tag ist einfach zu viel für mich. Als würde man ein Segelschiff in eine Badewanne zwängen wollen.

»Das Baby ist vielleicht nicht von Daniel.« Die Worte müssen einfach aus mir raus. Ich habe keine Ahnung, ob gerade Anna die richtige Person für so ein Geständnis ist. Eigentlich kenne ich sie wirklich nicht gut, aber wie die anderen schon bemerkt haben, tut das wohl keine von uns. Andererseits ist vielleicht gerade Anna die Richtige, denn sie erscheint mir nicht so emotional wie die anderen.

»Das dachte ich mir schon«, antwortet sie schlicht. Da ist keine Überraschung, kein Verurteilen, keine Enttäuschung und kein Mitleid. Es ist nur eine Feststellung. Und genau das gibt mir den Mut weiterzusprechen.

»Ich hatte eine Affäre, während ich weg war.« Ich werde nicht verraten, mit wem, das nehme ich mir fest vor. Doch das ist auch nicht die Frage, die kommt.

»War es Liebe?«, will Anna leise wissen.

»Nein! Wir mögen uns, aber mehr ist es nicht. Es war Spaß«, antworte ich wahrheitsgemäß.

»Und jetzt wird aus Spaß Ernst?«

»Möglicherweise. Der letzte Sex mit ihm und der Wiedersehenssex mit Daniel liegen nicht weit auseinander, und genau in dieser Woche ist es passiert«, erkläre ich. »Ich hatte eine Magen-Darm-Grippe, die die Pille außer Gefecht gesetzt hat.«

Ich schäme mich, will mich verteidigen, nicht als verantwortungslos dastehen. Doch innerlich weiß ich, dass sie mich nicht verurteilt, und ich habe keine Ahnung, wieso ich mir so sicher bin.

»Wir sind für dich da!« Es ist keine Floskel, sondern ein Versprechen. Ein Sicherungsnetz für mich, egal was geschieht. Sie fragt nicht, was zwischen Daniel und mir passiert ist. Sie nimmt einfach das, was ich ihr sagen wollte, und doch habe ich das Gefühl, sie versteht die ganze Geschichte. »Doch jetzt solltest du damit aufhören, dir zu viele Gedanken über Dinge zu machen, die du nicht mehr oder noch nicht ändern kannst. Geh schlafen, du brauchst Ruhe«, rät sie mir. Ich beschließe, dass sie recht hat, nicke zustimmend und stehe von der Couch auf. Bereits in der Tür drehe ich mich nochmals um.

»Danke!«, sage ich eindringlich. »Gute Nacht!«

Kapitel 24

Am nächsten Morgen werde ich wach und brauche einige Momente, um zu realisieren, dass der vergangene Tag kein Albtraum war, sondern die Realität. Eine Weile grüble ich im Bett liegend, was ich nun tun soll. Daniel braucht Zeit. Mit ihm zu reden wäre jetzt nicht klug, denn er würde mir nicht zuhören, sondern schlimmstenfalls noch mehr dichtmachen. Aber ein anderer hört mir zu, und der hat die Wahrheit auch verdient. Wenn das Kind nun schon in den Brunnen gefallen ist, dann mache ich gleich reinen Tisch, statt darauf zu warten, dass der Zufall noch mal zuschlägt und auch Lukas ohne mein Zutun davon Wind bekommt, dass er vielleicht Vater wird.

Mit diesem Entschluss schwinge ich mich aus dem Bett und gehe ins Badezimmer. Nachdem ich mich angezogen habe, zieht Kaffeeduft durchs ganze Haus. Ich fürchte schon, dass die ganze Clique sich wieder in der Küche versammelt hat, doch dort finde ich nur Anna und Gebäck von Livia.

»Guten Morgen«, begrüßt mich Anna. »Livia musste wieder in den Laden, aber sie lässt dich lieb grüßen. Wenn du etwas brauchst oder auf etwas Bestimmtes Lust hast, sollst du dich melden.«

»Danke«, sage ich nur, und wir frühstücken mit ein wenig Small Talk über die aktuellen Nachrichten, die wir eben im Radio gehört haben. Danach verabschiedet sich auch Anna, da sie die Gärtnerei öffnen muss. Doch sie umarmt mich fest und flüstert leise: »Vergiss nicht: Wir sind für dich da!«

Wieder allein, werfe ich einen Blick auf mein Handy. Lilly hat geschrieben, dass es Daniel so weit gut geht, auch wenn er sehr schweigsam ist. Ich hatte nichts anderes erwartet, muss aber lächeln, dass sie an mich denkt und mich auf dem Laufenden hält. Es wird Zeit, sich um die andere Baustelle zu kümmern.

»Hey, wie geht es dir? Wo treibst du dich gerade herum?«, tippe ich in mein Handy. Mein Herz klopft nervös. Es erscheint mir falsch, ihm so fröhlich zu schreiben, als ob nichts wäre, obwohl mein Leben vor mir in Scherben liegt. Aber ich möchte persönlich mit ihm sprechen und seine Reaktion sehen, nicht nur hören oder lesen.

»Selber hey, alles okay bei mir. Und bei dir? Bin derzeit in Hamburg«, kommt binnen Minuten von Lukas zurück. Das passt hervorragend, er ist nicht so weit entfernt, wie ich befürchtet habe.

»Ich habe heute auch in Hamburg etwas zu erledigen. Hast du Lust auf eine Tasse Kaffee?«, flunkere ich und hoffe, dass mein Plan funktioniert.

»Sehr gern. Ich bin zeitlich flexibel, melde dich einfach, wenn du fertig bist.«

Mit einem zufriedenen Nicken gehe ich ins Schlafzimmer und packe ein paar Sachen zusammen. Ich sollte auf alles vorbereitet sein. Vielleicht dauert das Gespräch ja länger, und ich möchte dann nicht mehr zurück nach Sterenholm fahren. Sorgfältig schließe ich alles ab und sitze eine halbe Stunde später im Auto. Aus dem Autoradio kommt *Here I Go Again* von Whitesnake, und ich fühle mich, als wäre dieser Titel noch nie passender gewesen.

In Hamburg angekommen, rufe ich sofort Lukas an.

»Hallo, Mariella«, begrüßt er mich. »Ich habe gleich noch eine Telefonkonferenz, aber komm doch ins Hotel, ich schicke dir Adresse und Zimmernummer. Sobald ich fertig bin, können wir los.« Er klingt etwas gestresst.

»Klar, kein Problem«, erwidere ich. Ehrlich gesagt ist es mir sogar lieber, nicht in einem Café mit ihm über so ein heikles

Thema reden zu müssen. Man weiß nie, wer am Nebentisch sitzt und vielleicht mithört, und schließlich steht er in der Öffentlichkeit. Ich warte auf seine Nachricht, füttere mein Navi mit den Daten, die er mir geschickt hat, und parke wenige Minuten später vor seinem Hotel. Ich lasse mir Zeit, damit ich nicht in sein Telefonat platze. Nervös steige ich aus dem Lift und orientiere mich. Der Hotelflur erinnert mich an die Wochen bei *Strandküche*. Als ich schließlich an seine Tür klopfe, öffnet er sie sofort.

»Du kommst gerade recht, um mit mir anzustoßen«, ruft er freudestrahlend und zieht mich ins Zimmer. »Der Sender und die Produktionsfirma sind sich eben mit einem Streamingdienst einig geworden, der *Strandküche* in sein Programm aufnehmen wird.«

»Wow, das ist ja großartig«, gratuliere ich ihm. »Das ist ein riesiger Schritt.«

»Ich dachte schon, das zieht sich ewig in die Länge, aber heute ging es dann ganz schnell. Aber erzähl du mal, was treibt dich denn nach Hamburg?« Er sprüht vor Energie und guter Laune. Ich habe schon fast vergessen, wie enthusiastisch er sein kann. Er deutet auf die Couch, und wir setzen uns. Ich sollte aufgeregt sein, doch mit einem Mal bin ich ganz ruhig.

»Du!«, gebe ich zu und ernte einen verwirrten Blick.

»Irgendetwas sagt mir, dass du diesmal aber aus einem anderen Grund an meine Tür geklopft hast als die letzten Male«, vermutet er augenzwinkernd.

»Lukas …«, beginne ich und atme tief durch. »Bei unserem letzten Sex, unter der Dusche … hast du dabei ein Kondom benutzt?« *Bitte sag Ja, bitte sag Ja*, bete ich innerlich.

Überrascht weiten sich Lukas' Augen. Dann reibt er sich verlegen den Nacken und senkt den Blick.

»Ich … also … nein«, gibt er zu. »Du hattest ja erwähnt, dass du die Pille nimmst, und ich … wollte dich noch einmal ganz pur spüren, zum Abschied. Ist das ein großes Problem für dich?«

Ich schließe die Augen und seufze. Ich habe so gehofft, dass ich mich in diesem Punkt geirrt habe, dass meine Erinnerung falsch war. Es war der letzte Strohhalm, an den ich mich noch geklammert habe.

»Oh Mann, Mariella, was ist denn los? Versuchst du mir gerade zu sagen, dass du dir irgendetwas eingefangen hast und ich mich jetzt testen lassen muss?«, fragt er halb besorgt, halb belustigt.

»Na ja, eingefangen habe ich mir schon etwas, aber vorerst reicht es, dass *mein* Test positiv war«, antworte ich und frage mich im selben Moment, wieso ich es Lukas so einfach sagen kann, bei Daniel aber kein Wort rausgebracht habe.

Lukas' Augen weiten sich, doch er wartet ab, bis ich weiterspreche.

»Ich bin schwanger«, bringe ich meine Aussage auf den Punkt. »Und laut meiner Ärztin wurde das Kind in jener Woche gezeugt, in der sowohl du als auch Daniel als Vater infrage kommen. Lukas, ich erwarte nichts von dir. Aber ich kann und möchte dir diese Information nicht vorenthalten. Wenn das Baby da ist, werde ich einen Vaterschaftstest machen lassen, und falls du der Erzeuger bist, würde ich gerne wissen, wie du mit der Sache umgehen willst. Du könntest das Kind natürlich sehen, wenn du möchtest, aber wenn nicht, mache ich dir auch keinen Vorwurf. Du bist verheiratet, und ich will mich da nirgends reindrängen oder deinem Ruf in der Öffentlichkeit schaden. Aber ich habe mich entschieden. Ich werde dieses Baby bekommen, und wenn ich es allein großziehe, weil keiner von euch beiden noch etwas mit mir zu tun haben will ...« Beim letzten Satz bricht meine Stimme. Verzweiflung bahnt sich ihren Weg an die Oberfläche, und meine Augen brennen.

»Scheiße ...«, schluchze ich. »Alles ist schiefgelaufen.«

Ich verberge mein Gesicht in meinen Händen. Einerseits bin ich froh, dass nun alle Beteiligten Bescheid wissen, andererseits fürchte ich, dass ich meinen besten Freund nun auch verloren habe, so wie Daniel. Doch dann spüre ich, wie mich starke Arme tröstend streicheln und ich an eine Männerbrust gezogen werde. Ich lehne mich an ihn und lasse meinen Tränen freien Lauf. Lukas hält mich einfach fest. Als ich mich nach einigen Minuten beruhige und mit tränenverschleiertem Blick aufsehe, treffe ich auf seine Augen.

»Besser?«, fragt er mich sanft.

»Nimmst du das wirklich so ruhig auf, wie du wirkst?«, frage ich ungläubig.

»Ja«, versichert er mir.

»Aber … hast du auch wirklich verstanden, was ich dir eben gesagt habe?«, hake ich nach. Er nickt.

»Ja, habe ich. Atme jetzt mal ganz tief durch, ich bring dir etwas zu trinken.«

Wenig später reicht er mir ein Glas Wasser.

»Mariella, ich bin definitiv *nicht* der Vater deines Babys«, sagt er bestimmt, als er sich wieder zu mir setzt.

Ich schlucke. Klar, für ihn wäre es eine Katastrophe, wenn er sich im Falle des Falles zu dem Kind bekennen würde. Sein Image wäre angekratzt. Und was seine Frau sagen würde, wenn er mit einer anderen ein Kind hat, will ich gar nicht wissen. Offene Ehe hin oder her. Ich habe irgendwie damit gerechnet, und doch trifft es mich jetzt, weil es nun sicher ist, dass ich allein dastehe.

»Okay, das akzeptiere ich«, sage ich leise. »Dann lass ich dich damit in Ruhe. Ich wollte nur, dass du Bescheid weißt …« Ich will aufstehen, raus aus diesem Zimmer, weg von ihm, doch er hält mich zurück.

»Du verstehst mich falsch. Ich bin unfruchtbar«, erklärt er mir dann, und ich blinzle. *Was?*

»Ich hatte mit Mitte zwanzig Mumps, und man hat mir damals schon gesagt, dass die Krankheit sich auf meine Zeugungsfähigkeit auswirken kann. Kurz darauf wollte mir eine Kellnerin aus einem Lokal weismachen, dass sie nach einer gemeinsamen Nacht von mir schwanger ist. Sicherheitshalber habe ich mich da testen lassen und bekam die Garantie, dass ich keine leiblichen Kinder haben werde. Also ist garantiert Daniel der Vater deines Babys.«

Es dauert einige Sekunden, bis ich realisiere, was er mir da gerade gesagt hat.

»Ich … du … oh mein Gott!«, stammle ich und weiß nicht, ob ich lachen oder nochmals weinen soll. »Das ist großartig.« Rasch schlage ich mir die Hand auf den Mund. »Also nein, so habe ich das nicht gemeint. Für dich, für euch ist das sicher schlimm, aber in dieser Situation jetzt ist diese Nachricht eine solche Erleichterung.«

Lukas winkt ab. »Schon gut, wir haben uns damit arrangiert. Aber weißt du, was mir die ganze Sache gezeigt hat?«

Ich zucke mit den Schultern. »Vielleicht, dass du besser ab sofort das Kondom nicht mehr weglässt?«

Er lacht. »Ja, das auch. Aber ich meine, dass ich mich in dir nicht getäuscht habe. Deine Ehrlichkeit und die Art, wie du mit der Sache umgegangen bist, beeindrucken mich sehr, Mariella. Du bist eine richtige Freundin.«

Irgendwie kommt es mir komisch vor, dafür ein Kompliment zu bekommen. Verlegen lasse ich meinen Kopf an seine Brust sinken, um ihm nicht in die Augen sehen zu müssen.

»Wie hat Daniel denn reagiert?«, will Lukas nach einiger Zeit wissen. Ich lache sarkastisch auf.

»Er hat den Test gestern gefunden und mich darauf angesprochen. Ich war total geschockt und überfordert, wusste selbst erst seit einem Tag Bescheid. Aus meinen einsilbigen Antworten hat er dann eins und eins zusammengezählt und gecheckt, dass er nicht zwingend der Vater ist«, fasse ich zusammen.

»Er ist abgehauen, oder?«, schlussfolgert Lukas sofort.

Ich nicke. »Man kann es ihm ja nicht verdenken. Er war enttäuscht und stand auch unter Schock. Wir haben uns erst am Abend davor verlobt, und dann …«

»Verlobt?«, unterbricht mich Lukas überrascht, und ich nicke stumm.

»Wie lange war er weg?«, fragt er weiter.

»Er ist noch nicht wiedergekommen …«, wispere ich.

»Ich hätte wirklich nicht gedacht, dass er denselben Fehler noch mal macht«, murmelt er.

»Welchen Fehler?« Verwirrt sehe ich ihn an.

»Dich gehen zu lassen, ohne sich mit dir ausgesprochen zu haben«, erläutert mir Lukas seinen Gedanken.

»Er weiß nicht, dass ich weggefahren bin«, verteidige ich Daniel.

»Darum geht es nicht. Er hat dich schon mal verloren und es bitter bereut. Damals ist er auch gegangen, und jetzt tut er es wieder?« Lukas kann es nicht glauben.

»Er hat mir meine Freundinnen geschickt, gleich nachdem er weggegangen ist.« Ich flüstere es fast.

»Okay, das gibt einen Pluspunkt für ihn, aber von Mister Ich-brech-dir-die-Hände-wenn-du-meine-Freundin-nochmal-anfasst hätte ich mehr erwartet.« Er ist wirklich wütend auf Daniel. »Ein Spaziergang oder vielleicht eine Nacht außer Haus wären ja okay, aber spätestens heute Morgen hätte er nach Hause kommen müssen. Mit dir reden und vor allem sehen, wie es dir geht«, grollt er vorwurfsvoll.

»Er ist enttäuscht«, halte ich dagegen.

»Und du bist schwanger!«, braust Lukas auf. Er schnellt hoch und tigert durch das Zimmer. »Aufregung ist gerade das Letzte, was du und das Baby brauchen könnt. Ja, du hättest früher mit ihm reden müssen, und ja, er hätte es von dir erfahren sollen, aber du warst auch überfordert. Ungeplant schwanger und dann noch die Misere mit zwei möglichen Vätern. Da kann man dir doch mal einen Tag Verschnaufpause zugestehen. Außerdem war es zu diesem Zeitpunkt ja auch schon mit fünfzigprozentiger Wahrscheinlichkeit sein Kind. Da standen die Chancen schlechter, dass ihn deine Familie akzeptiert, als ihr nach Sizilien geflogen seid. Aber da war es ihm egal.«

»Lukas …«, versuche ich ihn wieder zur beruhigen.

»Nein, lass mich mich aufregen. Jemand hat sich meiner besten Freundin gegenüber wie ein Arsch verhalten, und da muss ich kurz toben.« Dann atmet er tief ein und aus und setzt sich wieder zu mir.

»Brauchst du etwas? Wie lange bleibst du in Hamburg?«, erkundigt er sich dann ruhig und fürsorglich.

»Ich wollte einfach nur mit dir reden«, gebe ich zu.

»Gut, das haben wir ja nun. Wenn du und das Baby mich braucht, bin ich für euch da«, versichert er mir. »Und wenn der Kindsvater nicht bald wieder alle Nadeln an die Tanne kriegt, werde ich ihm mal einen Besuch abstatten – mit Kochlöffel und Messer.« Er grinst mich an, und auch meine Mundwinkel verziehen sich zu einem Lächeln.

»Danke, Lukas!«, sage ich eindringlich.

»Lust, was essen zu gehen?«, fragt er mich. Mein Magen macht sich beim Gedanken an Essen bemerkbar und bringt Lukas zum Lachen.

»Na, dann komm!«, nimmt er es als Antwort.

Er bringt mich in ein Steakhouse, und anschließend machen wir einen Spaziergang zum Hafen. Es ist ein kleines bisschen wie Urlaub, und es tut mir gut. Langsam sickert auch in mein Bewusstsein, dass ich schwanger bin. Und dass ich ab sofort ein wenig mehr auf mich achten sollte.

Wieder beim Hotel, begleitet Lukas mich zu meinem Auto und sieht mich besorgt an.

»Bist du sicher, dass dir die Rückfahrt nicht zu viel wird?«, erkundigt er sich.

»Ganz sicher«, beruhige ich ihn. »Ich bin nicht krank, nur schwanger. Das hat auch meine Ärztin gesagt.«

»Du kannst gerne hierbleiben, solange du willst, ich regle das mit dem Zimmer und schlafe auf der Couch«, bietet er mir an.

»Lieb von dir, aber ich möchte nach Hause«, gebe ich zu.

»Melde dich, wenn du angekommen bist, und halt mich auf dem Laufenden«, bittet er mich. »Ich komme dich bald besuchen.«

Ich nicke. »Sehr gerne, und ich erwarte dich dann schon mit wachsendem Babybauch.«

Wir umarmen uns, und danach mache ich mich auf den Weg zurück nach Sterenholm.

Ich hatte ja die Hoffnung, dass Daniel inzwischen zurückgekommen ist, aber das Haus ist leer. Seufzend schließe ich auf und lasse meine Sachen in der Garderobe einfach fallen. Ich sehne mich nach einem warmen Bad und einem guten Buch, über dem ich die Realität gerade vergessen kann. Doch noch bevor ich einen Fuß ins Badezimmer setzen kann, läutet es an der Tür. Überrascht schließe ich auf und finde Lexi und Sylvie davor.

»Hey, wir wollten mal nach dir sehen«, meint Lexi.

»Mir geht es gut, aber kommt doch rein.« Ich öffne die Tür als Einladung. Mit drei Tassen Tee machen wir es uns wenig später auf der Couch gemütlich.

»Ich war in Hamburg und habe ein klärendes Gespräch geführt«, erzähle ich den beiden dann und ernte verständnislose Blicke.

»Es kam noch ein weiterer Mann als Vater infrage, aber das hat sich heute aufgeklärt. Es ist definitiv Daniels Kind.«

»Ach, deshalb ist er abgehauen«, kombiniert Lexi, und ich nicke.

»Sind wir sauer auf Daniel?«, erkundigt Sylvie sich loyal und bringt mich damit zum Lachen.

»Nein«, stelle ich klar und meine es auch so. Ich kann Lukas' Argumentation nachvollziehen, aber Daniels Reaktion verstehe ich mehr.

»Aber ich liebe ihn noch«, füge ich dann leise hinzu.

»Alles klar, also brauchen wir einen Plan«, erwidert Lexi und sieht uns auffordernd an.

»Also, was das betrifft bin ich nicht so kreativ«, gibt Sylvie zu. »Ich wundere mich bis heute, dass meine Entschuldigung bei Georg damals funktioniert hat.«

»Du hattest das Radio und die halbe Stadt rekrutiert.« Lexi hebt fassungslos beide Hände.

»Also mir wäre es ganz recht, wenn nicht so viele Menschen von der Geschichte Wind bekommen«, werfe ich ein.

»Nikos Liebeserklärung auf der Bühne ist dann wohl auch nicht so ganz dein Stil«, mutmaßt Lexi lachend.

»Eher nicht«, gebe ich ihr grinsend recht.

»Ein romantisches Treffen? Wir könnten Niko und Georg auf ihn ansetzen, damit sie ihn zu dir bringen?«, schlägt Sylvie vor.

»Ja, das wäre schon eher meine Kragenweite«, stimme ich zu und muss gähnen.

»Vielleicht besprechen wir das morgen«, lenkt Lexi ein. »Sieht so aus, als wäre die werdende Mama ein Fall fürs Bett.«

Die beiden verabschieden sich, und ich lege mich noch in die Badewanne. Im warmen Wasser schicke ich erst Lukas eine Nachricht, dass alles okay ist, und danach Anna die Erkenntnis des heutigen Tages.

»Das freut mich sehr für dich«, kommt zurück. »Ich würde

Daniel diese Info ganz schlicht mitteilen und abwarten, was er damit macht.«

Irgendwie gefällt mir dieser Vorschlag am besten. Ich werde mal eine Nacht darüber schlafen.

Kapitel 25

Am nächsten Morgen pilgere ich in den Sender. Ich bin froh, dass ich derzeit noch nicht täglich im Dienst bin, sonst wäre ich in den letzten Tagen in Erklärungsnot geraten. Auch heute kreisen meine Gedanken immer wieder um Daniel und was ich ihm sagen soll, obwohl ich mich auf den Ablauf der Sendung konzentrieren sollte. Irgendwie werde ich aber auch mit dem Medium Radio noch immer nicht warm. Für mich ist es, als müsste ich als Sehende einem Blinden die Welt erklären. Aber so, wie es aussieht, wird meine Zeit hier ohnehin begrenzt sein. Sobald der dritte Monat um ist, muss ich meinem neuen Arbeitgeber sagen, dass ich zu zweit bin, und egal wie familiär es hier zugeht, dass ich gleich wieder ausfalle, wird Herrn Staller nicht gefallen.

Als ich am Abend endlich nach Hause gehe, schwirrt mein Kopf immer noch. Ich will nicht, dass Daniel nur zu mir zurückkommt, weil ich sein Baby bekomme, sondern meinetwegen. Er soll sich nicht verpflichtet fühlen, so wie mein Vater. Auch wenn die Ehe meiner Eltern gut gegangen ist, ich halte eine Beziehung nur wegen eines Kindes für keine gute Idee. Es soll Liebe sein, sonst nichts. Meine Gedanken sind wirr, und vermutlich wird es auch die Nachricht, die ich ihm schicken werde, aber hey, so ist mein Leben eben gerade. Kurz entschlossen krame ich mein Handy aus der Handtasche, setze mich damit an den Küchentisch und tippe einfach drauflos, kippe alles aus, wie eine Schüssel voll Linsen, die sortiert werden müssen, und hoffe, dass er rausliest, was ich ihm sagen will.

»Alles ist schiefgelaufen ...«, beginne ich und erwische statt der Enter-Taste jene zum Senden. Na, das fängt ja gut an. Ich starte von Neuem.

»Daniel, es tut mir so leid. Ich war nach dem Schwangerschaftstest einfach überfordert und wusste nicht, ob ich wirklich eine gute Mutter sein würde. Nie habe ich einen Kinderwunsch verspürt, nie war ich diejenige, die Babys unbedingt auf den Arm nehmen wollte. Ich dachte, mir fehlt das Muttergen. Deshalb bin ich allein zum Arzt gegangen. Dort habe ich erfahren, dass ich ausgerechnet in der Woche schwanger wurde, in der … nun ja, du eben nicht der einzige Mann warst. Ich habe mich geschämt, war schockiert, unsicher, ob ich das Kind überhaupt behalten soll.

Doch dann sah ich diesen kleinen, heftig und schnell pochenden Punkt auf dem Monitor, und mit einem Schlag hat sich alles verändert. Ich habe mich sofort in dieses kleine Menschlein verliebt und mich für das Baby entschieden. Ich wollte mit dir reden, dich mit ins Boot holen, doch du kamst mir mit dem Antrag zuvor, und ich war so … überrascht und gerührt von deiner Geste mit meiner Familie. Dann war da noch der Brief meiner Mutter. Es war so perfekt, das wollte, konnte ich nicht zerstören mit meinem Geständnis. Ich dachte, ein kleiner Aufschub würde nichts ändern.

Und dann hast du den Test gefunden. Das war so nicht geplant. Ich wollte mit dir reden, ganz in Ruhe. Verzeih mir!

Doch eigentlich will ich dir heute etwas ganz anderes sagen, etwas Wichtigeres: Es ist dein Baby! Ich habe gestern erfahren, dass Lukas unfruchtbar ist. Ich kann dir gar nicht beschreiben, wie unsagbar erleichtert ich darüber bin. Denn ich liebe dich von ganzem Herzen, und dein Kind in mir tragen zu dürfen, macht mich so glücklich. Auch wenn du mich nach allem, was in den letzten Monaten vorgefallen ist, nicht mehr liebst, so werde ich dir den Weg stets ebnen, damit du zu deinem Sohn oder deiner Tochter eine Beziehung aufbauen kannst, wenn du das möchtest. Denn du wirst ein großartiger Vater sein, da bin ich mir ganz sicher. Vielleicht besteht ja die Möglichkeit, dass wir uns aussprechen? Mariella«

Ich lese mir nicht nochmals durch, was ich geschrieben habe, sondern schicke es sofort ab. Danach geht es mir besser. Ich habe das Gefühl, dass ich einen Schritt nach vorn gemacht habe. Auch wenn ich diesen Weg vielleicht allein gehen muss.

Seufzend stehe ich auf und inspiziere den Inhalt des Kühlschranks, denn langsam verspüre ich Hunger. Als es klingelt, frage ich mich auf dem Weg zur Tür, welche meiner Freundinnen wohl heute vorbeikommt, doch als ich öffne, bleiben mir die Begrüßungsworte vor Überraschung im Hals stecken.

»Geht es dir gut? Ist etwas passiert?«, fragt Daniel sofort und sieht mich alarmiert von oben bis unten an.

»Nein, ich meine ja. Es ist alles in Ordnung«, stammle ich überfordert. »Wieso bist du so besorgt?«

»Wegen deiner Nachricht! Ich bin sofort los«, erklärt er.

Ich überlege einen Moment, weshalb er so aufgeregt ist. »Hast du sie denn gelesen?«

»Mariella, du hast geschrieben, dass alles schiefgelaufen ist«, wiederholt er meine Worte, und mir geht ein Licht auf. Er hat nur die erste gelesen, jene die ich versehentlich zu früh losgeschickt habe. Ich möchte ihn eben aufklären, doch Daniel spricht sofort weiter.

»Da ist mir schlagartig klar geworden, dass ich es nicht ertragen könnte, wenn dir und dem Baby etwas zustoßen würde. Auch wenn es vielleicht nicht von mir ist. Aber ich möchte dich in der Schwangerschaft unterstützen und für dich da sein. Weil ich dich liebe. Ich kann es einfach nicht ändern, egal wie viel Scheiße zwischen uns passiert. Du und ich, wir gehören einfach zusammen. Wir schaffen das. Sollte Lukas der Vater sein, werden wir uns irgendwie arrangieren und eine Lösung finden …«

»Daniel«, unterbreche ich ihn. »Lies bitte auch meine zweite Nachricht.«

»Die zweite?«, fragt er verwirrt und zieht sein Handy aus der

Gesäßtasche seiner Jeans. Während seine Augen über meine Zeilen fliegen, entspannt sich sein Gesicht, ehe es von einem breiten Lächeln überzogen wird.

»Ist das wahr?«, fragt er mit rauer Stimme. Tränen glänzen in seinen Augen. Ich ziehe das Ultraschallbild aus meiner Tasche und reiche es ihm.

»Darf ich vorstellen, unsere Bohne«, sage ich, und Stolz schwingt in meiner Stimme mit.

Ich entdecke Liebe in seinen Augen, als er sanft mit dem Finger über das Foto streicht. Dann sieht er mich an, und sein Blick bleibt an meinem linken Ringfinger hängen.

»Du trägst ihn noch«, flüstert er ehrfürchtig und nimmt meine Hand, an der noch immer sein Verlobungsring steckt.

»Möchtest du ihn zurück?«, wispere ich, plötzlich nervös.

»Nein, er ist genau dort, wo er hingehört«, erwidert er mit fester Stimme. »Es tut mir leid, dass ich so lange gebraucht habe, bis ich gecheckt habe, dass ich ein Idiot bin.«

Statt einer Antwort mache ich einen Schritt auf ihn zu. Unsere Hände verschränken sich ineinander, seine dunkelblauen Augen leuchten auf, und seine Berührung bringt meinen ganzen Körper zum Kribbeln. Ich stelle mich auf die Zehenspitzen, während er sich im selben Moment zu mir beugt und unsere Lippen sich finden. Und mehr als diesen Kuss braucht es nicht.

Am nächsten Abend entführt mich Daniel nach dem Abendessen noch ins *Watermelon*. Ich nehme an, dass er einfach nur den Abend ausklingen lassen möchte, doch als ich Lilly, Paul, Lexi, Niko, Sylvie, Georg, Livia und Anna an einem großen Tisch sitzen sehe, ahne ich schon, dass er etwas geplant hat.

Johnny kommt sofort hinter der Theke hervor und sieht uns erwartungsvoll an, als wir uns setzen.

»Bring bitte einen *Be my baby* für jeden von uns, außer für Mariella. Die bekommt eine *Baby Pina Colada*, bitte«, gibt

Daniel die Bestellung auf. Nun haben auch die Letzten am Tisch verstanden, was er mit dieser Getränkewahl verkünden möchte, und alle reden wild durcheinander. Als Johnny schließlich unsere Getränke serviert, zieht er mich hoch und drückt mich an sich.

»Von Herzen alles Gute, Schätzchen! Das nenne ich mal ein Happy End«, meint er augenzwinkernd.

»Ich würde eher sagen, das ist der Anfang«, antworte ich lächelnd.

Doch Daniel klopft gerade an sein Glas, und die Gespräche am Tisch verstummen. Seine Stimme klingt feierlich, als er verkündet: »Hiermit bitte ich die Agentur *Strandkorb* um die baldige Organisation unserer Hochzeit, denn Nonna wird mich zum Teufel jagen, wenn ihre Enkelin unverheiratet ein Baby bekommt. Und jetzt hebt eure Gläser und stoßt mit mir an auf meine wunderschöne Verlobte und auf unsere Bohne.«

Wir prosten einander zu und trinken. Während mich Lilly in ein Gespräch über die Schwangerschaft verwickelt, stiehlt Daniel sich zur Bar und macht sich wieder mal an der Musikanlage zu schaffen. Dann ertönt aus den Lautsprechern *Sweet Child O' Mine* von Guns N' Roses. Johnny stöhnt neben mir auf.

»Kann dein Zukünftiger nicht *einmal* einen passenden Song auswählen?«, raunt er mir zu.

Doch für mich ist das Lied perfekt, denn ich muss an das Konzert von Guns N' Roses denken, das Daniel und ich damals im Münchner Olympiastadion gemeinsam besucht haben. Und dann weiß ich, dass alles gut wird.

Epilog

Und du hast wirklich kein Problem damit?«, raune ich Daniel leise zu. Sylvie, die mit uns über den Hochzeitsvorbereitungen sitzt, telefoniert gerade, und ich sehe meinen Verlobten skeptisch an. Der lächelt mich an.

»Mariella, das haben wir doch schon besprochen«, beruhigt er mich. »Du möchtest keines deiner Geschwister bevorzugen, und auch bei deinen Freundinnen aus Sterenholm fällt es dir schwer, dich für eine zu entscheiden. Dein bester Freund ist nun mal Lukas, also verstehe ich es auch, wenn du ihn als Trauzeugen haben möchtest.«

»Ist es nicht ein wenig schräg bei unserer Vorgeschichte?«, frage ich verlegen.

»Ist ein wenig schräg nicht genau so, wie du dein Leben gerne haben möchtest?«, kommt augenzwinkernd die Antwort. »Außerdem kann ich ihn in diesem Fall wenigstens im Auge behalten und weiß, wo er seine Pfoten hat.«

»Hey, das ist unfair. Das ist lange her und längst vorbei …«, beginne ich mich und Lukas zu verteidigen, doch Daniel bringt mich zum Schweigen, indem er mich küsst.

»Ich weiß! Und solange du im richtigen Moment *Ja* sagst, ist mir scheißegal, wer da in der Kirche neben dir steht«, flüstert er mir zu, und ich nicke, immer noch von seinem stürmischen Kuss benebelt.

»Frederik, du machst mich verrückt«, unterbricht uns Sylvie lautstark. Mit der freien Hand reibt sie sich die Nasenwurzel, während sie mit der anderen das Handy umklammert.

»Die Stadt entscheidet, wer den Zuschlag für die Gastronomie beim neuen Indoorspielplatz erhält. Wir möchten Herzhaftes und Süßes anbieten. Also werden deine Fischgerichte sich mit Livias Süßspeisen den Standort teilen. Es sollen regionale

Betriebe unterstützt werden, und ihr beide seid auf eurem Gebiet die Besten. Lebt damit!«

Mit diesen Worten legt sie auf und stößt einen tiefen Atemzug aus.

»Ich habe wochenlang an Livia genagt, wie eine Termite am Holzgeländer, bis sie endlich zugestimmt hat. Und jetzt macht Frederik Probleme. Das kann ja noch heiter werden«, orakelt sie. »Entschuldigt die Störung! Mariella, hast du schon mit Lukas gesprochen? Wir brauchen ein paar Unterlagen von ihm.«

»Nein, aber das mache ich gleich im Anschluss«, verspreche ich ihr.

»Danke! Dann versuche ich inzwischen, eine katholische Trauung auf die Beine zu stellen.« Sie macht sich ein paar Notizen, und ich atme erleichtert auf, dass das offenbar kein großes Problem ist. »Mit allem Weiteren melde ich mich in den nächsten Tagen noch.«

Wir verabschieden uns von Sylvie und gehen zu Fuß nach Hause. Die Bewegung tut mir gut, und wir genießen die ersten vorsichtigen Sonnenstrahlen am Strand. Ich ziehe mein Handy aus der Handtasche und wähle Lukas' Nummer.

»Hey, wie geht es euch?«, vernehme ich Sekunden später seine fröhliche Stimme.

»Ganz gut, aber du könntest meine Laune sogar noch besser machen«, falle ich gleich mit der Tür ins Haus.

»Na, dann schieß mal los!«

»Würdest du mich bei meiner sehr bald stattfindenden, furchtbar katholischen und wahnsinnig kitschigen Hochzeit unterstützen, mich vom Weinen abhalten, weil sonst mein Make-up verschmiert und mir sagen, dass ich toll in meinem Kleid aussehe, das meine Mutter Gott sei Dank ebenfalls schwanger getragen hat und das einen kleinen Babybauch kaschieren kann? Und natürlich am Altar neben mir stehen?«

»Äh, wenn das ein verschrobener Heiratsantrag werden soll,

muss ich dich leider daran erinnern, dass ich an meinem Finger schon einen Ring trage.«

»Wenn es dir leidtut, dann lass es doch.«

»Dich daran zu erinnern?«

»Nein, den Ring an deinem Finger zu tragen.«

»Mariella, was willst du mir wirklich sagen?«, fragt Lukas lachend.

»Würdest du bitte mein Trauzeuge werden? Den Termin haben wir noch nicht fix, weil viel vom Pfarrer abhängt und du dann vielleicht schon mitten im Dreh der neuen Staffel bist …«

»Ja!«, unterbricht mich Lukas.

»Wirklich?«, frage ich, von seiner schnellen Antwort überrascht.

»Klar! Ich will doch an deinem großen Tag hautnah dabei sein. Tränen trocknen, Komplimente machen und mit Brautjungfern flirten ist alles kein Problem, aber ich werde dir nicht das Kleid halten, wenn du pinkeln musst. Mir ist bewusst, dass das schwierig ist, wenn man aussieht wie ein Sahnebaiser, aber ehrlich, das musst du allein gebacken kriegen«, stellt er klar. Ich lache.

»Deal!«

»Aber ich muss dich auch etwas fragen. Wir haben ja schon mal darüber gesprochen, dass die Produktionsfirma den Dreh von *Strandküche* an einen fixen Ort verlegen will. Und ich würde das gerne in Sterenholm durchziehen, wenn das für dich okay ist.« Nun klingt er unsicher.

»Soll das ein Witz sein? Natürlich ist es okay, wenn ihr zukünftig in Sterenholm dreht. Du bist mein bester Freund, ich habe dich gern in der Nähe. Aber was sagt das Team dazu?«

»Außer Wolfgang und Ines sind die meisten ja nicht fix an Bord. Es wird sich zeigen, wer sich mit den neuen Gegebenheiten arrangiert. Wolfgang macht vorübergehend mit, aber seine Frau ist Lehrerin in Berlin und verbeamtet. Sie will den

Job auf keinen Fall aufgeben. Er ist also in absehbarer Zeit raus, aber er hat mir schon eine Nachfolgerin vorgeschlagen.«

Ich spüre einen kleinen Stich in der Herzgegend und schlucke. Heimlich habe ich wohl immer von einer Rückkehr ans Set geträumt, aber mit der Schwangerschaft habe ich mich ja selbst aus dem Spiel genommen.

»Ich würde dir den Job gerne anbieten«, fügt Lukas hinzu, und ich bleibe abrupt stehen.

»Was?«, rufe ich ins Telefon, und Daniel sieht mich fragend an. Ich mache den Lautsprecher an, damit er mithören kann.

»Wolfgang und ich sind uns einig, dass niemand ihn so gut ersetzen kann wie du. Er meint, er bleibt so lange, bis du übernehmen kannst. Und da der Dreh dann durchgehend in Sterenholm stattfindet, kannst du trotzdem jeden Tag bei deinem Baby sein. Also, was sagst du?«

»Sie sagt Ja!«, antwortet Daniel, noch ehe ich Luft holen kann.

»Aber …«, beginne ich, doch er winkt ab.

»Kein aber!«, fegt er meine Widerworte vom Tisch. »Du machst deine Elternzeit wie geplant, und dann übernehme ich, bis wir einen Kitaplatz bekommen. Das habe ich doch mit Lilly ohnehin schon besprochen. Sie meint, notfalls kann ich das Baby sogar mit ins *L&P* nehmen, denn es muss ja ohnehin ständig jemand auf Lucy achten. Dieser Job ist genau das, was du machen willst, und wenn ich mir so anhöre, wie sehr man bei *Strandküche* auf dich baut, kann ich dich doch nur unterstützen.« Er lächelt mich an. Tiefe Zuneigung für ihn steigt in mir auf. Ja, es hat sich eindeutig etwas zwischen uns verändert. Wir haben uns beide verändert. Und es gefällt mir verdammt gut so, wie es jetzt ist.

»Nach der Hochzeit besprechen wir die Details, aber ja, ich bin dabei!«, stimme nun auch ich zu, und von Lukas ist lautes Jubeln zu hören.

»Aber erst in einem Jahr!«, stelle ich klar und streichle meinen Bauch. »Jetzt habe ich noch ein anderes Projekt, das meine volle Aufmerksamkeit benötigt!«

ENDE

Playlist Meersalzträume

LISTEN TO YOUR HEART – ROXETTE
PURPLE RAIN – PRINCE
ESCAPE (THE PINA COLADA SONG) – RUPERT HOLMES
DANCING WITH MYSELF – BILLY IDOL
BECAUSE WE CAN – BON JOVI
FOLLOW ME – UNCLE CRACKER
SCHICKERIA – SPIDER MURPHY GANG
WHATEVER IT TAKES – MILOW
SKANDAL IM SPERRBEZIRK – SPIDER MURPHY GANG
TAUSENDMAL DU – MÜNCHNER FREIHEIT
WONDERWALL – OASIS
ICH LASS LOS – DIE EISKÖNIGIN
WATERLOO – ABBA
THAT'S AMORE – DEAN MARTIN
WHERE ARE YOU TONIGHT – TOM JOHNSTON
YES – MERRY CLAYTON
LOVE IS STRANGE – SYLVIA MICKEY
STAY – MAURICE WILLIAMS & THE ZODIACS
SHE'S GOT THE LOOK – ROXETTE
TRULY MADLY DEEPLY – SAVAGE GARDEN
LIVE IT UP – THE BOSSHOSS
COUNT ON ME – BRUNO MARS
I'LL BE THERE FOR YOU – REMBRANDTS
HOLD MY GIRL – GEORGE EZRA
CHEERLEADER – OMI
MAN! I FEEL LIKE A WOMAN – SHANIA TWAIN
LAST CHRISTMAS – WHAM!
STAND BY ME – BEN E. KING
HERE I GO AGAIN – WHITESNAKE
SWEET CHILD O'MINE – GUNS N' ROSES

Danksagung

Eine weitere Geschichte ist nun zu Ende und es ist Zeit, ein paar Worte zu ihr zu sagen. Sie hat es mir nicht leicht gemacht. Die Idee dazu kam mir diesmal im Traum und ich war mir nicht sicher, ob ich sie aufschreiben soll. Dann war ich unsicher, ob sie nach Sterenholm passt und nachdem der Roman schon zur Hälfte fertig war, war ich drauf und dran, alles zu löschen.

Nein, diesmal waren es nicht – wie beim Vorgänger – die Protagonisten, zu denen ich keinen Zugang gefunden habe. Ganz im Gegenteil. Ich hatte Daniel sofort vor meinem inneren Auge. Und mit Lukas und seiner frechen Anmache in der Küche hatte die ganze Idee ihren Ursprung, also hatte ich auch zu ihm einen guten Draht. Mit Mariella bin ich ausgebrochen, gewachsen, nach Hause gekommen, ich konnte jede Szene mitfühlen. Die Worte haben sich wie von selbst aufs Papier geschlichen.

Doch ich war mich nicht sicher, ob das, was mir so leicht von der Hand ging, auch wirklich „gut" war. Ich will natürlich nicht behaupten, dass meine Romane gut wären, aber sie müssen es in meinen Augen sein, meiner eigenen Messlatte genügen. Und nie zuvor war ich mir da so unsicher. Erst nach und nach – vielleicht sogar erst nach dem letzten Schliff mit meiner Lektorin – war ich so zufrieden, dass ich mich auf die Veröffentlichung gefreut habe. Darauf gefreut habe, dass ihr – meine Leser – Mariellas Geschichte lesen könnt. Und nun bin ich wieder die stolze Küstenhenne, die mit einem warmen Gefühl in der Brust an all jene denkt, die meine Küstenküken nun schon kennengelernt haben.

Deshalb soll mein erstes Dankeschön am Ende dieses Romans an euch gehen! Jede Nachricht, jede Rezension, jeder Kommentar unter meinen Posts und jedes Mal, wenn ich auf der Straße auf meine Schreiberei angesprochen werde, zaubern mir ein Lächeln aufs Gesicht. Ja, ich schreibe, weil ich nicht anders kann, als die Geschichten in meinem Kopf zu Papier zu bringen, weil sie mich sonst ganz kirre machen würden. Aber ich veröffentliche sie, weil ihr mir das Gefühl gebt, dass ihr sie gerne lest, dass ihr mehr über Sterenholm und seine Bewohner erfahren wollt. Vielen Dank für eure – inzwischen darf ich das schon sagen – Treue und eure Begeisterung!

Vielen Dank auch an meine Familie, die mir den Rückhalt gibt, dass ich mir die Schreibzeit überhaupt klauen kann. Und es ist nicht nur die Zeit, in der ich schreibe, sondern auch jene für die Veröffentlichung und die vielen vielen vielen Kleinigkeiten daneben.

Herzlichen Dank auch an meine liebe Freundin Germaine, die meine Romane immer lange vor allen anderen zu Gesicht bekommt und sie praktisch inhaliert. Sie kennt sich in Sterenholm mindestens so gut aus wie ich. Danke für die vielen Anmerkungen, Verbesserungsvorschläge, Fragen, die Motivation, wenn ich einen Durchhänger habe und dafür, dass sie mich diesmal vom Drücken der Löschen-Taste abgehalten hat.

Die Retterin der Idee an sich war diesmal aber eine andere liebe Freundin! Vielen Dank, liebe Johanna, für unser Gespräch, das mich ermutigt hat, diese Idee, die anfangs etwas unkonventionell war, zu Papier zu bringen und ihr die Chance zu geben, sich zu entwickeln! Ich bin sehr froh, dass ich es gemacht habe und auch darüber, dass ich mit jeder Frage und jedem Problem stets zu dir kommen kann!

Und natürlich ein großes Danke an alle Helfer im Hintergrund: Lektorat, Korrektorat, Grafik, Verlage. Vor allem danke ich meiner Lektorin Louisa Pagel vom Forever Verlag. Diesmal war das Lektorat sowohl für mich als auch für sie eine Herausforderung und hat uns einiges abverlangt. Ihre Kommentare waren wie immer sehr hilfreich, auch wenn mir die allerliebsten jene sind, in denen sie einfach nur zeigt, dass sie eine Szene toll findet.

Auf viele weitere Geschichten!

Eure Karin

Für Informationen zu Lesenachschub aus der kleinen Stadt Sterenholm an der Ostsee folgt mir auf:

Homepage: www.KarinWimmerAutorin.jimdofree.com
Facebook: Karin Wimmer - Autorin
Instagram: Karin.Wimmer.Autorin

Strandkorbflüstern
von Karin Wimmer

Alexandra hat ihr Leben durchgeplant: Haus, Hochzeit und Kinder mit Langzeitfreund Robert. Und so nebenbei noch irgendwann die Diplomarbeit schreiben. Doch dann verliert Alexandra ihren Praktikumsplatz, weil die Diplomarbeit eben noch immer nicht fertig ist, und erwischt Robert auch noch mit ihrer besten Freundin im Bett. Aufgelöst und plötzlich völlig planlos fährt Alexandra zu ihrer Zwillingsschwester, die eine kleine Pension mit Restaurant an der Ostsee führt. Dort kommt sie erst mal unter und lernt Koch Niko kennen. Der ist nicht nur witzig und gutaussehend, sondern auch sehr nett. Wir sind nur Freunde, sagt sich Alexandra, aber Niko bringt ihr Herz ganz schön ins Stolpern. Doch er ist viel jünger und außerdem ist sie ja frisch getrennt. Und schon beginnen Warnleuchte im Kopf und Schmetterlinge im Bauch zu streiten …

384 Seiten
ISBN 978-3-95818-488-6
Verlag: Forever by Ullstein

Strandkorbsehnsucht
Karin Wimmer

Ein Sommer an der Ostsee liegt hinter Lexi. Ein Sommer mit Niko, der alles verändert hat. Doch bevor sie sich auf ihre neue Liebe einlassen kann, muss sie erst ihr Leben in den Griff bekommen. Und das bedeutet: Neue Wohnung, neuer Job und endlich ihre Diplomarbeit fertig schreiben. Voller Tatendrang stürzt sich Lexi in ihre Aufgaben. Doch sie hat Sehnsucht. Nach Niko, nach salziger Meeresluft, nach Sand unter den Füßen und gemütlichen Stunden im Strandkorb. Zwischen Unfällen, Notfällen und Zwischenfällen merkt Lexi, dass man im Leben nicht alles haben kann. Oder doch?

248 Seiten
ISBN Print: 978-3-752-610-284
Verlag Print: BoD
ISBN E-Book: 978-3-958-185-791
Verlag E-Book: Forever by Ullstein

Strandkorbsehnsucht
Karin Wimmer

Sylvie wagt einen Neuanfang, packt ihre Siebensachen zusammen und tritt eine Stelle in der Eventagentur ihrer Freundin an der Ostsee an. Wie gerne möchte sie ihr altes Leben mit all seinem Schmerz und den Problemen endlich hinter sich lassen. Vor allem als sie Georg in Sterenholm trifft, der die Schmetterlinge in ihrem Bauch aus ihrem jahrelangen Winterschlaf erweckt. Aber es gibt noch Versprechen aus der Vergangenheit, die es einzulösen gilt. Und so sehr sie sie sich wünscht, dass Georg mehr als nur ein Freund wird – wie kann er in ihr Leben passen, in dem eine neue Liebe noch keinen Platz haben darf?

292 Seiten
ISBN Print: 978-3-753-427-065
Verlag Print: BoD
ISBN E-Book: 978-3-958-186-194
Verlag E-Book: Forever by Ullstein